JLPT
新日檢

N4&N5

合格實戰模擬題

解析

目錄

N5 實戰模擬試題 第 1 回

N5 實戰模擬試題 第 2 回

N4 實戰模擬試題 第 1 回

N4 實戰模擬試題 第 2 回

N4 實戰模擬試題 第 3 回

我的分數？

共　　題正確

若是分數差強人意也別太失望，看看解說再次確認後重新解題，如此一來便能慢慢累積實力。

JLPT N5 第1回 實戰模擬試題解答

第 1 節 言語知識〈文字・語彙〉

問題 1 [1] 3 [2] 2 [3] 4 [4] 3 [5] 1 [6] 1 [7] 3 [8] 2
[9] 4 [10] 2 [11] 3 [12] 1

問題 2 [13] 2 [14] 4 [15] 1 [16] 3 [17] 2 [18] 4 [19] 3 [20] 3

問題 3 [21] 4 [22] 2 [23] 1 [24] 3 [25] 2 [26] 4 [27] 3 [28] 2 [29] 3
[30] 4

問題 4 [31] 3 [32] 2 [33] 1 [34] 4 [35] 4

第 2 節 言語知識〈文法〉

問題 1 [1] 4 [2] 2 [3] 2 [4] 4 [5] 2 [6] 1 [7] 3 [8] 4 [9] 3
[10] 2 [11] 4 [12] 3 [13] 2 [14] 1 [15] 3 [16] 3

問題 2 [17] 1 [18] 4 [19] 4 [20] 2 [21] 3

問題 3 [22] 3 [23] 2 [24] 1 [25] 4 [26] 2

第 2 節 讀解

問題 4 [27] 3 [28] 4 [29] 1

問題 5 [30] 1 [31] 3

問題 6 [32] 3

第 3 節 聽解

問題 1 [1] 2 [2] 3 [3] 1 [4] 4 [5] 2 [6] 4 [7] 2

問題 2 [1] 2 [2] 4 [3] 4 [4] 3 [5] 1 [6] 4

問題 3 [1] 3 [2] 1 [3] 2 [4] 3 [5] 1

問題 4 [1] 2 [2] 1 [3] 3 [4] 2 [5] 3 [6] 1

第1回 實戰模擬試題 解析

第1節 言語知識〈文字·語彙〉

問題1　請從1、2、3、4中選出＿＿＿＿這個詞彙最正確的讀法。

1　せんしゅう、あかんぼうが　生まれました。

1　かまれました　　2　はまれました　　3　うまれました　　4　ふまれました

上週，小寶寶出生了。

詞彙　先週（せんしゅう）上週｜赤ん坊（あかんぼう）嬰兒、小寶寶｜生まれる（う）出生

2　これは　ゆうめいな　建物です。

1　たちもの　　2　たてもの　　3　たちぶつ　　4　たてぶつ

這是有名的建築物。

詞彙　有名だ（ゆうめい）有名的｜建物（たてもの）建築物

＋ビル 大樓

3　あした　映画を　見（み）に　行（い）きませんか。

1　えか　　2　えが　　3　えいか　　4　えいが

明天要不要去看電影？

詞彙　映画（えいが）電影

＋画家（がか）畫家

4　かれは　みんなに　人気が　あります。

1　ひとけ　　2　ひとき　　3　にんき　　4　じんき

他很受大家歡迎。

詞彙　人気（にんき）受歡迎、有人緣

＋人形（にんぎょう）玩偶、娃娃｜主人（しゅじん）主人、丈夫｜人口（じんこう）人口｜知人（ちじん）熟人｜大人（おとな）大人、成年人

5 たにださんは　なんにん　家族ですか。

1　かぞく　　2　がぞく　　3　がそく　　4　かそく

谷田先生有幾個家人？

詞彙 家族（かぞく） 家人

✚ 何人兄弟（なんにんきょうだい） 幾個兄弟姊妹

6 来月は　何月（なんがつ）ですか。

1　らいげつ　　2　らいがつ　　3　こんげつ　　4　こんがつ

下個月是幾月？

詞彙 来月（らいげつ） 下個月｜何月（なんがつ） 幾月

✚ 今月（こんげつ） 這個月｜先月（せんげつ） 上個月｜先々月（せんせんげつ） 上上個月｜再来月（さらいげつ） 下下個月

7 きょうは　7がつ　14日です。

1　じゅうよんにち　　2　じゅうよにち　　3　じゅうよっか　　4　じゅうよじつ

今天是 7 月 14 日。

詞彙 14日（じゅうよっか） 14 日

✚ 4日（よっか） 4 日｜24日（にじゅうよっか） 24 日

8 とうきょうは　おおさかの　東に　あります。

1　にし　　2　ひがし　　3　きた　　4　みなみ

東京位在大阪的東邊。

詞彙 東（ひがし） 東｜西（にし） 西｜北（きた） 北｜南（みなみ） 南

9 駅で　しんぶんを　かいました。

1　みせ　　2　まち　　3　いえ　　4　えき

在車站買了報紙。

詞彙　駅(えき) 車站｜新聞(しんぶん) 報紙｜買(か)う 買｜店(みせ) 商店｜町(まち) 城鎮、街道｜家(いえ) 房子、家

10　この　道は　ひろいです。

1　うち　　2　みち　　3　うみ　　4　かわ

這條道路很寬敞。

詞彙　道(みち) 道路｜広(ひろ)い 寬闊、寬廣｜家(うち) 房子、家｜海(うみ) 海｜川(かわ) 河川

11　かばんの　中には　なにが　ありますか。

1　うえ　　2　した　　3　なか　　4　うしろ

皮包裡面有什麼東西？

詞彙　中(なか) 裡邊、裡面｜上(うえ) 上面｜下(した) 下面｜後(うし)ろ 後、後面

12　この　りんごを　八つ　ください。

1　やっつ　　2　よっつ　　3　みっつ　　4　むっつ

這個蘋果請給我八個。

詞彙　りんご 蘋果｜八(やっ)つ 八個｜四(よっ)つ 四個｜三(みっ)つ 三個｜六(むっ)つ 六個

問題 2　請從 1、2、3、4 中選出最適合＿＿＿＿的漢字。

13　あさから　みみが　いたいです。

1　目　　2　耳　　3　口　　4　頭

從早上開始耳朵痛。

詞彙　朝(あさ) 早上｜耳(みみ) 耳朵｜痛(いた)い 痛、疼｜目(め) 眼睛｜口(くち) 嘴巴｜頭(あたま) 頭

14　おいしい　ごはんの　つくりかたを　おしえて　ください。

1　ご飲　　2　ご飢　　3　ご飼　　4　ご飯

請教我美味米飯的作法。

詞彙　ご飯(はん) 米飯｜作(つく)り方(かた) 作法｜教(おし)える 教

15 ここに　じゅうしょを　かいて　ください。

1　書いて　2　食いて　3　行いて　4　聞いて

請在這裡寫下地址。

詞彙 住所（じゅうしょ） 地址｜書く（か） 寫｜食べる（た） 吃｜行く（い） 去｜聞く（き） ① 聽 ② 問

16 あそこは　なんの　みせですか。

1　空　2　雨　3　店　4　本

那裡是什麼店？

詞彙 店（みせ） 商店｜空（そら） 天空｜雨（あめ） 雨｜本（ほん） 書

17 ボールペンを　さんぼん　かいました。

1　三杯　2　三本　3　三枚　4　三匹

買了三支原子筆。

詞彙 三本（さんぼん） 三支 ▶ ～本（ほん） ～支（長條狀物品的量詞，例如文具、花、香菸、瓶子等）｜買う（か） 買｜三杯（さんばい） 三杯｜三枚（さんまい） 三張｜三匹（さんびき） 三隻

18 わたしは　にくが　すきです。

1　白　2　黒　3　魚　4　肉

我喜歡吃肉。

詞彙 肉（にく） 肉｜白（しろ） 白色｜黒（くろ） 黑色｜魚（さかな） 魚

19 やすみの　ひは　なにを　しますか。

1　本み　2　体み　3　休み　4　木み

休息的日子你要做什麼？

詞彙 休み（やす） ① 休息 ② 假期、放假｜日（ひ） 日子｜本（ほん） 書｜体（からだ） 身體｜木（き） 樹木

20 つぎの　おりんぴっくは　どこですか。

1　オリソピック　　2　オレンピック　　3　オリンピック　　4　オレソピック

下次的奧運地點在哪裡？

詞彙　次(つぎ) 下次、其次｜オリンピック 奧運

問題 3　請從 1、2、3、4 中選出最適合填入（　　　）的選項。

21 くつしたを　二(に)（　　　）かって　きました。

1　ほん　　2　わ　　3　かい　　4　そく

買了兩雙襪子回來。

詞彙　くつした 襪子｜～足(そく) ～雙（鞋襪的量詞）｜買(か)ってくる 買來｜～本(ほん) ～支（長條狀物品的量詞）｜～羽(わ) ～隻（鳥類的量詞）｜～階(かい) ～樓、～層

22 はこの　なかには　なにが（　　　）いますか。

1　いれて　　2　はいって　　3　こんで　　4　こめて

箱子裡面裝有什麼東西？

詞彙　箱(はこ) 箱子｜中(なか) 裡邊、裡面｜入(はい)る 裝有｜入(い)れる 裝進、放入

23 ともだちが　ひっこしを　するので、わたしは（　　　）に　いきました。

1　てつだい　　2　およぎ　　3　あそび　　4　たべ

因為朋友要搬家，所以我去幫忙。

詞彙　ひっこし 搬家｜手伝(てつだ)う 幫忙｜～に行(い)く 去做～｜泳(およ)ぐ 游泳｜遊(あそ)ぶ 玩

24 チケットを　かう　ひとは　こちらに（　　　）ください。

1　たてて　　2　すんで　　3　ならんで　　4　つとめて

要買票的人請在這裡排隊。

詞彙　チケット 票｜並(なら)ぶ 排、排列｜立(た)てる 立、豎｜住(す)む 居住｜勤(つと)める 工作

25 あおやまさんとは　いちど（　　　　）あった　ことが　あります。

1　しか　　2　だけ　　3　ほか　　4　ほど

只和青山先生見過一次面。

詞彙 一度（いちど） 一次｜～だけ 只有～｜～たことがあります 曾經有過～經驗｜～しか 只有～｜ほか ① 外部 ② 其他｜～ほど 程度

26 ピアノを（　　　　）音（おと）が　聞（き）こえます。

1　うつ　　2　うごく　　3　おす　　4　ひく

能聽到彈鋼琴的聲音。

詞彙 ピアノをひく 彈鋼琴｜音（おと） 聲音｜聞（き）こえる 能聽到｜打（う）つ 打｜動（うご）く 移動｜押（お）す 推

27 すみません、コピーを　5（　　　　）して　ください。

1　しゅう　　2　さら　　3　ぶ　　4　さつ

不好意思，請影印五份。

詞彙 ～部（ぶ） ～份（文件、報紙的量詞）｜皿（さら） 盤子｜～冊（さつ） ～本（書籍的量詞）

28 ゆうべは（　　　　）すぎました。

1　のむ　　2　のみ　　3　のんで　　4　のんだ

昨晚喝太多了。

詞彙 ゆうべ 昨晚｜動詞ます形（去ます）＋すぎる 太過～　例 食（た）べすぎる 吃太多

29 つくえの　うえに　えんぴつが（　　　　）あります。

1　いっぽん　　2　さんぼん　　3　ろっぽん　　4　はっぽん

桌子上有六支鉛筆。

詞彙 つくえ 桌子｜えんぴつ 鉛筆｜六本（ろっぽん） 六支｜一本（いっぽん） 一支｜三本（さんぼん） 三支｜八本（はっぽん） 八支

30 いまは（　　　）です。

1 よんじ　じゅうろくふん
2 よじ　じゅうろくふん
3 よんじ　じゅうろっぷん
4 よじ　じゅうろっぷん

現在是 4 點 16 分。

詞彙 今（いま） 現在

問題 4　請從 1、2、3、4 中選出與＿＿＿＿＿意思最接近的選項。

31 <u>おふろに　はいった　あとで　ごはんを　たべました。</u>

1 おふろに　はいる　まえに　ごはんを　たべました。
2 おふろに　はいりながら　ごはんを　たべました。
3 おふろに　はいってから　ごはんを　たべました。
4 おふろには　はいらないで　ごはんを　たべました。

<u>洗完澡後吃了飯</u>。

1 洗澡前吃了飯。
2 邊洗澡邊吃飯了。
3 洗完澡後吃了飯。
4 沒洗澡，而是吃了飯。

解說 答案是選項 3，因為是相同的順序。

詞彙 お風呂（ふろ）に入（はい）る 洗澡｜動詞た形＋あとで 做～之後｜まえに 之前｜動詞ます形（去ます）＋ながら 一邊做～一邊｜動詞て形＋から 做～之後｜動詞ない形＋で 不做～

32 <u>きのう　みた　ドラマは　つまらなかったです。</u>

1　きのう　みた　ドラマは　たのしくなかったです。
2　きのう　みた　ドラマは　おもしろくなかったです。
3　きのう　みた　ドラマは　さびしくなかったです。
4　きのう　みた　ドラマは　かなしくなかったです。

<u>昨天看的連續劇很無趣</u>。

1　昨天看的連續劇不愉快。
2　昨天看的連續劇不有趣。
3　昨天看的連續劇不孤單。
4　昨天看的連續劇不悲傷。

解說　「つまらなかった（無趣）」和「おもしろくなかった（不有趣）」是相近的意思，所以答案是選項 2。

詞彙　つまらない 無趣、無聊｜おもしろい 有趣｜楽しい 愉快｜さびしい 孤單的｜悲しい 悲傷的

33 <u>ははと　やおやへ　いきました。</u>

1　ははと　やさいを　かいに　いきました。
2　ははと　さかなを　かいに　いきました。
3　ははと　くつを　かいに　いきました。
4　ははと　パンを　かいに　いきました。

<u>和媽媽去了蔬菜店</u>。

1　和媽媽去買了蔬菜。
2　和媽媽去買了魚。
3　和媽媽去買了鞋子。
4　和媽媽去買了麵包。

解說　「八百屋」的意思是「蔬菜店」，所以答案是選項 1。

詞彙　八百屋 蔬菜店｜野菜 青菜｜魚 魚｜靴 鞋子

34 わたしの　へや　より　あねの　へやが　ひろいです。

1　わたしの　へやと　あねの　へやは　ひろさが　おなじです。

2　わたしの　へやと　あねの　へやは　ひろさが　ちがいます。

3　わたしの　へやは　あねの　へやより　ひろいです。

4　わたしの　へやは　あねの　へやより　せまいです。

比起我的房間，姐姐的房間比較寬敞。

1　我的房間和姐姐的房間的寬敞度一樣。

2　我的房間和姐姐的房間的寬敞度不一樣。

3　我的房間比姐姐的房間寬敞。

4　**我的房間比姐姐的房間狹窄。**

解說　「比起我的房間，姐姐的房間比較寬敞」意味著自己的房間比姊姊的房間狹窄，所以答案是選項 4。

詞彙　部屋（へや） 房間｜より 比起｜姉（あね） 姐姐｜広い（ひろい） 寬敞的｜狭い（せまい） 狹窄的｜広さ（ひろさ） 寬敞程度｜同じだ（おなじだ） 相同、一樣｜ちがう 不一樣

35 ゆうがた　ともだちに　あいました。

1　あさ　はやく　ともだちに　あいました。

2　よる　おそく　ともだちに　あいました。

3　ごぜん　9じごろ　ともだちに　あいました。

4　ごご　5じごろ　ともだちに　あいました。

傍晚跟朋友見面了。

1　一大早跟朋友見面了。

2　晚上很晚時跟朋友見面了。

3　上午 9 點左右跟朋友見面了。

4　**下午 5 點左右跟朋友見面了。**

解說　「夕方（ゆうがた）」的意思是「傍晚」，通常是指下午 5、6 點太陽下山的時候，所以答案是選項 4。

詞彙　夕方（ゆうがた） 傍晚｜午後（ごご） 下午｜朝早く（あさはやく） 一大早｜夜遅く（よるおそく） 夜深、非常晚的時候｜午前（ごぜん） 上午

第2節 言語知識〈文法〉

第1回

問題1 請從1、2、3、4中選出最適合填入下列句子（　　　）的答案。

1 朝 起きると 雪（　　　）ふって いました。

1 と　　2 へ　　3 を　　4 が

早上起床時下雪了。

文法重點！ ⊘～が降る：降下～ 例 雨が降る。下雨。

詞彙 朝 早上 | 起きる 起床 | 雪 雪

2 友だちと こうえん（　　　）会う やくそくを しました。

1 に　　2 で　　3 も　　4 の

和朋友約定在公園見面。

文法重點！ ⊘～で会う：在～見面

⊘「～に」表示「存在場所」時，「～に」之後通常會搭配存在動詞「ある」和「いる」，表示「有、在」的意思。

詞彙 友だち 朋友 | 公園 公園 | 約束 約定

3 山田「田中さんは 海へ よく 行きますね。」
田中「はい、海が（　　　）からです。」

1 すき　　2 すきだ　　3 きらい　　4 きらいだ

山田「田中先生很常去海邊耶。」
田中「是啊，因為我喜歡海。」

文法重點！ ⊘「から」是表示原因理由的助詞。　すきだから（○）　すきから（×）

詞彙 海 海 | よく 經常 | 好きだ 喜歡 | 嫌いだ 討厭

4 学校へは（　　　）行きますか。

1 なにも　　2 なにに　　3 なにへ　　4 なにで

你要如何前往學校？

文法重點！ ⊘「なにで」是指手段或方法，通常用於詢問交通工具。

例 北海道へは何で行きますか。你要如何前往北海道？

詞彙 学校 學校

5　わたしの　家は　会社から（　　　）遠く　ないです。

1　こんなに　　2　そんなに　　3　あんなに　　4　どんなに

我家離公司沒有那麼遠。

文法重點！ ⊙ そんなに～ない：沒有那麼～　例 そんなにおいしくないです。沒有那麼好吃。

詞彙　家 房子、家｜会社 公司｜遠い 遠的

6　田中さんは　コンビニ（　　　）はたらいて　います。

1　で　　2　に　　3　が　　4　へ

田中先生在超商工作。

文法重點！ ⊙ ～で働く：在～工作（前面接工作地點）▶ ～に勤める：在～任職（前面接公司或機構名稱）

⊙ 要好好區分這兩個用法。

詞彙　コンビニ 超商｜働く 工作

7　こんげつに　はいって（　　　）なりました。

1　さむい　　2　さむくて　　3　さむく　　4　さむくないで

進入這個月後變冷了。

文法重點！ ⊙ い形容詞語幹＋くなる：變得～　例 暖かくなりました。變暖和了。

詞彙　今月 這個月｜寒い 冷的、寒冷

8　ここから　駅まで　歩いて　20分（　　　）かかります。

1　ごろ　　2　しか　　3　ところ　　4　ほど

從這裡走到車站大約需要 20 分鐘。

文法重點！ ⊙ ～ほど：大約～、約略～　例 1 時間ほど待ちました。等了大約 1 小時。

⊙ ～ごろ：表示大約的時間範圍，～前後、～左右　例 1 時ごろ来ます。1 點左右來。

詞彙　駅 車站｜歩く 走路｜かかる 花費、需要

9　子どもたちが　運動場（　　　）走って　います。

1　へ　　2　に　　3　を　　4　は

小朋友正在操場跑步。

文法重點！ ⊘～を走る：在～跑步　⊘～を歩く：走在～

詞彙 たち 們（表示複數）｜**運動場** 操場

10　A「あした　公園へ　行きますか。」

B「はい、（　　　　）。」

1　そうです　　　2　行きます

3　そうでは　ありません　　　4　行きません

A「明天要去公園嗎？」

B「好啊，我要去。」

文法重點！ ⊘只有「名詞」的疑問句可以用「はい、そうです（是的）」。「動詞」、「い形容詞」、「な形容詞」基本上都無法使用「はい、そうです」來回答。

例 A：あなたは日本人ですか。你是日本人嗎？

B：はい、そうです。是的，我是。

詞彙 **明日** 明天｜**公園** 公園

11　30日（　　　　）しゅくだいを　出して　ください。

1　あいだ　　2　あいだに　　3　まで　　4　までに

請在 30 日前提交作業。

文法重點！ ⊘～まで：慣用說法是「～から～まで」，表示某個動作或狀態一直持續到某個時間為止。

例 2時から6時まで、家にいました。從 2 點到 6 點一直在家裡。

例 6時までに家に帰ってきてください。請在 6 點前回家。

詞彙 **宿題を出す** 提交作業

12　みなさん、　ここ（　　　　）バスに　乗って　行きます。

1　ところは　　2　にでも　　3　からは　　4　ばかりは

各位，從這裡開始我們要搭公車前往。

文法重點！ ⊘～からは：從～開始

例 JR 山形駅からは、バス利用で約 30 分　從 JR 山形站出發，搭公車約需 30 分鐘。

詞彙 **乗る** 搭乘

13 朝ごはんを（　　　）学校へ　行きました。

1　たべなくて　　2　たべないで　　3　たべないから　　4　たべないので

不吃早餐就去學校了。

文法重點！ ～ないで：不做～而是～

例 朝ご飯を食べないで、学校へ行きました。不吃早餐就去學校了。

～なくて：因為沒有做～，所以～

例 朝ご飯を食べなくて、おなかぺこぺこです。因為沒吃早餐，所以肚子非常餓。

詞彙 朝ご飯 早餐｜食べる 吃｜学校 學校

14 きのう　仕事が　終わったのは　8時（　　　）でした。

1　ごろ　　2　ばかり　　3　など　　4　うち

昨天工作結束的時間是8點左右。

文法重點！ ～ごろ：表示大約的時間範圍，～前後、～左右

例 彼が帰ってきたのは、12時ごろでした。他昨天回來的時間是12點左右。

詞彙 仕事 工作｜終わる 結束

15 A「夏休みに　どこかへ　行きますか。」

B「行きたいですが、　まだ（　　　）お金が　ありません。」

1　学生ので　　2　学生だので　　3　学生なので　　4　学生でので

A「暑假要去哪裡嗎？」

B「我想去，但因為我還是學生，所以沒有錢。」

文法重點！ 名詞＋なので：名詞與「ので」連接時，必須要有「な」。

例 子どもなので 因為是小孩　外国人なので 因為是外國人

詞彙 夏休み 暑假｜まだ 還、仍舊

16 田中「山田さん、どうぞ　たべて　ください。」

山田「はい、（　　　）。」

1　どういたしまして　　2　おいしかったです

3　いただきます　　4　ごちそうさまでした

田中「山田先生，請嚐嚐。」

山田「好的，我開動囉。」

文法重點！ ⊘ いただきます：我要開動了　⊘ どういたしまして：不客氣、別客氣
⊘ おいしかったです：很好吃　⊘ ごちそうさまでした：謝謝款待

問題2　請從 1、2、3、4 中選出最適合填入下列句子＿★＿中的答案。

17　むすこ「おかあさん、こうえんへ　いって　きます。」
母　「ひろし、＿＿　＿＿　＿★＿　＿＿　家に　かえって　きなさい。」
1　まえ　2　なる　3　くらく　4　に

兒子「媽媽，我要去一下公園。」
母親「廣志，在天黑之前要回家。」

正確答案 ひろし、暗くなる前に家に帰ってきなさい。

文法重點！ ⊘ 動詞原形＋前に：做～之前　例 雨が降る前に帰りましょう。在下雨前回家吧。

詞彙 暗い 暗的｜なる 變成｜なさい 去做～，表示命令的語氣

18　A「あした　休みですね。」
B「そうですね、いっしょに　＿＿　＿＿　＿★＿　＿＿　行きませんか。」
1　で　2　見に　3　えいが　4　も

A「明天放假耶。」
B「對啊，要不要一起去看電影什麼的？」

正確答案 そうですね、いっしょに映画でも見に行きませんか。

文法重點！ ⊘ ～でも：之類的、什麼的。多用於邀約或提出建議。
例 いっしょにごはんでもどうですか。一起吃飯什麼的如何呢？

詞彙 休み ① 休息 ② 假期、放假｜いっしょに 一起｜映画 電影

19　A「えんぴつ　＿＿　＿＿　＿★＿　＿＿　書いて ください。」
B「はい、わかりました。」
1　で　2　では　3　なくて　4　ボールペン

A「不是用鉛筆，請用原子筆寫。」
B「好，我知道了。」

正確答案 えんぴつではなくてボールペンで書いてください。

文法重點！ ⊘ ～ではなくて：不是～而是～　⊘ ～で：以～方式　例 タクシーで行きます。搭計程車去。

詞彙 えんぴつ 鉛筆｜ボールペン 原子筆｜分かる 知道、理解

20　わたしは　いつも ＿＿ ＿＿ ★ ＿＿ ごはんを　たべます。

1　に　2　はいって　3　おふろ　4　から

我總是洗澡後吃飯。

正確答案 わたしはいつもお風呂に入ってからご飯を食べます。

文法重點！ ⊘ 動詞て形＋から：做～之後

例 運動してからシャワーをあびます。運動後洗澡。

詞彙 お風呂に入る 洗澡

21　A「次の ＿＿ ＿＿ ★ ＿＿ 行って　ください。」

B「次の　かどですか。わかりました。」

1　まっすぐに　2　右に　3　まがって　4　かどを

A「下一個轉角右轉後請直走。」

B「下一個轉角嗎？我知道了。」

正確答案 次の角を右に曲がってまっすぐに行ってください。

文法重點！ ⊘ ～に曲がる：往～轉　例 左に曲がってください。請左轉。

詞彙 次 下一個｜角 轉角｜右 右｜まっすぐに 直直地

問題 3　請閱讀下列文章，並根據內容從 1、2、3、4 中選出最適合填入 22～26 的答案。

「我的一天」

我是韓國來的留學生。現在仍在日語學校讀書。

我每天早上七點起床。早上起床後，我會先[22]洗臉再刷牙。然後吃早餐。有些人早餐吃麵包，而我總是[23]吃飯。因為我吃麵包也吃不飽。

日語學校是早上 9 點開始[24]下午 1 點結束。日語課非常有趣。我努力學習，想要趕快變厲害。日語學校上課結束後[25]就吃午餐。我從下午 2 點到 6 點在超商打工。

打工結束後，回到家大約 7 點左右。我會洗[26]澡再吃晚餐。然後我會學習當天學到的內容。一直學習到 12 點再睡覺。明年我想進入日本的大學就讀。

詞彙 一日 一天｜韓国 韓國｜留学生 留學生｜まだ 還、仍舊｜日本語学校 日語學校｜勉強 學習｜毎朝 每天早上｜顔を洗う 洗臉｜歯をみがく 刷牙｜それから 然後｜パン 麵包｜おなかいっぱいになる 吃得很飽｜終わる 結束｜授業 授課、上課｜いっしょうけんめいに 拚命地、努力地｜着く 到達｜シャワーをあびる 淋浴、洗澡｜その日 那一天｜習う 學習｜大学 大學

22 1 さきから　2 さっき　3 まず　4 まえに

文法重點！ まず：首先　さきから：從剛才開始　さっき：剛才　まえに：之前

解說 因為內文在談論早上醒來後的第一個動作，所以答案是選項3。

23 1 きょうは　2 いつも　3 いつか　4 いつ

文法重點！ いつも：總是　きょうは：今天　いつか：有一天　いつ：什麼時候

解說 前面句子提到「有些人早餐吃麵包」，而後面句子則提到「吃麵包也吃不飽」，所以可以推測作者是因為麵包吃不飽才總是吃飯，因此答案是選項2。

24 1 はじまって　2 はじまるが　3 はじめて　4 はじめるが

文法重點！ はじまって：開始　はじまるが：要開始，但是
はじめて：第一次　はじめるが：要開始，但是

解說 前面句子提到「日本語学校は（日語學校）」，而後面句子則提到「下午1點結束」，所以可以推測這裡應該要用自動詞「はじまる（開始）」。

25 1 おわるから　2 おわらないから　3 おわったから　4 おわってから

文法重點！ おわってから：結束後　おわるから：因為要結束
おわらないから：因為不結束　おわったから：因為已經結束

解說 這裡要表達「午餐是在課程結束後吃的」，所以要使用「～てから（做～之後）」的用法。

26 1 とって　2 あびて　3 こめて　4 いれて

文法重點！ あびて：淋　とって：拿　こめて：裝填　いれて：放入

解說 如果知道「シャワーをあびる（淋浴、洗澡）」這個慣用表達，就能選出正確答案。

第2節 讀解

問題 4　閱讀下列 (1) ～ (3) 的內容後回答問題，從 1、2、3、4 中選出最適當的答案。

(1)

　上週日，我和朋友去了海邊。因為想看海。雖然開車去了，但因為路上塞車，花了三個小時。雖然很辛苦，但看到美麗且寬廣的海，心情也變得很好。因為風很強勁又冷，所以海邊沒有什麼人。我和朋友約定了暑假要再來。

27　為什麼上週日海邊沒有什麼人？

1　因為路上塞車。
2　因為到海邊很遠。
3　因為天氣不好。
4　因為下雨。

詞彙　先週 上週｜日曜日 星期日｜海 海｜車 車子、汽車｜道がこむ 塞車｜かかる 花費｜大変だ 辛苦｜きれいだ 美麗｜広い 寬闊｜気分 心情｜風 風｜強い 強勁｜寒い 寒冷｜あまり（後面接否定表現）不怎麼｜夏休み 暑假｜約束 約定

解說　文中提到「風が強くて寒かったので、海に人はあまりいませんでした。因為風很強勁又冷，所以海邊沒有什麼人。」換句話說，由於天氣不好，人們不太前往海邊。所以答案是選項 3。

(2)

　昨天是媽媽的生日。所以爸爸買了蛋糕回來。我買了花作為媽媽的生日禮物。晚上全家一起唱生日快樂歌。然後也吃了蛋糕。媽媽說了「謝謝」。我也很高興。

28　家人昨天做了什麼？

4

詞彙　誕生日 生日｜それで 因此、所以｜ケーキ 蛋糕｜プレゼント 禮物｜花 花｜家族 家人｜歌 歌曲｜歌う 唱歌｜うれしい 高興的

解說　從內文可以得知昨天是媽媽生日，全家舉辦了生日派對。而且還提到爸爸買了蛋糕，作者則是買了花作為禮物。因此答案是選項 4。

(3)

我家有一隻名叫「阿童」的可愛狗狗。我真的很喜歡和阿童一起玩耍。而且阿童最喜歡去公園散步。因為牠喜歡去公園和其他狗狗一起玩耍。我也喜歡去公園和學校的朋友玩，所以每天都和阿童一起去公園。

29 阿童為什麼喜歡去公園？

1 因為可以和其他狗狗一起玩耍。

2 因為可以和我在公園玩耍。

3 因為喜歡在公園散步。

4 因為喜歡和我的朋友一起玩。

詞彙 うちには 在我家｜～という 叫做～｜かわいい 可愛的｜犬(いぬ) 狗｜遊(あそ)ぶ 玩｜本当(ほんとう)に 真的｜公園(こうえん) 公園｜散歩(さんぽ) 散步｜大好(だいす)きだ 最喜歡｜ほかの～ 其他的～｜毎日(まいにち) 每天

解說 文中提到「アトムは公園(こうえん)に行(い)って、ほかの犬(いぬ)たちと遊(あそ)ぶのが好(す)きだからです。阿童最喜歡去公園散步，因為牠喜歡去公園和其他狗狗一起玩耍。」因此答案是選項1。

問題5 閱讀下面文章後回答問題，從1、2、3、4中選出最適當的答案。

昨天是星期日，但是從早上10點左右開始下雨。所以我沒去任何地方遊玩，待在家裡。

我在家做了學校作業，但作業很多很傷腦筋。我在早上11點開始做，下午2點才結束。我在2點吃了午餐，在客廳看電視，但看電視的時候不小心睡著了。五點左右媽媽把我叫醒。媽媽跟我說要帶傘去車站。因為早上很早出門的哥哥沒帶傘。所以我帶著傘去了車站。

哥哥在車站看到我後跟我說了「謝謝」。我和哥哥兩個人一起從車站走路回家。媽媽對我說「你真是個好孩子。」我感到很高興。

30 為什麼此人沒去任何地方遊玩，待在家裡？

1 因為下雨。

2 因為睡過頭了。

3 因為在看電視。

4 因為作業很多。

解說 通常出現畫底線的句子時，其前後的句子會提供線索。文中提到「從早上10點左右開始下雨」，所以可以推測此人待在家裡的原因是因為下雨了。因此答案是選項1。

31 關於此文，以下何者是正確敘述？

1 昨天真的是好天氣。
2 昨天沒去任何地方。
3 在車站遇到哥哥。
4 學校作業太少。

解說 從內文可以得知昨天下雨，而且作者去車站遇到哥哥，學校功課也很多。因此答案是選項 3。

詞彙 日曜日 星期日｜朝 早上｜10 時ごろから 從 10 點左右開始｜雨が降る 下雨｜宿題 作業｜困る 困擾、傷腦筋｜始める 開始｜午後 下午｜終わる 結束｜昼ごはん 午餐｜リビング 客廳｜見ながら 一邊看一邊～｜起こす 叫醒｜駅 車站｜～まで 到～｜かさ 傘｜持っていく 帶去｜～なさい 去做～，表示命令的語氣｜早く 很早｜出かける 出去｜兄 哥哥｜それで 因此、所以｜二人 兩個人｜歩く 走路｜帰る 回去｜いい子 好孩子｜うれしい 高興

問題 6 右頁是 NIKONIKO 公園的使用指南。請閱讀文章後回答以下問題，並從 1、2、3、4 中選出最適當的答案。

32 志村先生想和兩個小孩一起打兩小時的網球。總共要花多少錢？

1 800 日圓
2 1,200 日圓
3 1,600 日圓
4 2,000 日圓

解說 網球場使用費用是成人每小時 400 日圓，兒童 200 日圓。由於想使用兩小時，所以費用為 800 日圓和 400 日圓，但因為有兩個小孩，所以總金額是 1600 日圓。

NIKONIKO 公園的使用指南

		費用	使用時間
網球場	成人	400 日圓（1 小時）	10 月到 3 月 9：00～17：00 4 月到 9 月 9：00～18：00
	兒童	200 日圓（1 小時）	
足球場	成人	300 日圓（2 小時）	
	兒童	150 日圓（2 小時）	
棒球場	成人	900 日圓（3 小時）	
	兒童	450 日圓（3 小時）	

詞彙 全部で 全部｜いくら 多少錢｜払う 支付｜公園 公園｜利用 利用｜案内 指南｜テニスコート 網球場｜サッカー場 足球場｜やきゅう場 棒球場｜大人 成人

第3節 聽解 Track 1

問題1　先聆聽問題，在聽完對話內容後，請從選項1～4中選出最適當的答案。

れい Track 1-1

女の人と男の人が話しています。男の人は何を買いますか。

女：今週の土曜日は吉田さんのたんじょう日ですが、プレゼントは何がいいでしょうか。

男：そうですね。何がいいか、よくわかりませんね。

女：吉田さん、よく音楽を聞くから、音楽のCDはどうでしょうか。

男：いいですね。じゃ、私はケーキをあげることにします。

女：あ、いいですね。みんなが食べられる大きいいちごのケーキはどうですか。

男：それもいいけど、彼、チーズが好きだと言っていたから、そっちの方がいいんじゃないでしょうか。

女：あ、そうですね。

男の人は何を買いますか。

1　チーズケーキ
2　いちごケーキ
3　チョコケーキ
4　生クリームケーキ

例

女子和男子正在交談。男子要買什麼東西？

女：這個星期六是吉田先生的生日，禮物要送什麼好呢？

男：是啊。我也不太知道要送什麼才好。

女：吉田先生經常聽音樂，所以送他音樂CD如何呢？

男：不錯耶。那麼我決定送蛋糕給他。

女：哇，可以唷。大家都能吃的大草莓蛋糕如何呢？

男：那個也不錯，但是因為他說過喜歡起士蛋糕，買那個不是比較好嗎？

女：啊，也對。

男子要買什麼東西？

1　起士蛋糕
2　草莓蛋糕
3　巧克力蛋糕
4　奶油蛋糕

解說　雖然女子提議買大家都能吃的大草莓蛋糕，但男子認為買吉田先生喜歡的口味比較適合，而吉田先生說過喜歡起士蛋糕，所以答案是選項1。

詞彙　今週 這週｜誕生日 生日｜音楽 音樂｜あげる 給｜食べられる 可以吃｜いちご 草莓｜そっち 那邊｜方 方面

1ばん Track 1-1-01

スーパーで、男の人と女の人が話しています。男の人は何と何を買いますか。

男：パンと牛乳をください。

女：あ、牛乳はありません。

男：では、コーラはありますか。

女：すみません、コーラも…。

男：え～。ジュースはありますか。

女：はい、あります。

男：では、ジュースをください。

男の人は何と何を買いますか。

2

第 1 題

在超市裡，男子和女子正在交談。男子要買什麼東西？

男：請給我麵包和牛奶。

女：啊，牛奶沒有了。

男：那麼有可樂嗎？

女：不好意思，可樂也沒有了……

男：嗯，有果汁嗎？

女：有的，有果汁。

男：那麼請給我果汁。

男子要買什麼東西？

解說 男子一開始要買麵包和牛奶，但店員告訴他沒有牛奶了，他又問是否有可樂，而可樂也沒有了，於是他接著問是否有果汁，因為還有果汁，所以他最後決定買麵包和果汁。因此答案是選項 2。

詞彙 パン 麵包｜牛乳 牛奶｜コーラ 可樂｜ジュース 果汁

2ばん Track 1-1-02

女の人と男の人が話しています。女の人はこれから何をしますか。

女：すみません、この辺に郵便局はありますか。

男：郵便局ですか。すみません、私もここに住んでいないので、よくわかりません。

女：そうですか。どうしよう…。

第 2 題

女子和男子正在交談。女子接下來要做什麼？

女：不好意思，這附近有郵局嗎？

男：郵局嗎？抱歉，我也不住這裡，所以不太清楚。

女：這樣啊。該怎麼辦才好啊？

男：あ、あちらに警察官がいますよ。警察官に聞いてください。

女：そうですね、ありがとうございます。

男：いいえ。

男：啊，那裡有警察喔。請您去詢問警察。

女：好的，謝謝您。

男：不會。

女の人はこれから何をしますか。

1　一人で郵便局へ行きます
2　男の人と郵便局へ行きます
3　警察官に道を聞きます
4　男の人と警察官に道を聞きます

女子接下來要做什麼？

1　一個人去郵局
2　和男子去郵局
3　向警察問路
4　和男子去向警察問路

解說　一開始女子詢問男子附近是否有郵局，但男子不住在這裡，所以不太清楚，建議她去問警察。所以答案是選項3。

詞彙　この辺 這附近｜郵便局 郵局｜住む 居住｜警察官 警察

3ばん Track 1-1-03

男の人と女の人が話しています。男の人はこれからどうしますか。

男：ひるご飯はもう食べましたか。

女：これから友だちに会って、いっしょにレストランへ食べに行きます。

男：山本さんはどこへ行きましたか。

女：山本さんは、コンビニへべんとうを買いに行きました。

男：あ、べんとうですか。じゃ、僕もそうしよう。

第3題

男子和女子正在交談。男子接下來該怎麼做？

男：妳已經吃午餐了嗎？

女：等一下要和朋友見面，一起去餐廳吃飯。

男：山本先生去哪了？

女：山本先生去超商買便當了。

男：啊，買便當嗎？那我也這樣做吧。

男の人はこれからどうしますか。

1　コンビニへべんとうを買いに行きます
2　レストランへべんとうを買いに行きます
3　友だちに会ってレストランへ行きます
4　友だちに会ってべんとうを買いに行きます

男子接下來該怎麼做？

1　去超商買便當
2　去餐廳買便當
3　和朋友見面再去餐廳
4　和朋友見面再去買便當

解說 男子聽到山本先生去超商買便當的消息後就說「僕もそうしよう（我也這樣做吧）」，換句話說他打算去超商買便當。所以答案是選項 1。

詞彙 ひるご飯 午餐｜もう 已經｜いっしょに 一起｜レストラン 餐廳｜コンビニ 超商｜べんとう 便當｜買う 買

4ばん Track 1-1-04

男の人と女の人が話しています。女の人はこれからどこへ行きますか。

男：井上さん、こんにちは、おひさしぶりですね。

女：あ、新井さん、本当におひさしぶりですね。

男：これからどこへ行きますか。

女：天気がいいので、公園へ散歩に行きますが、その前に水を買いにコンビニへ行きます。新井さんはどこへ行きますか。

男：私は本を借りに図書館へ行きます。

女：図書館ですか。私は散歩をして、あとで行くつもりです。

男：それでは、今、いっしょに図書館へ行きませんか。

女：あ、すみません、公園で友だちが待っていますので。

男：あ、そうですか。

女の人はこれからどこへ行きますか。

4

第 4 題

男子和女子正在交談。女子接下來要去哪裡？

男：井上小姐，妳好，好久不見耶。

女：啊，新井先生，真的是好久不見。

男：等一下要去哪裡？

女：天氣很好，所以我要去公園散步，但在那之前要去超商買水。新井先生要去哪裡？

男：我要去圖書館借書。

女：圖書館嗎？我打算散步後再去。

男：這樣的話，要不要現在一起去圖書館？

女：喔，不好意思。朋友正在公園等我。

男：喔，這樣子啊。

女子接下來要去哪裡？

解說 女子雖然說要去公園散步，但也提到去公園之前要去超商買水。因此她的目的地是超商，答案是選項 4。

詞彙 ひさしぶり 好久不見｜本当(ほんとう)に 真的｜天気(てんき) 天氣｜公園(こうえん) 公園｜散歩(さんぽ) 散步｜その前(まえ)に 在那之前｜コンビニ 超商｜借(か)りる 借（入）｜図書館(としょかん) 圖書館｜あとで 之後｜いっしょに 一起

5ばん Track 1-1-05	第5題
女(おんな)の人(ひと)と男(おとこ)の人(ひと)が話(はな)しています。男(おとこ)の人(ひと)はこれから何(なに)をしますか。	女子和男子正在交談。男子接下來要做什麼？
女：はやとさん、すみませんが、やおやへ行(い)ってたまねぎを買(か)ってきてください。	女：勇人，不好意思，請去蔬菜店買洋蔥回來。
男：たまねぎですか。これからトイレの掃除(そうじ)をしようと思(おも)っていましたが…。	男：洋蔥嗎？我等一下打算打掃廁所⋯⋯
女：たまねぎを買(か)ってきてから、トイレの掃除(そうじ)をしてください。	女：請買洋蔥回來再打掃廁所。
男：やおやは遠(とお)くないですか。	男：蔬菜店不是很遠嗎？
女：それじゃ、たまねぎは私(わたし)が買(か)ってきますから、はやとさんはスーパーへ行(い)って、ミルクを買(か)ってきてください。スーパーは近(ちか)いでしょう。それからトイレの掃除(そうじ)をしてください。	女：那我去買洋蔥，請勇人去超市買牛奶回來。超市很近吧。然後再請你打掃廁所。
男：は～い。	男：好的。
男(おとこ)の人(ひと)はこれから何(なに)をしますか。	男子接下來要做什麼？
1 やおやへ行(い)ってたまねぎを買(か)ってきます	1 去蔬菜店買洋蔥回來
2 スーパーへ行(い)ってミルクを買(か)ってきます	2 去超市買牛奶回來
3 女(おんな)の人(ひと)とやおやへたまねぎを買(か)いに行(い)きます	3 和女子去蔬菜店買洋蔥
4 女(おんな)の人(ひと)とスーパーへミルクを買(か)いに行(い)きます	4 和女子去超市買牛奶

解說 一開始女子請男子去蔬菜店買洋蔥，但男子打算打掃廁所，於是女子要求男子買完再回來打掃。但男子之後又說蔬菜店很遠，所以女子說她自己去蔬菜店，並請求男子去超市買牛奶，而男子也答應了。所以答案是選項2。

詞彙 やおや 蔬菜店｜たまねぎ 洋蔥｜これから 從現在起、接下來｜トイレ 廁所｜掃除(そうじ) 打掃｜遠(とお)い 遠的｜スーパー 超市｜ミルク 牛奶｜近(ちか)い 近的

6ばん Track 1-1-06

女の人と男の人が話しています。女の人はどのシャツを買いますか。

女：あのシャツ、かわいいですね。買おうかな。

男：どれどれ？ あ、あの犬の絵があるシャツですか。かわいいですね。

女：犬じゃなくて、ねこですよ。

男：ねこですか。あ、あのはんそでのですか。

女：ちがいますよ。長い方です。

男：ええ？ もうすぐ夏ですから、はんそでの方がいいと思いますけど。

女：いいです。いいです。今、着ますから。

女の人はどのシャツを買いますか。

4

第 6 題

女子和男子正在交談。女子要買哪一件襯衫？

女：那件襯衫好可愛喔，要不要買呢？

男：哪件哪件？那件有狗狗圖案的襯衫嗎？好可愛喔。

女：那不是狗，是貓。

男：是貓嗎？啊！是那件短袖的嗎？

女：不是。是長的那件。

男：欸？馬上就要夏天了，我覺得短袖那件比較好。

女：沒關係沒關係，因為我現在就要穿。

女子要買哪一件襯衫？

解說 女子想要的襯衫是印有貓咪圖案的長袖襯衫，所以答案是選項 4。「はんそで」的意思是短袖，這是常出現在圖畫問題中的詞彙，請務必記住。

詞彙 シャツ 襯衫｜かわいい 可愛的｜どれどれ 哪個｜犬 狗｜絵 圖案｜ねこ 貓｜はんそで 短袖｜ちがう 不對｜もうすぐ 馬上、快要｜夏 夏天｜着る 穿

7ばん Track 1-1-07

男の人と女の人が話しています。女の人は何を持って行きますか。

女：青木さん、あした山に行くとき、何を持って行けばいいですか。

男：水と地図とぼうしを持ってきてください。

女：あ、私、地図はありません。

男：じゃ、地図は私が持って行きますから、地図はいいです。

女：ありがとうございます。べんとうはどうしましょうか。

男：べんとうは山田さんが持ってきますから、べんとうもいいです。

女の人は何を持って行きますか

2

第 7 題

男子和女子正在交談。女子要帶什麼東西去？

女：青木先生，明天去山上時，應該帶什麼去才好？

男：請攜帶水、地圖和帽子。

女：啊，我沒有地圖。

男：那我會帶地圖去，所以妳不用帶地圖。

女：謝謝。便當該怎麼辦呢？

男：便當山田小姐會帶來，妳也不用帶了。

女子要帶什麼東西去？

解說 一開始男子說需要帶水、地圖和帽子。但女子說她沒有地圖時，男子表示自己會帶去，所以女子可以不用帶。另外由於山田小姐會帶便當來，所以女子也不用帶便當去。因此答案是選項 2。對話中出現的「いいです」不是表示「好的」的意思，而是表示「不需要、不用了」的意思。這種用法也經常出現，要特別注意。

詞彙 山 山 | 持つ 攜帶 | 地図 地圖 | ぼうし 帽子 | べんとう 便當

問題 2　先聆聽問題，再看選項，在聽完對話內容後，請從選項 1 ～ 4 中選出最適當的答案。

れい Track 1-2

男の人と女の人が話しています。男の人はどうしてあくびをしますか。

男：ふぁー。（あくびの音）

女：村松さん、よくあくびをしていますね。疲れているんですか。

男：最近、眠れなくて。

女：え？ 何かあるんですか。

男：先月、子供が生まれたじゃないですか。夜になると、よく泣くんですよ。

女：あ、それで。

男の人はどうしてあくびをしますか。

1　仕事が大変だから
2　夜になったから
3　子どもに泣かれたから
4　子どもが生まれたから

例

男子和女子正在交談。男子為什麼打呵欠？

男：哈啊～。（打呵欠的聲音）

女：村松先生你經常打呵欠。是不是很累？

男：最近睡不好。

女：欸？是有什麼事嗎？

男：上個月孩子不是剛出生嗎？一到夜晚就很常哭。

女：哎呀，是那樣啊。

男子為什麼打呵欠？

1　因為工作很辛苦
2　因為已經晚上了
3　因為孩子哭鬧
4　因為孩子出生了

解說　男子說上個月出生的孩子晚上經常哭，導致他睡不好，所以答案是選項3。請注意「泣かれる」是「泣く（哭泣）」這個自動詞的被動形，在此是表示「感到困擾」的用法。

詞彙　あくびをする 打呵欠｜疲れる 疲勞｜最近 最近｜眠る 睡覺｜先月 上個月｜生まれる 出生｜夜になる 一到夜晚｜泣く 哭泣｜仕事 工作｜大変だ 辛苦

1ばん Track 1-2-01

女の人と男の人が話しています。新しいラーメン屋は、どんなラーメン屋ですか。

女：きのう、山口さんと新しいラーメン屋へ行ってきました。

男：あ、駅前の新しいラーメン屋ですよね。どうでしたか。

女：おいしかったですよ。店の人も親切でした。

第 1 題

女子和男子正在交談。新開的拉麵店是什麼樣的拉麵店？

女：昨天我和山口小姐一起去了新開的拉麵店。

男：啊，車站前新開的拉麵店啊。如何呢？

女：很好吃喔。店員也很親切。

男：そうですか。私も行ってみたいです。ラーメンは、いくらですか。

女：ほかのラーメン屋より、すこし高いんです。

新しいラーメン屋は、どんなラーメン屋ですか。

1　おいしくて、やすいです
2　おいしいですが、たかいです
3　おいしくないですが、やすいです
4　おいしくなくて、たかいです

男：這樣啊。我也想去看看。拉麵一碗多少錢？

女：比起其他的拉麵店稍微貴一點。

新開的拉麵店是什麼樣的拉麵店？

1　好吃又便宜
2　好吃，但很貴
3　不好吃，但很便宜
4　不好吃又貴

解說　女子覺得新開的拉麵店味道不錯，店員也很親切，但價格比其他店稍微貴一點，所以答案是選項 2。

詞彙　新しい 新的｜ラーメン屋 拉麵店｜駅前 車站前｜店 商店｜親切だ 親切｜いくら 多少錢｜すこし 稍微｜高い ① 貴的 ② 高的

2ばん　Track 1-2-02

女の人と男の人が話しています。女の人の誕生日はいつですか。

女：北島さん、お誕生日はいつですか。

男：9月8日です。

女：9月8日ですか。

男：森永さんはいつですか？

女：私の誕生日は、5月4日です。

女の人の誕生日はいつですか。

1　9月8日
2　9月4日
3　5月8日
4　5月4日

第 2 題

女子和男子正在交談。女子的生日是什麼時候？

女：北島先生，你生日是什麼時候？

男：9 月 8 號。

女：是 9 月 8 號嗎？

男：森永小姐是什麼時候呢？

女：我的生日是 5 月 4 號。

女子的生日是什麼時候？

1　9 月 8 號
2　9 月 4 號
3　5 月 8 號
4　5 月 4 號

解說　這是需要了解月份和日期發音的問題。特別要注意「4日」和「8日」這種發音相似的情況。女子說她的生日是 5 月 4 號，所以答案是選項 4。

詞彙　誕生日 生日｜いつ 什麼時候｜9月 9 月｜8日 8 號｜5月 5 月｜4日 4 號

3ばん Track 1-2-03

男の人と女の人が話しています。男の人は何がほしかったですか。

男：すみません、ボールペンを貸してください。

女：えんぴつしかありませんが、えんぴつでもいいですか。

男：はい、えんぴつでもいいです。ありがとうございます。

女：かみはありますか。

男：かみはだいじょうぶです。

男の人は何がほしかったですか。

1　かみ
2　えんぴつ
3　えんぴつかかみ
4　えんぴつかボールペン

第 3 題

男子和女子正在交談。男子想要什麼東西？

男：不好意思，請借我原子筆。

女：我只有鉛筆，鉛筆也可以嗎？

男：好，鉛筆也可以。謝謝。

女：你有紙嗎？

男：我不需要紙。

男子想要什麼東西？

1　紙
2　鉛筆
3　鉛筆或紙
4　鉛筆或原子筆

解說　一開始男子是跟女子借原子筆，但女子回答她只有鉛筆，男子表示鉛筆也可以，因為他需要的是筆或鉛筆等寫字工具，所以答案是選項 4。

詞彙　ほしい 想要｜ボールペン 原子筆｜貸す 借（出）｜えんぴつ 鉛筆｜～しか 只、僅｜～でもいいです ～也可以｜かみ 紙｜だいじょうぶだ 不要緊、沒問題

4ばん Track 1-2-04

女の人と男の人が話しています。男の人はどうしてカラオケに行きませんか。

女：木村さん、今晩みんなでカラオケに行きますが、いっしょにどうですか。

男：今晩ですか、今晩はちょっと…。

女：木村さん、カラオケが好きではありませんか。それとも、残業ですか。

男：カラオケ、好きですよ。でも、今、風邪ひいてのどが痛いです。

女：あ、風邪ですか。

男：はい。それで、今晩はちょっと無理です。

女：そうですか。私は残業でもするのかと思いました。

男の人はどうしてカラオケに行きませんか。

1 残業をしなければならないから
2 風が強い日はきらいだから
3 風邪でのどが痛いから
4 カラオケが好きではないから

第 4 題

女子和男子正在交談。男子為什麼不去卡拉 OK？

女：木村先生，今晚大家要去卡拉 OK，你要不要一起去？

男：今晚嗎？今晚有點……

女：木村先生不是喜歡卡拉 OK 嗎？還是你要加班？

男：我喜歡卡拉 OK。但是我現在感冒喉嚨痛。

女：噢，感冒嗎？

男：是的，因此今晚有點沒辦法。

女：這樣啊。我還以為你是要加班之類的。

男子為什麼不去卡拉 OK？

1 因為一定要加班
2 因為討厭風大的日子
3 因為感冒喉嚨痛
4 因為不喜歡卡拉 OK

解說 男子喜歡卡拉 OK，但他現在感冒喉嚨痛，所以不能去。因此答案是選項 3。

詞彙 今晩 今晚｜みんなで 大家一起｜カラオケ 卡啦 OK｜残業 加班｜風邪 感冒｜ひく 罹患、得到｜のどが痛い 喉嚨痛｜無理だ 勉強、辦不到

5ばん Track 1-2-05

大学の先生と女の学生が話しています。二人はいつ会いますか。

女：先生、相談したいことがありますが…。

男：あ、石田さん、相談ですか。今はちょっと時間がありません。明日はどうですか。

女：明日は火曜日ですね。すみません、明日はバイトがあります。あさっての午前中はどうですか。

男：あさっての午前中は会議があります。午後はだいじょうぶですが。

女：それでは、あさっての午後、また来ます。

二人はいつ会いますか。

1　水曜日の午後
2　水曜日の午前中
3　火曜日の午後
4　火曜日の午前中

第 5 題

大學老師和女學生正在交談。兩人什麼時候要見面？

女：老師，有件事想要跟您討論一下……

男：喔，石田啊，要討論事情啊。我現在沒有時間。明天可以嗎？

女：明天是星期二。抱歉，我明天有打工。後天上午可以嗎？

男：後天上午我有會議。下午就沒問題了。

女：那麼後天的下午，我再過來。

兩人什麼時候要見面？

1　星期三的下午
2　星期三的上午
3　星期二的下午
4　星期二的上午

解說　對話提到了「明天是星期二」，因此今天是星期一，後天就是星期三。因為老師後天上午有會議，提議下午見面，所以兩人會在星期三下午見面，答案是選項 1。

詞彙　相談　商量、討論｜バイト　打工｜あさって　後天｜午前中　上午｜会議　會議｜だいじょうぶだ　不要緊、沒問題｜午後　下午｜また　再

第1回

6ばん Track 1-2-06

男の人と女の人が話しています。女の人はどうして会社をやめますか。

男：竹内さん、会社をやめると聞きましたが、本当ですか。

女：はい、今月でやめます。

男：ほかの会社に行きますか。

女：いいえ、親の仕事をいっしょにすることになりましたので…。

男：あ、ほかの会社に行くか、結婚でもするのかと思いました。

女：いいえ、結婚は、まだ先の話ですよ。

女の人はどうして会社をやめますか。

1 ほかの会社に行くからです
2 結婚をするからです
3 外国へ行くからです
4 親の仕事を手伝うからです

第6題

男子和女子正在交談。女子為什麼要辭職？

男：竹內小姐，我聽說妳要辭職，是真的嗎？

女：是的，我這個月要辭職。

男：是要去其他公司嗎？

女：不是，是決定和父母一起工作，所以……

男：啊，我還以為是要去其他公司或是結婚之類的。

女：不是，結婚還早得很呢。

女子為什麼要辭職？

1 因為要去其他公司
2 因為要結婚
3 因為要去國外
4 因為要幫忙父母的工作

解說 女子提到「親の仕事をいっしょにすることになりました（決定和父母一起工作）」，換句話說就是要幫忙父母的工作，所以答案是選項4。

詞彙 やめる 辭職｜今月で 這個月結束｜ほかの～ 其他的～｜親 父母｜仕事 工作｜いっしょに 一起｜結婚 結婚｜～でも ～之類的｜まだ 還、仍舊｜先の話 將來的事｜手伝う 幫忙

問題 3 請看圖片並聆聽問題：箭頭（➔）指向的人應該說什麼呢？請從選項 1 ～ 3 中選出最適當的答案。

れい Track 1-3

ご飯を食べた後であいさつをします。何と言いますか。

女：1 ご飯をおいしく食べました。
　　2 ごちそうさまでした。
　　3 おかえりなさい。

例

吃完飯後要打招呼。應該說什麼？

女：1 享受了美味的飯。
　　2 謝謝款待。
　　3 歡迎回來。

解說 吃飯前要說「いただきます（我要開動了）」，吃飯後則要說「ごちそうさまでした（謝謝款待）」。

詞彙 あいさつ 打招呼 | おいしく 美味

1ばん Track 1-3-01

家に帰ってきました。何と言いますか。

女：1 いってきます。
　　2 おかえりなさい。
　　3 ただいま。

第 1 題

回到家了。應該說什麼？

女：1 我出門了。
　　2 歡迎回來。
　　3 我回來了。

解說 「行ってきます」是要出門時對家裡人講的招呼語，「お帰りなさい」則是家裡人對從外面回來的人講的招呼語。

詞彙 帰る 回家

2ばん Track 1-3-02

家にあそびに来た友だちが帰ります。友だちに何と言いますか。

女：1 また、来てください。
　　2 お先にどうぞ。
　　3 では、失礼します。

第2題

來家裡玩的朋友要回去了。應該對朋友說什麼？

女：1 請再來玩。
　　2 您先請。
　　3 那麼我先告辭了。

解說 「お先にどうぞ」是要讓對方先做動作時的說法，表示「您先請」的意思。「では、失礼します」則是要比其他人提前離開時所使用的說法。

詞彙 遊ぶ 玩 | 動詞ます形（去ます）+ に来る 來做～

3ばん Track 1-3-03

仕事が終わりました。みんなに何と言いますか。

男：1　よろしくお願いします。

2　おつかれさまでした。

3　いっていらっしゃい。

第3題

工作結束了。應該對大家說什麼？

男：1　請多多指教。

2　辛苦了。

3　慢走。

解說　「よろしくお願いします」是向初次見面的人表示「請多關照」的問候語。「行っていらっしゃい」通常是在家的人對外出的人使用的問候語，表示「慢走、路上小心」之意。

詞彙　仕事 工作｜終わる 結束

4ばん Track 1-3-04

タクシーに乗りました。何と言いますか。

女：1　どこへ行きますか。

2　このタクシーはいくらですか。

3　原宿までおねがいします。

第4題

搭上計程車。應該說什麼？

女：1　你要去哪裡？

2　這輛計程車多少錢？

3　請送我到原宿。

解說　「どこへ行きますか」是詢問對方目的地的用法。「このタクシーはいくらですか」是詢問計程車的價格。如果已經坐上計程車，應該要告訴司機目的地，所以答案是選項3。

詞彙　乗る 搭乘｜原宿 原宿（地名）

5ばん Track 1-3-05

店にお客さんが来ました。何と言いますか。

女：1　いらっしゃいませ。

2　どうですか。

3　何を買いますか。

第5題

店裡來了客人。應該說什麼？

男：1　歡迎光臨。

2　如何呢？

3　你要買什麼？

解說　有客人來店裡，應該用「いらっしゃいませ」來打招呼。「どうですか」則是用來詢問對方的想法或意見。「何を買いますか」是用來詢問正在逛店的人打算買什麼。

詞彙　店 商店｜お客さん 顧客、客人

問題 4　在問題 4 中沒有圖片內容。請在聆聽內容後，從選項 1 ～ 3 中選出最適當的答案。

れい Track 1-4

女：ごめんなさい。待ちましたか？

男：1　いいえ、僕も今来たばかりなんです。

2　いいえ、待ちませんでした。

3　はい、たくさん待ちました。

例

女：抱歉，讓你等待了嗎？

男：1　沒有，我也是剛到。

2　沒有，我沒有等。

3　是的，我等很久了。

解說　女子為自己讓對方等待而感到抱歉，所以回應時選項 1 是最適合的。

詞彙　～たばかりだ 剛剛做～

1ばん Track 1-4-01

男：学校は何時からですか。

女：1　今日は行きません。

2　9 時からです。

3　学校へ行きます。

第 1 題

男：學校從幾點開始？

女：1　今天我不去。

2　9 點開始。

3　我要去學校。

解說　男子詢問學校從幾點開始，應該回應對方具體的時間。所以答案是選項 2。

詞彙　学校 學校｜何時 幾點

2ばん Track 1-4-02

女：明日から夏休みですね。

男：1　プールに行きませんか。

2　夏は、いつからですか。

3　夏ではありません。

第 2 題

女：明天開始放暑假耶。

男：1　要不要去游泳？

2　夏天什麼時候開始呢？

3　不是夏天。

解說　因為女子提到明天開始放暑假，所以詢問對方要不要去游泳是較適當的答案。

詞彙　夏休み 暑假｜プール 游泳池

3ばん Track 1-4-03

女：佐野さんのお誕生日はいつですか。

男：1　誕生日パーティーはしません。

2　誰の誕生日ですか。

3　5月3日です。

第3題

女：佐野先生的生日是什麼時候？

男：1　不辦生日派對。

2　是誰的生日。

3　5月3號。

解說　對方詢問生日是哪一天時，應該要給出確切的日期。所以答案是選項3。

詞彙　誕生日 生日｜パーティー 派對

4ばん Track 1-4-04

男：はやくタバコをやめたいんです。

女：1　私もタバコを買いに行きます。

2　なかなかむずかしいですね。

3　はいざらはここにあります。

第4題

男：好想快點戒菸。

女：1　我也要去買菸。

2　（戒菸）相當難耶。

3　菸灰缸在這裡。

解說　對方表示想要戒菸時，回應對方「戒菸相當困難」是較適當的答案。

詞彙　なかなか 相當｜むずかしい 困難｜はいざら 菸灰缸

5ばん Track 1-4-05

男：この車はだれのですか。

女：1　日本のです。

2　いいえ、乗りたくありません。

3　青木さんのです。

第5題

男：這台車是誰的？

女：1　是日本的。

2　沒有，我不想搭乘。

3　是青木先生的。

解說　「だれの」的意思是「是誰的」，也就是詢問所有者的表達方式。因此需要回應是哪一個人的。而「日本のです」則是當對方問及產品來自哪個國家時的回答。

詞彙　車 車子、汽車｜だれ 誰｜乗る 搭乘

6ばん Track 1-4-06

女：これでこの仕事(しごと)も終(お)わりですね。

男：1　はい、よくがんばりましたね。

　　2　はい、ぜひやりたいです。

　　3　いつ終(お)わるでしょうね。

第 6 題

女：這樣這份工作就結束了吧。

男：1　是的，妳做得很出色。

　　2　是的，我一定要做。

　　3　什麼時候會結束呢？

解說　「よくがんばりましたね」是完成某項任務或工作後，彼此互相鼓勵和稱讚的說法。「はい、ぜひやりたいです」在此是表示希望由自己負責這項工作。「いつ終(お)わるでしょうね」表示工作仍在進行中，不知道何時會完成。

詞彙　終(お)わり 結束｜がんばる 努力｜ぜひ 務必｜やる 做｜終(お)わる 結束｜～でしょう ① 用於表示猜測，意思是「應該～、可能～」② 用於確認，意思是「～對吧？」

memo

我的分數？

共　　　題正確

若是分數差強人意也別太失望，看看解說再次確認後重新解題，如此一來便能慢慢累積實力。

JLPT N5 第2回 實戰模擬試題解答

第1節 言語知識〈文字・語彙〉

問題1 1 3 2 1 3 2 4 2 5 3 6 4 7 4 8 1
9 2 10 4 11 2 12 4

問題2 13 2 14 3 15 1 16 4 17 3 18 2 19 1 20 3

問題3 21 3 22 1 23 3 24 4 25 2 26 4 27 1 28 1 29 3
30 2

問題4 31 1 32 3 33 2 34 4 35 1

第2節 言語知識〈文法〉

問題1 1 3 2 1 3 2 4 4 5 3 6 2 7 4 8 1 9 1
10 3 11 3 12 2 13 2 14 4 15 1 16 3

問題2 17 3 18 2 19 4 20 1 21 2

問題3 22 3 23 3 24 1 25 2 26 4

第2節 讀解

問題4 27 2 28 2 29 1

問題5 30 4 31 3

問題6 32 2

第3節 聽解

問題1 1 3 2 4 3 4 4 2 5 1 6 3 7 1

問題2 1 2 2 4 3 2 4 4 5 3 6 1

問題3 1 1 2 3 3 2 4 1 5 3

問題4 1 2 2 3 3 1 4 2 5 3 6 1

第2回 實戰模擬試題 解析

第1節 言語知識〈文字・語彙〉

問題 1　請從 1、2、3、4 中選出 ________ 這個詞彙最正確的讀法。

1　朝、なんじに　おきますか。

1　あめ　　2　あい　　3　あさ　　4　あお

早上幾點起床？

詞彙 朝(あさ) 早上 | 何時(なんじ) 幾點 | 起(お)きる 起床 | 雨(あめ) 雨 | 愛(あい) 愛 | 青(あお) 藍色

＋ 毎朝(まいあさ) 每天早上 | 朝(あさ)ご飯(はん) 早餐

2　これは　日本語で　なんと　よみますか。

1　にほんご　　2　にほんじん　　3　にぽんご　　4　にぽんじん

這個用日語怎麼讀？

詞彙 日本語(にほんご) 日語 | なんと 怎樣、如何 | 読(よ)む 讀、唸 | 日本人(にほんじん) 日本人

＋ 日曜日(にちようび) 星期日

3　あしたは　9じに　学校に　いきます。

1　がこう　　2　がっこう　　3　かこ　　4　かっこう

明天９點去學校。

詞彙 明日(あした) 明天 | 学校(がっこう) 學校 | 行(い)く 去

＋ 文学(ぶんがく) 文學 | 留学(りゅうがく) 留學

4　ともだちと　食堂で　ごはんを　たべました。

1　しょくとう　　2　しょくどう　　3　しょくと　　4　しょくど

和朋友在餐廳吃過飯了。

詞彙 友(とも)だち 朋友 | 食堂(しょくどう) 餐廳、食堂 | ご飯(はん) 米飯 | 食(た)べる 吃

＋ 食事(しょくじ) 用餐、餐點

5　この　みせは　ひとが　多いですね。

1　おおきい　　2　あおい　　3　おおい　　4　あつい

這家店人很多耶。

詞彙　店(みせ) 商店｜人(ひと) 人｜多(おお)い 多的｜大(おお)きい 大的｜青(あお)い 藍的｜暑(あつ)い 炎熱

6　きのうは　ともだちと　ビールを　三本も　のみました。

1　さほん　　2　さんほん　　3　さんぽん　　4　さんぼん

昨天和朋友喝了三瓶啤酒。

詞彙　昨日(きのう) 昨天｜本(ほん) 瓶（長條狀物品的量詞）｜飲(の)む 喝

＋一本(いっぽん) 一瓶｜二本(にほん) 兩瓶｜何本(なんぼん) 幾瓶

7　毎日　こうえんを　さんぽします。

1　まいあさ　　2　まいど　　3　まいひ　　4　まいにち

每天在公園散步。

詞彙　毎日(まいにち) 每天｜公園(こうえん) 公園｜散歩(さんぽ)する 散步｜毎朝(まいあさ) 每天早上｜毎度(まいど) 每次

＋毎週(まいしゅう) 每週｜毎月(まいつき) 每個月｜毎年(まいとし) 每年

8　わたしの　母は　せんせいです。

1　はは　　2　ちち　　3　おかあさん　　4　おとうさん

我的母親是老師。

詞彙　母(はは) 母親、家母（謙稱）｜先生(せんせい) 老師｜父(ちち) 父親、家父（謙稱）｜お父(とう)さん 令尊（尊稱）｜お母(かあ)さん 令堂（尊稱）

9　らいねん、だいがくに　入ります。

1　あいります　　2　はいります　　3　おわります　　4　かわります

明年要進入大學。

詞彙　来年(らいねん) 明年｜大学(だいがく) 大學｜入(はい)る 進入｜終(お)わる 結束｜変(か)わる 改變

＋入学(にゅうがく) 入學｜入社(にゅうしゃ) 進公司（工作）｜入院(にゅういん) 住院

10 この　クラスには　男の　ひとが　たくさん　いますね。

1　おどこ　　2　おどご　　3　おとご　　4　おとこ

這個班級有很多男生。

詞彙 クラス 班級｜男(おとこ) 男子、男人｜たくさん 很多｜いる 有

＋男性(だんせい) 男子

11 窓から　うみが　みえます。

1　まだ　　2　まど　　3　まち　　4　まえ

從窗戶看得見海。

詞彙 窓(まど) 窗戶｜海(うみ) 海｜見(み)える 看得見｜まだ 還、仍舊｜町(まち) 街道、城鎮｜前(まえ) 前面

12 カフェで　コーヒーを　飲みます。

1　うみます　　2　しみます　　3　やすみます　　4　のみます

在咖啡廳喝咖啡。

詞彙 カフェ 咖啡廳｜コーヒー 咖啡｜飲(の)む 喝｜うむ 生、產、產生｜しみる 滲透｜休(やす)む 休息

＋飲(の)み物(もの) 飲料

問題 2　請從 1、2、3、4 中選出最適合＿＿＿＿的漢字。

13 がっこうの　まえに　コンビニが　あります。

1　町　　2　前　　3　首　　4　育

學校的前面有超商。

詞彙 学校(がっこう) 學校｜前(まえ) 前面｜コンビニ 超商｜ある 有｜町(まち) 街道、城鎮｜首(くび) 頸、脖子

14 ここから　みぎに　まがって　ください。

1　左　　2　下　　3　右　　4　力

從這裡請向右轉。

詞彙 右(みぎ) 右、右邊｜曲(ま)がる 彎、轉彎｜左(ひだり) 左、左邊｜下(した) 下面｜力(ちから) 力氣

15 パンを　ふたつも　たべました。

1　食べました　2　飲べました　3　読べました　4　話べました

吃了兩個麵包。

詞彙 二(ふた)つ 兩個｜食(た)べる 吃｜飲(の)む 喝｜読(よ)む 讀、唸｜話(はな)す 說

16 この　ふたつは　おなじ　サイズです。

1　回じ　2　円じ　3　口じ　4　同じ

這兩個是相同尺寸。

詞彙 同(おな)じだ 相同｜サイズ 尺寸｜回(かい) ～次｜円(えん) 日圓｜口(くち) 嘴巴

17 あなたの　くには　どこですか。

1　固　2　図　3　国　4　区

你的國家在哪裡？

詞彙 国(くに) 國家｜どこ 哪裡｜固(こ) 堅固｜図(ず) 圖、地圖｜区(く) 地區、區域

18 むかしは　よく　この　かわで　あそびました。

1　小　2　川　3　下　4　千

以前經常在這河川玩耍。

詞彙 昔(むかし) 以前｜よく 經常｜川(かわ) 河川｜遊(あそ)ぶ 玩耍｜下(した) 下面｜千(せん) 一千

19 ねる　まえに　しゃわーを　あびます。

1　シャワー　2　ツャワー　3　シャウー　4　ツャウー

睡前會洗澡。

詞彙 寝(ね)る 睡覺｜前(まえ) 前、之前（表示順序）｜シャワーを浴(あ)びる 淋浴、洗澡

20 たなかさんは　めが　きれいですね。

1　百　2　日　3　目　4　白

田中先生的眼睛很漂亮。

詞彙 目(め) 眼睛｜きれいだ 美麗、漂亮｜百(ひゃく) 一百｜日(ひ) 日子｜白(しろ) 白色

問題3　請從 1、2、3、4 中選出最適合填入（　　　）的選項。

[21] おかねは（　　　）に　いれます。

1　2　3　4

錢放進錢包裡。

詞彙 お金 錢｜さいふ 錢包｜入れる 放進｜薬 藥品｜椅子 椅子｜めがね 眼鏡

[22]（　　　）で　ほんを　かりました。

1　としょかん　　2　ぎんこう　　3　しょくどう　　4　びょういん

在圖書館借了書。

詞彙 図書館 圖書館｜本 書｜借りる 借（入）｜銀行 銀行｜食堂 小吃店｜病院 醫院

[23] きのうは（　　　）11じに　ねました。

1　はる　　2　あめ　　3　よる　　4　かさ

昨天在晚上 11 點睡覺。

詞彙 昨日 昨天｜夜 晚上｜寝る 睡覺｜春 春天｜雨 雨｜傘 雨傘

[24] いえから　かいしゃまで　とても（　　　）です。

1　あつい　　2　やすい　　3　おおきい　　4　とおい

從家裡到公司非常遠。

詞彙 家 房子、家｜会社 公司｜とても 非常｜遠い 遠的｜暑い 炎熱｜安い 便宜的｜大きい 大的

[25] ともだちと（　　　）えいがを　みました。

1　おいしい　　2　おもしろい　　3　たかい　　4　ちかい

和朋友一起看了有趣的電影。

詞彙 友だち 朋友｜おもしろい 有趣的｜映画 電影｜見る 看｜おいしい 好吃的｜高い ①貴的 ②高的｜近い 近的

26 （　　　）は　なんじに　かえりましたか。

1　まいにち　　2　まいあさ　　3　きせつ　　4　ゆうべ

昨晚幾點回家？

詞彙 ゆうべ 昨晚｜帰る 回去｜毎日 每天｜毎朝 每天早上｜季節 季節

27 たんじょうびの　プレゼントは　なにが（　　　）ですか。

1　ほしい　　2　ちいさい　　3　ねむい　　4　もちたい

生日禮物你想要什麼？

詞彙 誕生日 生日｜プレゼント 禮物｜ほしい 想要｜小さい 小的｜眠い 想睡覺｜持つ 拿、持有｜～たい 想要做～

28 やまに（　　　）のが　すきです。

1　のぼる　　2　でる　　3　ふる　　4　こまる

我喜歡爬山。

詞彙 山 山｜登る 爬、攀登｜好きだ 喜歡｜出る 出去、出發｜降る 降下（雨、雪）｜困る 困擾

29 かのじょの　なまえを（　　　）。

1　なれました　　2　はきました　　3　わすれました　　4　かかりました

忘記了她的名字。

詞彙 名前 名字｜忘れる 忘記｜履く 穿（下半身衣物、鞋襪類）｜掛かる 垂掛

30 アメリカは（　　　）いきました。

1　いっさつ　　2　いちど　　3　いっぽん　　4　いちじ

我去過美國一次。

詞彙 一度 一次｜行く 去｜一冊 一本｜一本 一瓶｜一時 一時

問題 4　請從 1、2、3、4 中選出與＿＿＿＿意思最接近的選項。

31　かいしゃまで　くるまで　いきます。

1　かいしゃまで　じどうしゃで　いきます。
2　かいしゃまで　じてんしゃで　いきます。
3　かいしゃまで　ちかてつで　いきます。
4　かいしゃまで　でんしゃで　いきます。

開車去公司。

1　開車去公司。
2　騎腳踏車去公司。
3　搭地下鐵去公司。
4　搭電車去公司。

解說　「車（くるま）」和「自動車（じどうしゃ）」是同義詞，所以答案是選項 1。

詞彙　会社（かいしゃ） 公司｜車（くるま） 車子、汽車｜自動車（じどうしゃ） 汽車｜自転車（じてんしゃ） 腳踏車｜地下鉄（ちかてつ） 地下鐵｜電車（でんしゃ） 電車

32　へやの　でんきを　けしました。

1　へやを　ひろく　しました。
2　へやを　あかるく　しました。
3　へやを　くらく　しました。
4　へやを　せまく　しました。

關掉房間的電燈。

1　把房間變寬敞了。
2　把房間變明亮了。
3　把房間變暗了。
4　把房間變窄了。

解說　關掉房間的電燈就是讓它變暗的意思，所以答案是選項 3。

詞彙　部屋（へや） 房間｜電気（でんき） 電燈、電力｜消す（けす） 關掉、熄滅｜暗い（くらい） 暗的｜広い（ひろい） 寬敞｜明るい（あかるい） 明亮的｜狭い（せまい） 狹小的

33 けさは　7じに　おきました。

1　きょうの　よるは　7じに　おきました。
2　きょうの　あさは　7じに　おきました。
3　きのうの　よるは　7じに　おきました。
4　きのうの　あさは　7じに　おきました。

今天早上7點起床。

1　今天晚上7點起床。
2　今天早上7點起床。
3　昨天晚上7點起床。
4　昨天早上7點起床。

解說　「今朝（けさ）」的意思是「今天早上」，因此答案是選項2「今日（きょう）の朝（あさ）」。

詞彙　今朝（けさ） 今天早上｜起（お）きる 起床｜今日（きょう） 今天｜朝（あさ） 早上｜夜（よる） 晚上｜昨日（きのう） 昨天

34 にほんごの　テストは　とても　かんたんでした。

1　にほんごの　テストは　とても　わるかったです。
2　にほんごの　テストは　とても　やすかったです。
3　にほんごの　テストは　とても　むずかしかったです。
4　にほんごの　テストは　とても　やさしかったです。

日語測驗非常簡單。

1　日語測驗非常差。
2　日語測驗非常便宜。
3　日語測驗非常難。
4　日語測驗非常容易。

解說　「簡単（かんたん）」是「簡單」的意思，而「やさしい」也是「簡單、容易」的意思，所以答案是選項4。

詞彙　日本語（にほんご） 日語｜テスト 測驗｜簡単（かんたん）だ 簡單｜易（やさ）しい 簡單、容易｜悪（わる）い 差的｜安（やす）い 便宜的｜難（むずか）しい 困難的

35 まどが　あいて　います。

1　まどが　しまって　いません。

2　まどが　あけて　いません。

3　まどが　ついて　いません。

4　まどが　きえて　いません。

窗戶是開著的。

1　**窗戶沒有關上。**

2　窗戶沒有打開。

3　窗戶沒有附著。

4　窗戶沒有熄滅。

解說　題目是窗戶處於「打開」的狀態，表示「沒有關上」，所以答案是選項1。

詞彙　窓（まど）窗戶｜開（あ）く 打開｜閉（し）まる 關上｜開（あ）ける 打開｜つく 附著｜消（き）える 熄滅

第2節 言語知識〈文法〉

問題 1 請從 1、2、3、4 中選出最適合填入下列句子（　　　）的答案。

1 この　かさは　だれ（　　　）ですか。

1 は　　2 が　　3 の　　4 も

這把傘是誰的？

文法重點！ ⊘の：表示屬於、所有的關係，相當於中文的「的」　⊘は：表示主題　⊘が：表示主語
⊘も：表示「也、都」

詞彙 傘（かさ） 雨傘｜誰（だれ） 誰

2 れいぞうこに　くだもの（　　　）やさいが　あります。

1 や　　2 に　　3 も　　4 を

冰箱裡有水果和蔬菜。

文法重點！ ⊘や：表示「或者、和」，用於列舉多個對象時　⊘に：表示存在的場所
⊘を：表示動作作用的對象

詞彙 冷蔵庫（れいぞうこ） 冰箱｜果物（くだもの） 水果｜野菜（やさい） 蔬菜｜ある 有

3 わたしは　やさしい　人（ひと）（　　　）すきです。

1 を　　2 が　　3 も　　4 で

我喜歡溫柔的人。

文法重點！ ⊘～が好（す）きだ：喜歡～

詞彙 優（やさ）しい 溫柔的

4 みんな（　　　）しゃしんを　とりましょう。

1 や　　2 が　　3 に　　4 で

大家一起照相吧。

文法重點！ ⊘で：表示參與動作的人數
例 一人（ひとり）で 獨自一個人　二人（ふたり）で 兩個人一起　みんなで 大家一起

詞彙 みんな 大家｜写真（しゃしん）を撮（と）る 照相

5 さむくて　セーターを（　　　　）きました。

1　にかい　　2　にほん　　3　にまい　　4　にさつ

因為很冷，穿了 2 件毛衣。

文法重點！ ⊘ 枚(まい)：張（扁平狀物品的量詞，例如紙張、手帕等）

⊘ 本(ほん)：瓶（長條狀物品的量詞）　⊘ 冊(さつ)：本（書籍的量詞）

詞彙 寒(さむ)い 寒冷的｜セーター 毛衣｜枚(まい) ～張｜着(き)る 穿｜回(かい) ～次

6 きむらさんは　白(しろ)い　スカートを（　　　　）。

1　きて　います　　2　はいて　います

3　かけて　います　　4　かぶって　います

木村小姐穿著白裙子。

文法重點！ ⊘ 履(は)く：穿（下半身衣物、鞋襪類）

詞彙 白(しろ)い 白的｜スカート 裙子｜着(き)る 穿｜かける 掛上｜かぶる 戴上

7 いえから　学校(がっこう)まで　バスで　35分(ふん)（　　　　）かかります。

1　ごろ　　2　など　　3　とか　　4　ぐらい

從家裡到學校搭公車大約需要 35 分鐘。

文法重點！ ⊘ ぐらい：大約　⊘ ごろ：左右、前後　⊘ など：等等、之類　⊘ とか：等等、之類

詞彙 学校(がっこう) 學校｜かかる 花費、需要

8 この　かしゅは　ゆうめい（　　　　）なりました。

1　に　　2　で　　3　は　　4　と

這個歌手變有名了。

文法重點！ ⊘ ～になる：變成～、變得～

詞彙 有名(ゆうめい)だ 有名｜歌手(かしゅ) 歌手｜なる 變成

9 A「あなたは　日本人ですか。」

B「いいえ、（　　　　）。」

1　ちがいます　2　そうですよ　3　わかりません　4　わすれました

A「你是日本人嗎？」

B「不，不是。」

文法重點！ 違います：不對、不正確　そうですよ：是的、沒錯　わかりません：不知道　わすれました：忘記了

詞彙 日本人 日本人｜違う 不對、不正確｜そうだ 是的、沒錯｜分かる 知道、理解｜忘れる 忘記

10 わたしは　ふね（　　　　）福岡に　行きました。

1　を　2　に　3　で　4　まで

我搭船去福岡。

文法重點！ で：表示手段或方法

詞彙 船 船｜福岡 福岡｜行く 去

11 明日は　にちようび（　　　　）休みます。

1　から　2　なから　3　だから　4　のから

因為明天是星期日，所以休息。

文法重點！ から：表示原因或理由，與名詞連接時，要用「名詞＋だから」的形式。

詞彙 明日 明天｜日曜日 星期日｜休む 休息

12 （　　　　）時間が　あります。いそがなくても　いいです。

1　もう　2　まだ　3　はやく　4　では

還有時間。不需要著急。

文法重點！ まだ：還、仍舊　もう：已經　はやく：快點　では：那麼

詞彙 時間 時間｜ある 有｜急ぐ 急、加快｜動詞ない形（去ない）＋なくてもいい 不需要～也沒關係

13 いい　てんきですね。さんぽ（　　　）いきませんか。

1　をに　　2　にでも　　3　へに　　4　をでも

好天氣耶。要不要一起去散步之類的？

文法重點！ ⊘ 名詞＋に行く：去做～，表示前往某處進行特定活動或目的。

⊘ 名詞＋にでも行く：在「に」後面加上「でも」，表示不一定要去做前面提到的事情，只要是類似的行動或活動都可以。

詞彙　いい 好的｜天気 天氣｜散歩 散步

14 今週は　ゆっくり（　　　）たいです。

1　休ま　　2　休む　　3　休め　　4　休み

這週想好好地休息。

文法重點！ ⊘ 動詞ます形（去ます）＋たい：想要做～

詞彙　今週 這週｜ゆっくり 慢慢地、好好地｜休む 休息

15 さようなら。（　　　）あいましょう。

1　また　　2　まだ　　3　では　　4　じゃ

再見。我們再見面吧。

文法重點！ ⊘ また：再次、又　⊘ まだ：還、仍舊　⊘ では：那麼

⊘ じゃ：那麼，「では」的口語說法

詞彙　会う 見面

16 （　　　）おわりますから　まって　ください。

1　いつも　　2　あまり　　3　すぐ　　4　もっと

馬上就結束，所以請稍等。

文法重點！ ⊘ すぐ：馬上、立即　⊘ いつも：總是　⊘ あまり：不太　⊘ もっと：更加

詞彙　終わる 結束｜待つ 等待｜～てください 請做～

問題 2　請從 1、2、3、4 中選出最適合填入下列句子＿＿★＿＿中的答案。

17　今週の ＿＿ ＿＿ ★ ＿＿ か。

1　花見　　2　行きません　　3　に　　4　土よう日

這個星期六要不要去賞花？

正確答案　今週の土曜日、花見に行きませんか。

文法重點！　～に：表示目的

詞彙　今週 這週｜土曜日 星期六｜花見 賞花

18　明日が　しけんだから、としょかん ＿＿ ＿＿ ★ ＿＿ しました。

1　で　　2　も　　3　べんきょう　　4　3じかん

因為明天要考試，所以在圖書館學習了長達三個小時。

正確答案　明日が試験だから、図書館で3時間も勉強しました。

文法重點！　も：表示強調數量之多的意思。

詞彙　試験 考試｜図書館 圖書館｜勉強 學習、讀書

19　A「はやく　来た　人 ＿＿ ＿＿ ★ ＿＿ か。」

B「はい、そうです。」

1　です　　2　田中さん　　3　は　　4　だけ

A「早來的人只有田中先生嗎？」

B「是的，沒錯。」

正確答案　はやく来た人は田中さんだけですか。

文法重點！　だけ：只、僅

詞彙　はやく 早點、快點｜来る 來

20　A「となりの　へやに　だれが　いましたか。」

B「となりの　へや ＿＿ ＿＿ ★ ＿＿ でした。」

1　しか　　2　いません　　3　には　　4　佐藤さん

A「隔壁的房間裡有誰？」

B「隔壁的房間裡只有佐藤先生。」

正確答案 となりの部屋（へや）には佐藤（さとう）さんしかいませんでした。

文法重點！ ⊙～しか：只～、僅～

詞彙 となり 隔壁｜部屋（へや） 房間

21 何（なに） ★ ＿＿ ＿＿ ＿＿ 食（た）べたいですね。

1 が　2 か　3 もの　4 あまい

想吃某些甜的東西。

正確答案 何（なに）か甘（あま）いものが食（た）べたいですね。

文法重點！ ⊙疑問詞＋か：表示不確定或不特定的人事時地

例 何（なに）か 某個東西　誰（だれ）か 某人　いつか 某日

詞彙 何（なに）か 某個東西｜甘（あま）い 甜的｜もの 東西｜食（た）べたい 想吃

問題 3　請閱讀下列文章，並根據內容從 1、2、3、4 中選出最適合填入 22 ～ 26 的答案。

正在美國讀書的高中生寫了一篇「我的家庭」的文章，並在全班同學面前朗讀。

我要介紹我的家庭。我們家有 5 個人。包括父親、母親、哥哥和妹妹。我父親是銀行員。他總是說他的工作很忙碌（22）。因此（23）回家很晚。我母親是家庭主婦，而且很溫柔。我母親做的料理全部（24）都很好吃。尤其（25）壽喜燒很好吃。哥哥今年成為一名大學生。在大學裡學習日本文化。哥哥擅長打籃球。小時候我經常跟哥哥一起打籃球。妹妹是國中生。妹妹的鋼琴彈得很好。她說以後想要當音樂老師。因為我目前在美國，所以沒辦法跟家人見面。我想快點回日本跟家人見面。然後（26）也想吃媽媽做的料理。

詞彙 アメリカ 美國｜勉強（べんきょう） 學習、讀書｜家族（かぞく） 家庭、家人｜文章（ぶんしょう） 文章｜書（か）く 寫｜紹介（しょうかい） 介紹｜兄（あに） 哥哥｜妹（いもうと） 妹妹｜銀行員（ぎんこういん） 銀行員｜いつも 總是｜仕事（しごと） 工作｜忙（いそが）しい 忙碌｜帰（かえ）り 回去｜遅（おそ）い 遲的、晚的｜主婦（しゅふ） 家庭主婦｜優（やさ）しい 溫柔的｜全部（ぜんぶ） 全部｜特（とく）に 特別、尤其｜今年（ことし） 今年｜なる 變成｜文化（ぶんか） 文化｜得意（とくい）だ 擅長｜子（こ）ども 小孩｜中学生（ちゅうがくせい） 國中生｜あとで 之後｜音楽（おんがく） 音樂｜会（あ）えない 不能見面｜そして 然後｜食（た）べたい 想吃

22　1 やさしい　2 かんたんだ　3 いそがしい　4 にぎやかだ

文法重點！ ⊙忙（いそが）しい：忙碌　⊙優（やさ）しい：溫柔的　⊙簡単（かんたん）だ：簡單　⊙にぎやかだ：熱鬧

解說 在這篇文章中父親的身分是銀行員，因此「工作忙碌」這個組合較為合適，所以答案是選項 3。

23　1　それから　　2　しかし　　3　それで　　4　でも

文法重點！　⊘それで：因此、所以　⊘それから：然後　⊘しかし：但是　⊘でも：即使

解說　前面句子提到「工作忙碌」，所以後面要接續「回家很晚」時，使用「それで（因此、所以）」是較適合的用法，所以答案是選項3。

24　1　ぜんぶ　　2　どちら　　3　なにか　　4　どうも

文法重點！　⊘全部：全部　⊘どちら：哪一個　⊘何か：某個東西　⊘どうも：實在、真是

解說　「どうも」通常會加在表示感謝或道歉的詞語前，例如「どうもありがとうございます（非常感謝）」或是「どうもすみません（非常抱歉）」，並不會用來表達食物的美味程度。這個句子是要表達母親的料理都很好吃，所以答案是選項1。

25　1　たぶん　　2　とくに　　3　もっと　　4　たいてい

文法重點！　⊘特に：特別、尤其　⊘たぶん：大概、或許　⊘もっと：更加　⊘たいてい：差不多

解說　前面句子提到「我母親做的料理全部都很好吃」，所以這裡以語境來說，使用選項2的「尤其」來接續較為自然。

26　1　のぼりたい　　2　つくりたい　　3　かきたい　　4　なりたい

文法重點！　⊘なりたい：想要成為　⊘登りたい：想要攀爬　⊘作りたい：想要製作
⊘書きたい：想要寫

解說　「想要成為～」的日文說法是「名詞＋なりたい」，因此答案是選項4。

第2節 讀解

問題 4　閱讀下列 (1) ～ (3) 的內容後回答問題，從 1、2、3、4 中選出最適當的答案。

(1)

中國的朋友寫信給山田先生。

山田先生，你好嗎？我今年成為公司職員了。雖然不是大公司，但是工作很愉快。工作結束後，我會和公司的朋友一起看電影或吃飯。我在日本的時候，也常常和山田先生一起看電影對吧。我很想念山田先生。你來中國的時候，請和我聯絡。

27　工作結束後，此人會做什麼？

1　和公司的人一起喝酒。
2　**和公司的人一起吃飯。**
3　和日本的朋友一起看電影。
4　和日本的朋友一起吃晚餐。

詞彙　中国(ちゅうごく) 中國｜手紙(てがみ) 信｜今年(ことし) 今年｜会社員(かいしゃいん) 公司職員｜仕事(しごと) 工作｜楽(たの)しい 愉快、快樂｜終(お)わる 結束｜映画(えいが) 電影｜連絡(れんらく) 聯絡

解說　文章提到「工作結束後，我會和公司的朋友一起看電影或吃飯」，所以答案是選項 2。

(2)

我喜歡看電影。每週會和朋友去一次電影院。但有時也會一個人去。我看各種不同的電影，但不看恐怖片。看電影時，我會喝可樂或是茶。

28　此人喜歡做什麼？

2

詞彙　映画(えいが) 電影｜一週間(いっしゅうかん) 一週｜一回(いっかい) 一次｜映画館(えいがかん) 電影院｜でも 但是｜一人(ひとり)で 一個人｜いろいろ 各式各樣｜怖(こわ)い 恐怖的｜飲(の)む 喝｜お茶(ちゃ) 茶

解說　從文章可以得知此人喜歡看電影，每週會和朋友去一次電影院，而且看電影的時候會喝可樂或茶，所以答案是選項 2。

(3)

我每天早上 7 點起床。今天 7 點 30 分吃早餐後去學校。搭公車到學校需要 30 分鐘左右。因為從明天開始考試，所以今天在圖書館讀書到 5 點。午餐我和朋友一起吃了漢堡，很美味。

29 關於此文，以下何者是正確敘述？

1 今天 7 點起床。
2 從家裡到學校搭地鐵需要 30 分鐘左右。
3 後天開始考試。
4 從 7 點到 5 點在圖書館讀書。

詞彙 毎朝（まいあさ） 每天早上｜起（お）きる 起床｜かかる 花費、需要｜図書館（としょかん） 圖書館｜勉強（べんきょう） 讀書、學習｜昼（ひる）ご飯（はん） 午餐

解說 從文章可以得知從家裡到學校是搭公車，考試是從明天開始，而且沒有提到在圖書館讀書是從幾點開始，所以答案是選項 1。

問題 5 閱讀下面文章後回答問題，從 1、2、3、4 中選出最適當的答案。

下週我要和家人去北海道旅行。從東京到北海道搭飛機大約需要 1 小時 40 分鐘。搭新幹線更花時間。但因為媽媽想看美麗的群山，所以她說想搭新幹線。我們也想看山，所以就說「那就這麼做吧」。新幹線的價格更加便宜。

我們全家人將在旅館住宿 3 晚。北海道螃蟹料理很有名。此外還有很多好吃的料理。爸爸說他想要一邊享受美食一邊喝啤酒。媽媽想要泡溫泉。姐姐說想去動物園。我想去看看夜景優美的地方。大家都有很多想做的事和想吃的東西。我很期待下週的旅行。

30 此人的家人為什麼要搭新幹線去北海道？

1 因為新幹線比飛機快
2 因為新幹線比飛機方便
3 因為想慢慢欣賞新幹線的風景
4 **因為想一邊欣賞風景一邊去北海道**

解說 文章提到「媽媽想看美麗的群山，所以她說想搭新幹線」，因此答案是選項 4。並沒有提到新幹線比飛機快，或是新幹線比飛機方便的說法。而且是要在搭乘新幹線的過程中欣賞風景，並不是欣賞新幹線的風景。

31 關於此文，以下何者是正確敘述？

1 此人下週共有 3 人一起去旅行

2 此人的爸爸想吃螃蟹所以要去北海道。

3 此人的姐姐想在北海道看動物。

4 此人的家人將在飯店住 3 天。

解說 從文章可以得知下週是四個家庭成員要去旅行，爸爸是想吃美味的食物和喝啤酒，旅館則是預定了 3 晚。所以答案是選項 3。

詞彙 北海道（ほっかいどう） 北海道（日本地名）｜旅行（りょこう） 旅行｜飛行機（ひこうき） 飛機｜新幹線（しんかんせん） 新幹線｜山々（やまやま） 群山｜言（い）う 說｜値段（ねだん） 價格｜もっと 更加｜旅館（りょかん） 旅館｜かに 螃蟹｜他（ほか）に 其他、另外｜温泉（おんせん）に入（はい）る 泡溫泉｜姉（あね） 姐姐｜動物園（どうぶつえん） 動物園｜夜景（やけい） 夜景｜ところ 地方｜楽（たの）しみ 期待｜見（み）たがる 想看

問題 6 右頁是 ABC 披薩冬季優惠菜單。請閱讀文章後回答以下問題，並從 1、2、3、4 中選出最適當的答案。

32 在12月24日成為ABC披薩會員，並訂購36cm的蟹肉美乃滋披薩加凱薩沙拉的話，需要付多少錢？

1 4,250 日圓

2 3,810 日圓

3 4,220 日圓

4 3,885 日圓

解說 12 月 24 日有冬季特別菜單，可以享受 10% 的折扣。36cm 的蟹肉美乃滋披薩原價 3,600 日圓，使用 10% 的折扣後，價格為 3,240 日圓。如果成為會員還會提供 5% 折扣的附餐優惠券，所以凱撒沙拉原價 600 日圓，使用 5% 的折扣後，價格為 570 日圓。這兩個價格相加後是 3,810 日圓，所以答案是選項 2。

ABC 披薩

感謝您每次的光臨。為了慶祝 ABC 披薩的五周年紀念，我們推出了冬季優惠菜單。從 12 月 1 日到 2 月 15 日，只要訂購冬季優惠菜單，即可享有 10% 的折扣。您可以透過網路、電話，或親臨店家選購。

如果您成為 ABC 披薩的會員，我們將贈送可享受 5% 折扣的附餐優惠券。請務必多加利用。

冬季優惠菜單

1) 義式培根蛋黃披薩　：M 25cm　1,950 日圓　/　L 36cm　3,300 日圓

2) 蟹肉美乃滋披薩　　：M 25cm　2,200 日圓　/　L 36cm　3,600 日圓

3) 韓式馬鈴薯烤肉披薩：M 25cm　2,150 日圓　/　L 36cm　3,500 日圓

附餐

1) 蟹蝦焗烤：580 日圓

2) 薯條　　：350 日圓

3) 凱薩沙拉：600 日圓

詞彙　会員（かいいん） 會員｜注文（ちゅうもん） 訂購｜払う（はらう） 支付｜毎度（まいど） 每次｜周年（しゅうねん） 週年｜記念（きねん） 紀念｜冬（ふゆ） 冬天｜お得（とく）な 划算的、優惠的｜出る（でる） 推出｜安くなる（やすくなる） 變便宜｜割引（わりびき） 折扣｜クーポン 優惠券｜差し上げる（さしあげる） 贈送｜ぜひ 務必｜利用（りよう） 利用

第3節 聽解　Track 2

問題 1　先聆聽問題，在聽完對話內容後，請從選項 1 ～ 4 中選出最適當的答案。

れい Track 2-1

女の人と男の人が話しています。男の人は何を買いますか。

女：今週の土曜日は吉田さんのたんじょう日ですが、プレゼントは何がいいでしょうか。

男：そうですね。何がいいか、よくわかりませんね。

女：吉田さん、よく音楽を聞くから、音楽のCDはどうでしょうか。

男：いいですね。じゃ、私はケーキをあげることにします。

女：あ、いいですね。みんなが食べられる大きいいちごのケーキはどうですか。

男：それもいいけど、彼、チーズが好きだと言っていたから、そっちの方がいいんじゃないでしょうか。

女：あ、そうですね。

男の人は何を買いますか。

1　チーズケーキ

2　いちごケーキ

3　チョコケーキ

4　生クリームケーキ

例

女子和男子正在交談。男子要買什麼東西？

女：這個星期六是吉田先生的生日，禮物要送什麼好呢？

男：是啊。我也不太知道要送什麼才好。

女：吉田先生經常聽音樂，所以送他音樂 CD 如何呢？

男：不錯耶。那麼我決定送蛋糕給他。

女：哇，可以唷。大家都能吃的大草莓蛋糕如何呢？

男：那個也不錯，但是因為他說過喜歡起士蛋糕，買那個不是比較好嗎？

女：啊，也對。

男子要買什麼東西？

1　起士蛋糕

2　草莓蛋糕

3　巧克力蛋糕

4　奶油蛋糕

解說　雖然女子提議買大家都能吃的大草莓蛋糕，但男子認為買吉田先生喜歡的口味比較適合，而吉田先生說過喜歡起士蛋糕，所以答案是選項 1。

詞彙　今週　這週｜誕生日　生日｜音楽　音樂｜あげる　給｜食べられる　可以吃｜いちご　草莓｜そっち　那邊｜方　方面

1ばん Track 2-1-01

男の人と女の人が話しています。女の人はこの後、何をしますか。

男：30分後に会議が始まりますが、準備はできましたか。

女：はい、資料は10部ずつコピーして机の上に置きました。

男：会議が長いから、水など、飲み物もお願いします。

女：はい、それももう準備してあります。

男：そうですか。ありがとうございます。あ、そうだ。プロジェクターもチェックしましたよね。

女：プロジェクター？

男：今度の会議はプロジェクターを使いますよ。

女：あ、そうですか。じゃ、確認します。

女の人はこの後、何をしますか。

3

第 1 題

男子和女子正在交談。女子之後要做什麼？

男：會議將在 30 分鐘後開始，妳準備好了嗎？

女：好了，資料已經各印 10 份放在桌上了。

男：因為會議會開很久，所以水之類的飲料也拜託妳準備了。

女：好的，那些東西也已經準備好了。

男：已經準備好了嗎？謝謝。啊，對了，投影機的擺設也確認了嗎？

女：投影機嗎？

男：這次會議會使用投影機喔。

女：這樣啊。那麼，我去確認一下。

女子之後要做什麼？

解說 從對話可以得知所有與會議相關的準備都已完成，但會議中要使用投影機，而女子表示她會去確認，所以答案是選項 3。

詞彙 ～後 ～之後｜会議 會議｜始まる 開始｜準備 準備｜できる 完成｜資料 資料｜～ずつ 各～｜机 桌子｜置く 放置｜長い 長、長久｜飲み物 飲料｜お願いする 拜託｜今度 這次｜使う 使用｜確認 確認

2ばん Track 2-1-02

男の人と女の人が話しています。旅行は何日間、行きますか。

男：今度の夏休みの旅行は、どこへ行きましょうか。

女：そうですね。夏休みは火曜日から日曜日まででしたよね。

男：はい、そうです。６日間です。

女：タイとかベトナムはどうですか？ 火曜日の午後、出発して日曜日の午前中に帰りましょう。

男：いいんですが、日曜日だと疲れるから、その前の日に帰りませんか。

女：あ、その方がいいでしょうか。はい、わかりました。

旅行は何日間、行きますか。

4

第 2 題

男子和女子正在交談。旅行要去幾天？

男：這次暑假的旅行，我們要去哪裡呢？

女：對耶。暑假是從星期二到星期日對吧？

男：是的，沒錯。有六天。

女：泰國或越南如何呢。星期二下午出發，星期日早上回來。

男：是可以啦，但是星期日回來會很累，要不要在前一天回來？

女：啊，那樣比較好嗎？好，那我知道了。

旅行要去幾天？

解說 暑假是星期二到星期日，總共六天。一開始女子提議星期二出發星期日回來，但男子覺得這樣會很累，建議提前一天回來，所以旅行是從星期二到星期六，總共五天。所以答案是選項 4。

詞彙 今度 這次｜夏休み 暑假｜午後 下午｜出発 出發｜帰る 回來｜疲れる 疲倦｜前の日 前一天

3ばん Track 2-1-03

女の人と男の人が話しています。男の人はこれからどうしますか。

女：木村先生のレポートはもう書きましたか？

男：それが、まだなんですよ。

女：え？ あさってまでに出さなければならないのに、大丈夫ですか。

男：それで、今日、図書館で書こうと思っているんです。

女：何を書くかは、決めましたか。

男：いいえ、書きたいことはあるんですけど。でも、タイトルを何にしたらいいかわからなくて…。

女：そうなんですね。まず、レポートから書いてみて、それはあとで決めたらどうですか。

男：はい、そうします。

男の人はこれからどうしますか。

1　図書館に行って本を探します
2　何が書きたいか考えます
3　レポートを書くのを止めます
4　図書館でレポートをかきます

第3題

女子和男子正在交談。男子接下來要怎麼做？

女：木村老師的報告你已經寫完了嗎？

男：報告啊，還沒啊。

女：什麼？後天之前一定要交，你來得及嗎？

男：所以我打算今天在圖書館寫。

女：決定好要寫什麼了嗎？

男：還沒，想寫的內容是想好了，但是不知道標題該用什麼才好……

女：這樣啊！你先把報告內容寫一寫，標題之後再決定怎麼樣？

男：好，就這樣做。

男子接下來要怎麼做？

1　去圖書館找書
2　思考想要寫什麼
3　不寫報告了
4　在圖書館寫報告

解說　男子決定聽從女子的建議，先寫報告之後再決定標題。所以答案是選項4。

詞彙　もう 已經｜まだ 還、仍舊｜あさって 後天｜出す 提出｜大丈夫だ 沒問題｜決める 決定｜でも 但是｜タイトル 標題｜まず 首先｜あとで 之後｜探す 尋找｜考える 思考、考慮｜止める 停止、作罷

4ばん Track 2-1-04

女の人と男の人が話しています。男の人は今からどこに行きますか。

女：石川さん、どこか出かけますか。

男：ちょっと本を借りたいと思って、図書館に行きます。

女：そうですか。あのう、すみませんが、コンビニで、パンと牛乳を買ってきてもらえますか。

男：いいですよ。じゃ、図書館に行って午後には戻りますから、そのとき買ってきます。

女：実は今、忙しくてお昼食べに行く時間がないんです。本当にすみません。

男：そうですか。わかりました。じゃ、今、行きますね。

男の人は今からどこに行きますか。

2

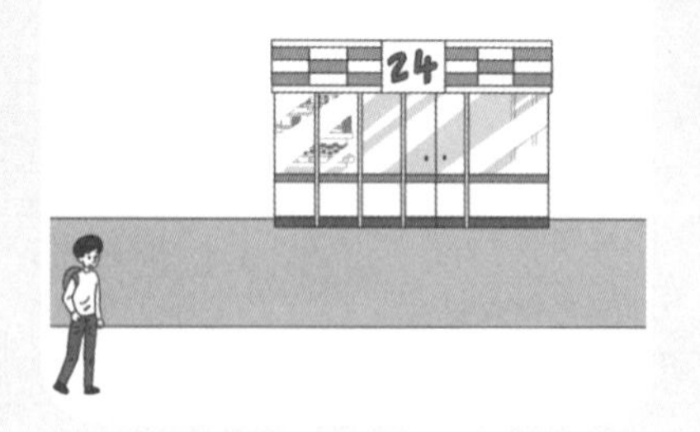

第 4 題

女子和男子正在交談。男子接下來要去哪裡？

女：石川先生，你有沒有要出門？

男：我想借本書，要去圖書館。

女：這樣啊。不好意思，可以幫我到超商買麵包和牛奶回來嗎？

男：可以唷。那麼，我去圖書館後下午會回來，到時候再幫妳買回來。

女：老實說，我現在很忙沒時間去吃午餐。真的很不好意思。

男：這樣啊。我知道了。那我現在就去。

男子接下來要去哪裡？

解說 女子拜託男子去買麵包和牛奶，男子答應並表示下午從圖書館回來後去買。但女子提到自己很忙沒時間去吃午餐，於是男子說他現在就去買，所以答案是選項 2。

詞彙 借りる 借（入）| 図書館 圖書館 | 牛乳 牛奶 | お昼 午餐 | 戻る 返回

5ばん Track 2-1-05

女の人と男の人が話しています。二人はどこで会いますか。

女：明日、どこで会いましょうか。

男：そうですね。私は地下鉄で行くから…。東京駅の出口で会いましょうか。

女：う～ん。私は電車だから、地下鉄の出口までは10分以上、歩かなきゃいけないんですよ。

男：あ、そうですか。

女：じゃ、映画館の前はどうですか？

男：あ、すみません。映画館がどこか知らないんですよ。

女：そうですか。じゃ、私が駅の出口に行きますね。

二人はどこで会いますか。

1　地下鉄の東京駅の出口
2　電車の東京駅の出口
3　映画館の出口
4　映画館の前

第 5 題

女子和男子正在交談。兩個人要在哪裡碰面？

女：明天要在哪裡碰面？

男：我想想。我會搭地下鐵去……我們在東京車站出口碰面吧。

女：呃，因為我是搭電車，走到地下鐵出口必須花 10 分鐘以上。

男：啊，這樣啊。

女：那約在電影院前面門口如何？

男：啊，不好意思。我不知道電影院在哪裡。

女：這樣啊，那我走去車站出口。

兩個人要在哪裡碰面？

1　地下鐵的東京車站出口
2　電車的東京車站出口
3　電影院的出口
4　電影院前面

解說　一開始男子建議在地下鐵的東京車站碰面，但女子表示走到那裡超過 10 分鐘，所以建議在電影院前面碰面，但男方表示不知道電影院的位置。最後女子說她會走去車站出口，所以答案是選項 1。

詞彙　**地下鉄** 地下鐵｜**出口** 出口｜**電車** 電車｜**以上** 以上｜**歩く** 走路｜**映画館** 電影院

6ばん Track 2-1-06

デパートで店の人とお客さんが話しています。お客さんは何を買いますか。

男：いらっしゃいませ。

女：子供のくつを買いたいんですが。小学生の女の子です。

男：こちらの赤いサンダルはどうですか。

女：かわいいですね。でも、サンダルは去年買ったから。スニーカーのほうがいいかな。

男：キッズスニーカーは、こちらです。このピンクのデザインが一番よく売れています。

女：あ、うちの子は、レッドやピンク系よりブルー系のほうが好きなんですよ。

男：そうですか。それなら、こちらですね。

女：あ、いいですね。それにします。

お客さんは何を買いますか。

1　ブルーけいのサンダル

2　ピンクけいのサンダル

3　ブルーけいのスニーカー

4　ピンクけいのスニーカー

第 6 題

百貨公司的店員和客人正在交談。客人要買什麼？

男：歡迎光臨。

女：我想要買小孩子的鞋子。是小學女生。

男：這裡的紅色涼鞋您覺得怎麼樣？

女：好可愛唷。但是去年已經買涼鞋了。運動鞋比較好吧。

男：兒童運動鞋在這邊。這雙粉紅色設計的賣得最好。

女：我家小孩比起紅色或粉紅色系，更喜歡藍色系的。

男：這樣啊。那麼就這雙吧。

女：嗯，不錯耶。就這雙吧。

客人要買什麼？

1　藍色系的涼鞋

2　粉紅色系的涼鞋

3　藍色系的運動鞋

4　粉紅色系的運動鞋

解說　女子去年已經買了涼鞋，現在打算買運動鞋。而且她的小孩更喜歡藍色，所以答案是選項3。

詞彙　**お客さん** 顧客、客人｜**いらっしゃいませ** 歡迎光臨｜**小学生** 小學生｜**女の子** 女孩｜**赤い** 紅色的｜**サンダル** 涼鞋｜**かわいい** 可愛的｜**スニーカー** 運動鞋｜**キッズ** 兒童｜**デザイン** 設計｜**売れる** 暢銷｜**レッド** 紅色｜**ピンク** 粉紅色｜**～系** ～系列｜**ブルー** 藍色｜**それなら** 那麼

7ばん Track 2-1-07

男の人と女の人が話しています。二人は何を注文しますか。

男：まだ時間もありますから、コーヒーでもどうですか。

女：あ、いいですね。何を飲みましょうか。

男：僕はアメリカーノにします。アイスで。

女：じゃ、私もそれにしましょう。ホットで。

男：わかりました。すみません。アメリカーノ、ホットとアイス、一つずつお願いします。

女：あ、ちょっと待ってください。やっぱり紅茶にします。コーヒーは朝、飲みましたから。

男：じゃ、紅茶は温かいのでいいですか。

女：はい、それでお願いします。

二人は何を注文しますか。

1 アイスアメリカーノと温かい紅茶

2 アイスアメリカーノとホットアメリカーノ

3 ホットアメリカーノとアイスティー

4 ホットアメリカーノと温かい紅茶

第 7 題

男子和女子正在交談。兩個人要點什麼東西？

男：還有時間，要不要喝咖啡？

女：嗯，好啊。要喝什麼呢？

男：我要美式咖啡，冰的。

女：那我也點那個，熱的。

男：了解。不好意思。美式咖啡熱的跟冰的各一杯。

女：啊，等一下。我還是點紅茶。因為早上已經喝過咖啡了。

男：那，紅茶溫的可以嗎？

女：是的，就麻煩點那個。

兩個人要點什麼東西？

1 美式冰咖啡和溫紅茶

2 美式冰咖啡和美式熱咖啡

3 美式熱咖啡和冰紅茶

4 美式熱咖啡和溫紅茶

解說 男子要點美式冰咖啡，女子原本也要點熱的美式咖啡，但想起自己早上喝過咖啡，所以改成溫紅茶。因此答案是選項 1。

詞彙 **アメリカーノ** 美式咖啡｜**アイス** 冰的｜**ホット** 熱的｜**ずつ** 各～｜**やっぱり** 依然、還是｜**紅茶** 紅茶｜**温かい** 溫的

問題 2　先聆聽問題，再看選項，在聽完對話內容後，請從選項 1 ～ 4 中選出最適當的答案。

れい Track 2-2

男の人と女の人が話しています。男の人はどうしてあくびをしますか。

男：ふぁー。(あくびの音)

女：村松さん、よくあくびをしていますね。疲れているんですか。

男：最近、眠れなくて。

女：え？ 何かあるんですか。

男：先月、子供が生まれたじゃないですか。夜になると、よく泣くんですよ。

女：あ、それで。

男の人はどうしてあくびをしますか。

1　仕事が大変だから

2　夜になったから

3　子どもに泣かれたから

4　子どもが生まれたから

例

男子和女子正在交談。男子為什麼打呵欠？

男：哈啊～。(打呵欠的聲音)

女：村松先生你經常打呵欠。是不是很累？

男：最近睡不好。

女：ㄟ？是有什麼事嗎？

男：上個月孩子不是剛出生嗎？一到夜晚就很常哭。

女：哎呀，是那樣啊。

男子為什麼打呵欠？

1　因為工作很辛苦

2　因為已經晚上了

3　因為孩子哭鬧

4　因為孩子剛出生

解說　男子說上個月出生的孩子晚上經常哭，導致他睡不好，所以答案是選項 3。請注意「泣かれる」是「泣く（哭泣）」這個自動詞的被動形，在此是表示「感到困擾」的用法。

詞彙　あくびをする 打呵欠｜疲れる 疲勞｜最近 最近｜眠る 睡覺｜先月 上個月｜生まれる 出生｜夜になる 一到夜晚｜泣く 哭泣｜仕事 工作｜大変だ 辛苦

1ばん Track 2-2-01

男の人と女の人が話しています。女の人はどこがお父さんに似ていますか。

男：桜さんは誰に似ていますか。

女：そうですね。周りからはよく顔が母に似ているって言われるんです。

男：そうですか。

女：でも、私は父に似ていると思うんです。

男：どうしてですか。

女：好きなものが父と同じなんですよ。私、父に似て、辛いものが好きだし、野菜はあまり食べないし。

男：そうですか。好きな食べ物が一緒なんですね。

女の人はどこがお父さんに似ていますか。

1 目
2 好きな食べ物
3 顔
4 性格

第 1 題

男子和女子正在交談。女子哪一點像爸爸？

男：櫻小姐長得像誰呢？

女：嗯，周圍的人常說我長得像媽媽。

男：是嗎？

女：但是，我覺得我像爸爸。

男：為什麼？

女：我喜歡的東西跟爸爸一樣。我跟爸爸很像，喜歡辣的東西，不太吃蔬菜。

男：原來如此。喜歡的東西是一樣的啊。

女子哪一點像爸爸？

1 眼睛
2 喜歡的食物
3 臉
4 個性

解說 女子在最後一次對話中提到她喜歡和不太吃的食物都像爸爸，所以答案是選項 2。

詞彙 似る 像｜周り 周圍｜顔 臉｜どうして 為什麼｜同じだ 相同｜辛い 辣的｜野菜 蔬菜｜一緒 ① 相同、一樣 ② 一起｜性格 個性

2ばん Track 2-2-02

女の人と男の人が話しています。二人は、どうしてプレゼントをスイーツにしましたか。

女：もうそろそろ年末だし、お世話になった方にプレゼントを贈りましょうか。

男：そうですね。会社の先輩とか、大学の先生にも贈らないといけないですね。

女：だったら、40代～50代の男性ですよね。お酒とかこのビールセットはどうですか？

男：う～ん、もっと家族みんなで楽しめるものはないでしょうか。

女：だったらこのスイーツはどうですか？

男：うん、これなら、奥さんとかお子さんも喜びそうですね。

二人は、どうしてプレゼントをスイーツにしましたか。

1　40代～50代の男性だから
2　会社の先輩が喜ぶから
3　大学の先輩は甘いものが好きだから
4　家族みんなが喜ぶから

第２題

女子和男子正在交談。二個人為什麼決定送甜點當禮物？

女：差不多又到年底了，給那些曾經照顧過我們的人送些禮物吧。

男：沒錯。公司的前輩或是大學老師那些人一定要送。

女：這樣的話，就是 40 幾歲到 50 幾歲的男子。酒或是啤酒禮盒如何呢？

男：嗯，有沒有更適合全家一起享受的東西呢？

女：這樣的話，這個甜點如何呢？

男：嗯，這個的話感覺他們的夫人跟孩子也會很高興的。

二個人為什麼決定送甜點當禮物？

1　因為是 40 幾歲到 50 幾歲的男子
2　因為公司前輩會高興
3　因為大學前輩喜歡甜的東西
4　因為全家人都會高興

解說　因為男子詢問有沒有更適合全家一起享受的東西，而女子則建議甜點，所以答案是選項4。

詞彙　スイーツ 甜點｜そろそろ 差不多｜年末 年底｜お世話になる 承蒙照顧｜方 人（敬語）｜贈る 贈送｜～代 年齡的範圍｜男性 男子｜もっと 更加｜楽しめる 享受｜だったら 這樣的話｜奥さん 夫人、太太（對別人妻子的尊稱）｜お子さん 孩子、令郎、令嬡（對別人孩子的尊稱）｜喜ぶ 高興

3ばん Track 2-2-03

女の人と男の人が話しています。男の人はどうして飲み会に行きませんでしたか。

女：昨日はどうして飲み会に来なかったんですか？ みんな、待ちましたよ。

男：ごめんなさい。最近、仕事が忙しくて、残業が多いんです。

女：そうですか。大変ですね。

男：それに、昨日は体の調子も悪くて…。

女：仕事が多いから、疲れたんじゃないでしょうか。

男：はい。そうみたいですね。

男の人はどうして飲み会に行きませんでしたか。

1 会議があったから

2 体の具合が悪かったから

3 お酒がきらいだから

4 ほかの飲み会があったから

第 3 題

女子和男子正在交談。男子為什麼沒去聚會？

女：昨天為什麼沒來聚會。大家都在等你喔。

男：不好意思。最近工作很忙，加班又多。

女：原來如此，好辛苦唷。

男：再加上，我昨天身體狀況也很差……

女：是不是因為工作很多造成疲勞？

男：嗯，好像是這樣。

男子為什麼沒去聚會？

1 因為有個會議

2 因為身體狀況不佳

3 因為討厭喝酒

4 因為有其他的聚會

解說 男子提到「昨天身體狀況也很差」，所以答案是選項 2。

詞彙 飲み会 聚會｜残業 加班｜多い 多的｜大変だ 辛苦｜体の調子が悪い 身體狀況不好｜具合 狀況

4ばん Track 2-2-04

男の人と女の人が話しています。女の人は昨日、どうしてスカートを買いませんでしたか。

男：昨日、デパートで洋服、買いましたか？

女：いいえ。

男：どうしてですか? 新しいスカートがほしいと言いましたよね。

女：はい。新しいスカートはほしいんですけど、貯金もしないといけませんからね。

男：そうですね。

女：待てばセールするから、その時でもいいかなと思って…。

男：やっとバーゲンが待てるようになりましたか。よかったですね。

女の人は昨日、どうしてスカートを買いませんでしたか。

1　新しいスカートは要らないから

2　デパートの洋服は高いから

3　ほしいものがなかったから

4　お金を貯めたいから

第 4 題

男子和女子正在交談。女子昨天為什麼沒買裙子？

男：昨天在百貨公司買衣服了嗎？

女：沒有。

男：為什麼？妳不是說想要新裙子嗎？

女：對啊。我很想要新裙子，但是也必須存錢。

男：原來如此。

女：因為如果等待一下可能會有折扣，所以我想說等到那時候再買也可以……

男：妳終於能等到優惠特賣了嗎？太好了。

女子昨天為什麼沒買裙子？

1　因為不需要新裙子

2　因為百貨公司的衣服很貴

3　因為沒有想要的東西

4　**因為想要存錢**

解說　女子提到必須存錢，考慮折扣時再買，所以答案是選項 4。

詞彙　洋服　衣服｜新しい　新的｜ほしい　想要｜貯金　存錢、儲蓄｜やっと　終於｜バーゲン　優惠特賣｜待つ　等待｜要る　需要｜お金を貯める　存錢

5ばん Track 2-2-05

女の人と男の人が話しています。男の人がこの会社に入りたい理由は何ですか。

女：高橋さんは、どこの会社に入りたいですか。

男：私は、この会社に入りたいです。

女：この会社は、たくさんのビジネスをやっていますが、どんな所に入りたいですか。

男：私は、新しい食べ物を研究するところがいいです。

女：あ、そうですか。どうしてですか。

男：私は食べ物が好きで、いろいろ新しいものを食べてみたいんです。何を作れば人々が喜ぶか、知りたいからです。

男の人がこの会社に入りたい理由は何ですか。

1　おいしい料理をたくさん食べたいから

2　この会社はいろいろなビジネスがあるから

3　人々が喜ぶ料理を作ってみたいから

4　新しいビジネスを研究したいから

第 5 題

女子和男子正在交談。男子想進入這家公司的理由是什麼？

女：高橋先生，你想要進入哪家公司呢？

男：我想要進入這家公司。

女：這家公司從事許多業務，你想要進入哪個部門呢？

男：我想要加入研發新食品的部門。

女：這樣啊。為什麼呢。

男：因為我喜歡食物，想嚐看看各種新的食物。因為我想知道做出什麼東西會讓人們高興。

男子想進入這家公司的理由是什麼？

1　因為想吃許多美味的料理

2　因為這家公司有各種業務

3　**因為想做看看人們會高興的料理**

4　因為想要研發新的業務

解說　從對話可以知道男子喜歡吃東西，想知道做出什麼東西會讓人們高興。而這家公司有研發新食品的部門，所以他希望進入這家公司工作。因此答案是選項 3。

詞彙　理由 理由｜ビジネス 業務、生意｜やる 做｜新しい 新的｜研究 研究｜喜ぶ 高興

6ばん Track 2-2-06

男の人と女の人が話しています。女の人はどうしてうれしいですか。

男：林さん、何かいいことでもあったんですか。

女：来週、ハワイに旅行に行くんですよ。

男：あ、だからうれしそうなんですね。

女：ハワイに行けてうれしいというより、家族みんなで行けるのがうれしいんですよ。家族みんなで海外に行くのが初めてなので。

男：あ、そうですか。うらやましいですね。

女の人はどうしてうれしいですか。

1　初めて家族で海外旅行に行くから
2　初めてハワイに行くから
3　初めて海外旅行に行くから
4　初めて一人で旅行に行くから

第 6 題

男子和女子正在交談。女子為什麼高興？

男：林小姐，你是有發生什麼好事嗎？

女：下星期我要去夏威夷旅行喔。

男：啊，所以你看起來很高興。

女：與其說能去夏威夷很高興，我更高興的是能夠全家人一起去。這是我們全家人第一次一起去國外旅行。

男：啊，這樣啊。好羨慕啊。

女子為什麼高興？

1　因為全家人第一次一起去國外旅行
2　因為第一次去夏威夷
3　因為第一次去國外旅行
4　因為第一次一個人去旅行

解說　女子高興的原因並不是因為要去夏威夷，而是因為全家人第一次一起去國外旅行。所以答案是選項 1。

詞彙　だから 因此、所以｜嬉しい 高興｜行ける 可以去｜家族 家人｜みんなで 大家一起｜初めて 第一次｜うらやましい 羨慕｜海外旅行 國外旅行

問題 3　請看圖片並聆聽問題：箭頭（➔）指向的人應該說什麼呢？請從選項 1 ～ 3 中選出最適當的答案。

れい Track 2-3	例
ご飯を食べた後であいさつをします。何と言いますか。	吃完飯後要打招呼。應該說什麼？
女：1　ご飯をおいしく食べました。	女：1　享受了美味的飯。
2　ごちそうさまでした。	2　謝謝款待。
3　おかえりなさい。	3　歡迎回來。

解說　吃飯前要說「いただきます（我要開動了）」，吃飯後則要說「ごちそうさまでした（謝謝款待）」。

詞彙　あいさつ 打招呼｜おいしく 美味

1ばん Track 2-3-01	第 1 題
先輩と 1 年ぶりに会いました。何と言いますか。	和一年不見的前輩見面了。應該說什麼？
男：1　お久しぶりですね。	男：1　好久不見。
2　1 年ですね。	2　一年了。
3　ここで会いましたね。	3　在這裡見面了。

解說　因為和前輩一年未見，所以打招呼時說「好久不見」是較自然的表達。

詞彙　先輩 前輩｜ぶり 接在時間名詞後面，表示「時隔～」｜お久しぶり 好久不見

2ばん Track 2-3-02	第 2 題
店の人が料理を持ってきました。お客さんに何と言いますか。	店員端菜過來。應該對客人說什麼？
女：1　待ちましたか。	女：1　等待了嗎？
2　料理を持ってきました。	2　端菜過來了。
3　お待たせしました。	3　讓您久等了。

解說　店員上菜時的招呼語是「お待たせしました」，直譯是「讓您等待了」，意譯則是「讓您久等了」。

詞彙　料理 菜餚、飯菜｜持つ 拿｜お客さん 顧客、客人｜待つ 等待

3ばん Track 2-3-03

料理を食べる前にあいさつをします。何と言いますか。

男：1　よく食べます。

2　いただきます。

3　おいしく食べます。

第 3 題

吃飯前要打招呼。應該說什麼？

男：1　經常吃。

2　我要開動了。

3　美味地品嚐。

解說　一般吃飯前會說「いただきます（我要開動了）」，因此答案是選項 2。

詞彙　あいさつ 打招呼｜よく 經常｜おいしく 美味

4ばん Track 2-3-04

ホテルの人が部屋の中に荷物を運びました。何と言いますか。

女：1　どうぞ、ごゆっくり。

2　たのしいですか。

3　いい時間ですね。

第 4 題

飯店員工搬行李到房間裡。應該說什麼？

女：1　請好好休息。

2　高興嗎？

3　很美好的時間耶。

解說　「どうぞ、ごゆっくり」直譯是「請慢慢地」，但實際上可以表示「請盡情享受您的旅程或時間」，所以意譯為「請慢慢享受」或「請好好休息」。因此答案是選項 1。

詞彙　荷物 行李｜運ぶ 搬運

5ばん Track 2-3-05

友達のはさみを使いたいです。何と言いますか。

男：1　このはさみ、返してもいいですか?

2　このはさみ、貸してもいいですか?

3　このはさみ、借りてもいいですか?

第 5 題

想要使用朋友的剪刀。應該說什麼？

男：1　這個剪刀可以還我嗎？

2　這個剪刀可以借你嗎？

3　這個剪刀可以借我嗎？

解說　選項 2 是「我可以借給你嗎？」的意思，選項 3 則是「可以借給我嗎？」的意思，所以答案是選項 3。

詞彙　友達 朋友｜はさみ 剪刀｜使う 使用｜返す 歸還｜貸す 借（出）｜借りる 借（入）

問題4　在問題4中沒有圖片內容。請在聆聽內容後，從選項1～3中選出最適當的答案。

れい Track 2-4

女：ごめんなさい。待ちましたか？

男：1　いいえ、僕も今来たばかりなんです。

2　いいえ、待ちませんでした。

3　はい、たくさん待ちました。

例

女：抱歉，讓你等待了嗎？

男：1　**沒有，我也是剛到。**

2　沒有，我沒有等。

3　是的，我等很久了。

解說　女子為自己讓對方等待而感到抱歉，所以回應時選項1是最適合的。

詞彙　～たばかりだ 剛剛做～

1ばん Track 2-4-01

男：会議室に誰かいますか。

女：1　いいえ、誰かいません。

2　いいえ、誰もいません。

3　はい、誰がいます。

第1題

男：有人在會議室嗎？

女：1　沒有，有誰不在。

2　**沒有，誰都不在。**

3　有，有誰在。

解說　當對方詢問「～に誰かいますか（有人在～嗎）」這種問題時，如果沒有任何人時，就要回答「いいえ、誰もいません」。.

詞彙　会議室 會議室｜誰 誰

2ばん Track 2-4-02

男：新幹線に乗ったことがありますか。

女：1　はい、一回です。

2　はい、乗ったことがありません。

3　いいえ、まだありません。

第2題

男：妳有搭過新幹線嗎？

女：1　有的，一次。

2　有的，我沒有搭過。

3　**沒有，我還沒搭過。**

解說　當對方詢問「有過～經驗嗎」的問題時，如果尚未做過，就要回答「いいえ、まだありません」。

詞彙　新幹線 新幹線｜乗る 搭乘｜～たことがあります 有過～經驗｜一回 一次｜まだ 還、仍舊

3ばん Track 2-4-03

女：田中さんの趣味は何ですか。

男：1　私は自転車に乗るのが好きです。

2　趣味もありません。

3　何でもありません。

第 3 題

女：田中先生的興趣是什麼？

男：1　我喜歡騎腳踏車。

2　我沒有興趣。

3　什麼也沒有。

解說　當對方詢問「你的興趣是什麼」時，回答「喜歡做～」是較適當的表達。

詞彙　趣味 興趣｜自転車に乗る 騎腳踏車

4ばん Track 2-4-04

男：暇なときは何をしますか。

女：1　暇じゃありません。

2　音楽を聞いたり、ドライブをしたりします。

3　暇なとき呼んでください。

第 4 題

男：閒暇時妳會做什麼？

女：1　沒空。

2　我會聽音樂或是開車兜風。

3　有空時請叫我。

解說　當對方詢問「閒暇時你會做什麼」時，回答一些明確的行為是較適當的表達。

詞彙　暇だ 閒暇｜音楽を聞く 聽音樂｜呼ぶ 叫、呼喊

5ばん Track 2-4-05

男：この傘、借りてもいいですか。

女：1　はい、貸してもいいです。

2　はい、どうも。

3　私のものじゃないんですが…。

第 5 題

男：這把傘可以借我嗎？

女：1　好的，可以借你。

2　好的，謝謝。

3　這不是我的傘……

解說　選項 2 改成「はい、どうぞ（好的，請拿去）」才是正確的表達。

詞彙　傘 傘｜借りる 借（入）｜貸す 借（出）

6ばん Track 2-4-06	第 6 題
男：風邪(かぜ)ですか。	男：妳感冒了嗎？
女：1　はい、きのうから。	女：1　是啊，昨天開始的。
2　はい、今日(きょう)は風(かぜ)が強(つよ)いですね。	2　是啊，今天風很強耶。
3　はい、吹(ふ)いていますね。	3　是啊，風正在吹。

解說 要注意區分「風邪(かぜ)」和「風(かぜ)」這兩個詞彙。問題是詢問「你感冒了嗎？」，所以適當的回應是選項 1。

詞彙 風邪(かぜ) 感冒｜風(かぜ)が強(つよ)い 風很強｜吹(ふ)く 吹拂

第 2 回

我的分數？

共　　　題正確

若是分數差強人意也別太失望，看看解說再次確認後重新解題，如此一來便能慢慢累積實力。

JLPT N4 第1回 實戰模擬試題解答

第 1 節 言語知識〈文字・語彙〉

問題 1　1 2　2 1　3 4　4 1　5 2　6 3　7 2　8 1　9 2

問題 2　10 1　11 3　12 3　13 4　14 4　15 4

問題 3　16 4　17 1　18 2　19 2　20 3　21 1　22 2　23 2　24 4
25 3

問題 4　26 1　27 4　28 3　29 2　30 2

問題 5　31 4　32 2　33 1　34 3　35 4

第 2 節 言語知識〈文法〉

問題 1　1 4　2 1　3 2　4 3　5 3　6 1　7 4　8 1　9 2
10 2　11 3　12 4　13 2　14 1　15 2

問題 2　16 3　17 4　18 1　19 2　20 2

問題 3　21 4　22 2　23 3　24 1　25 4

第 2 節 讀解

問題 4　26 3　27 3　28 2　29 4

問題 5　30 4　31 3　32 1　33 3

問題 6　34 2　35 4

第 3 節 聽解

問題 1　1 4　2 2　3 1　4 2　5 3　6 4　7 1　8 4

問題 2　1 2　2 4　3 1　4 3　5 2　6 2　7 1

問題 3　1 2　2 1　3 2　4 3　5 3

問題 4　1 3　2 2　3 1　4 3　5 2　6 3　7 2　8 1

第1回 實戰模擬試題 解析

第1節 言語知識〈文字・語彙〉

問題1　請從1、2、3、4中選出＿＿＿＿這個詞彙最正確的讀法。

1　とかいより、いなかの　ほうが　空気が　きれいです。

1　くき　　2　くうき　　3　こき　　4　こうき

相較於都市，鄉下的空氣更乾淨。

詞彙　都会（とかい） 都市｜田舎（いなか） 鄉下｜空気（くうき） 空氣

＋空港（くうこう） 機場

2　この ぶんやの　研究は　さらに　ひつようだ。

1　けんきゅう　　2　けんくう　　3　げんきゅう　　4　げんくう

這個領域的研究更加必要。

詞彙　分野（ぶんや） 領域｜研究（けんきゅう） 研究｜さらに ① 更加 ② 再、進一步｜必要だ（ひつようだ） 必要

＋研修（けんしゅう） 進修

3　にほん　ぜんこく　りょうきんは　無料です。

1　ぶりょ　　2　むりょ　　3　ぶりょう　　4　むりょう

日本全國的費用是免費的。

詞彙　全国（ぜんこく） 全國｜料金（りょうきん） 費用｜無料（むりょう） 免費

＋有料（ゆうりょう） 收費

4　この　みせは　ちょっと　たかいが、品物は　いいです。

1　しなもの　　2　しなぶつ　　3　しなもつ　　4　ひんもの

這家店雖然有點貴，但是商品很好。

詞彙　店（みせ） 商店｜品物（しなもの） 商品

＋「品」這個漢字的訓讀讀音為「しな」，音讀讀音通常是「ひん」，要特別注意。

商品（しょうひん） 商品｜作品（さくひん） 作品

5 かれは　えきに　行く　途中で、さいふを　なくしました。

1　とじゅう　　2　とちゅう　　3　とうじゅう　　4　とうちゅう

他在去車站的中途丟失了錢包。

詞彙 途中 中途、路上｜財布 錢包｜なくす 丟失、丟掉

✚ 途上 ① 中途、路上 ② 事情正在進行中

6 さいきん、コピーきの　調子が　わるいです。

1　じょうし　　2　じょうじ　　3　ちょうし　　4　ちょうじ

最近影印機的狀況不好。

詞彙 最近 最近｜コピー機 影印機｜調子 狀況

✚ 調査 調查｜調味料 調味料｜順調 順利

7 じたくの　近所に　スポーツジムが　できました。

1　きんしょ　　2　きんじょ　　3　きんところ　　4　きんどころ

自家附近開了一間健身房。

詞彙 自宅 自家｜近所 附近｜スポーツジム 健身房

✚ 近代 近代｜近郊 郊區｜最近 最近｜近道 捷徑

8 きのうの　よる、ともだちと　はなび　大会に　行って　きました。

1　たいかい　　2　だいかい　　3　たいがい　　4　だいがい

昨天晚上，和朋友去了煙火大會。

詞彙 花火 煙火｜大会 大會

✚ 要特別注意「大」這個漢字的讀音，包括「たい」、「だい」和「おお」。

大変 辛苦｜大半 多半｜大気 空氣｜広大 廣大｜拡大 擴大｜大型 大型｜* 大人 成年人

9 えいごで　はなす　ときは、発音に　ちゅういします。

1　はつおと　　2　はつおん　　3　ばつおと　　4　ばつおん

說英文的時候，要注意發音。

詞彙 英語 英文｜話す 說話｜発音 發音｜注意 注意

問題 2　請從 1、2、3、4 中選出最適合＿＿＿＿的漢字。

10　のみものは　わたしが　ようい　します。

1　用意　　2　用位　　3　要意　　4　要位

飲料我來**準備**。

詞彙　飲み物 飲料｜用意 準備

＋信用 信用｜作用 作用｜使用 使用｜着用 穿（衣服）

11　今日は てつどうりょこうの　メリットに　ついて　かんがえて　みましょう。

1　鉄導　　2　哲導　　3　鉄道　　4　哲道

今天讓我們來思考一下**鐵路**旅行的好處。

詞彙　鉄道 鐵路、鐵道｜旅行 旅行｜メリット 優點、好處

＋列車 列車｜汽車 火車

12　せんしゅう、あたらしい　うわぎを　かいました。

1　上服　　2　下服　　3　上着　　4　下着

上星期買了新**上衣**。

詞彙　先週 上星期｜新しい 新的｜上着 上衣

＋以上 以上｜上品だ 優雅｜下着 貼身衣物

13　かのじょは、さいきん　かんこくごを　ねっしんに　べんきょうして　います。

1　烈心　　2　劣心　　3　列心　　4　熱心

她最近正**致力**學習韓文。

詞彙　韓国語 韓文｜熱心 專注、致力、熱中｜勉強 學習

＋熱中 熱衷｜加熱 加熱｜過熱 過熱

14　こちらに　だいひょうしゃの　じゅうしょを　ごきにゅう　ください。

1　往書　　2　住処　　3　往所　　4　住所

請在這邊填寫代表人的**地址**。

詞彙　代表者 代表人｜住所 地址｜記入 填寫

＋住宅 住宅｜住民 居民｜お住まい 您的住所

15 きのうは とっきゅう でんしゃに のって かえりました。

1 特給　2 特及　3 特級　4 特急

昨天搭乘**特快**電車回家。

詞彙 特急 特快 | 乗る 搭乘

➕ 急速 快速 | 急行 快車

問題3　請從1、2、3、4中選出最適合填入（　　　）的選項。

16 わたしの いちばん すきな テレビ（　　）は、ニュースです。

1 えいが　2 おんがく　3 ざっし　4 ばんぐみ

我最喜歡的電視**節目**是新聞。

詞彙 番組 節目 | 映画 電影 | 音楽 音樂 | 雑誌 雜誌

17 わたしは ちゅうがくせいに なってから はじめて（　　）を そりました。

1 ひげ　2 かみ　3 つめ　4 あか

我成為國中生之後才第一次刮**鬍子**。

詞彙 中学生 國中生 | ひげをそる 刮鬍子

➕ 髪を切る 剪頭髮 | つめを切る 剪指甲 | あか 污垢

18 わたしは とうきょうに くると、いつも この ホテルに（　　）います。

1 とめて　2 とまって　3 しめて　4 しまって

我來東京的話，總是**投宿**在這間飯店。

詞彙 泊まる 投宿 | 泊める 留宿 | 閉める 把……關上 | 閉まる（自動）關上

19 先生、この しりょうを（　　）いただけませんか。

1 かりて　2 かして　3 さして　4 みえて

老師，您可以**借**我這份資料嗎？

詞彙 資料 資料 | ～ていただけませんか 能否請您讓我做～？

➕ 不要搞混「貸す」和「借りる」這兩個詞彙。「貸す」是「借（出）」或「借給他人」，而「借りる」則表示「借（入）」或「向他人借東西」。

20 日本に　いる　あいだに（　　　）ふじさんに　のぼって　みたいです。

1　ちゃんと　　2　およそ　　3　ぜひ　　4　たぶん

待在日本的期間，無論如何我一定要爬看看富士山。

詞彙　ぜひ ～たい 無論如何一定要做～｜登る 攀爬｜ちゃんと 好好地｜およそ 大致上｜たぶん 大概

✚ぜひ ～てください 請務必做～

21 子どもの　ころ、「あぶないから（　　　）で　あそぶな！」と、よく　おやに　いわれました。

1　マッチ　　2　パソコン　　3　カメラ　　4　スマホ

小時候經常被父母告誡「很危險，所以不要用火柴玩耍」。

詞彙　マッチ 火柴｜遊ぶ 玩耍｜動詞原形＋な 表示「禁止」，即「不准～」｜スマホ 智慧型手機

22 すみません、道が（　　　）いて　おくれて　しまいました。

1　すいて　　2　こんで　　3　あいて　　4　とおって

不好意思，因為路上塞車，我遲到了。

詞彙　道がこむ 道路堵塞、路上塞車｜遅れる 遲到｜道がすく 道路通暢｜開く 打開｜通る 通過

23 みちで　100えん　だまを（　　　）。

1　おちました　　2　ひろいました　　3　すてました　　4　つくりました

在路上撿到 100 日圓硬幣。

詞彙　100 円玉 100 日圓硬幣｜拾う 撿｜落ちる 掉下｜捨てる 丟掉｜作る 製作

24 ここから　しんじゅくへ　行くには、でんしゃを　3かいも（　　　）なければ　なりません。

1　いれかえ　　2　とりかえ　　3　たてかえ　　4　のりかえ

從這裡前往新宿的話，必須轉搭三次電車。

詞彙　行くには 要去的話 ▶ 動詞原形＋には 要做～的話｜乗り換える 轉乘｜入れ替える 更換｜取り替える 交換｜建て替える 重建

25 わたしが（　　　）まで　あんないします。

1　かいぎ　　2　じゅんび　　3　かいじょう　　4　しごと

我將引導您到會場。

詞彙 会場 會場｜案内 引導｜会議 會議｜準備 準備｜仕事 工作

問題4　請從1、2、3、4中選出與＿＿＿＿意思最接近的選項。

26 <u>じゅぎょうちゅう　しゃべらないで　ください。</u>

1　じゅぎょうちゅう　はなさないで　ください。
2　じゅぎょうちゅう　はしらないで　ください。
3　じゅぎょうちゅう　ねないで　ください。
4　じゅぎょうちゅう　わらわないで　ください。

<u>上課中請不要講話。</u>

1　上課中請不要說話。
2　上課中請不要奔跑。
3　上課中請不要睡覺。
4　上課中請不要笑。

解說 「しゃべらないでください」是「請不要講話」的意思，而「話さないでください」則是「請不要說話」，兩者意思相近，所以答案是選項1。

詞彙 授業中 上課中｜しゃべる 講話｜走る 跑步｜笑う 笑

27 <u>ここは　やおやです。</u>

1　ここで　テレビが　かえます。
2　ここで　さかなが　かえます。
3　ここで　ふくが　かえます。
4　ここで　やさいが　かえます。

<u>這裡是蔬菜店。</u>

1　在這裡可以買電視。
2　在這裡可以買魚。
3　在這裡可以買衣服。
4　在這裡可以買蔬菜。

解說 在蔬菜店可以買到蔬菜，所以答案是選項4。

詞彙 八百屋 蔬菜店｜野菜 蔬菜｜買える 可以買｜魚 魚｜服 衣服

28 たなかさんから　おかりした　ほんを　よませて　いただきました。

1　たなかさんは　わたしが　かして　あげた　ほんを　よみました。
2　たなかさんは　わたしが　かって　あげた　ほんを　よみました。
3　わたしは　たなかさんが　かして　くれた　ほんを　よみました。
4　わたしは　たなかさんが　かって　くれた　ほんを　よみました。

我讀了從田中先生那裡借來的書。

1　田中先生讀了我借給他的書。
2　田中先生讀了我買給他的書。
3　我讀了田中先生借給我的書。
4　我讀了田中先生買給我的書。

解說　「読まさせていただきます」是「允許讓我讀、請讓我讀」的意思。所以答案是選項3。

詞彙　お借りする 借（入）（謙讓語）▶ お＋動詞ます形（去ます）＋する 謙讓語用法，用於自己的動作上｜～（さ）せていただきます 請讓我～｜貸す 借（出）

29 ひが　くれて　います。

1　もう　あさに　なりました。
2　もう　ゆうがたに　なりました。
3　もう　ひるに　なりました。
4　もう　しょうがつに　なりました。

天黑了。

1　已經早上了。
2　已經傍晚了。
3　已經中午了。
4　已經是新年了。

解說　「日が暮れています」是「天黑了」的意思，而「ゆうがた」則表示「傍晚」，因此答案是選項2。

詞彙　日が暮れる 天黑｜ゆうがた 傍晚｜昼 中午｜正月 新年

30 らいげつから　こめが　ねさがりする　そうです。

1　らいげつから　こめが　たかく　なる　そうです。
2　らいげつから　こめが　やすく　なる　そうです。
3　らいげつから　こめを　ゆにゅうする　そうです。
4　らいげつから　こめを　ゆしゅつする　そうです。

聽說下個月開始米會降價。

1　聽說下個月開始米會變貴。
2　聽說下個月開始米會變便宜。
3　聽說下個月開始要進口米。
4　聽說下個月開始要出口米。

解說 「値下(ねさ)がり」是「降價」的意思，也就是「價格變便宜」，所以答案是選項 2。

詞彙 米(こめ) 米｜値下(ねさ)がり 降價｜輸入(ゆにゅう) 進口｜輸出(ゆしゅつ) 出口

問題 5　請從 1、2、3、4 中選出下列詞彙最適當的使用方法。

31 まにあう 來得及、趕得上

1　ちこくして　テストに　まにあいました。
2　むりを　して　からだを　まにあって　しまいました。
3　にほんの　せいかつにも　もう　まにあいました。
4　いまから　いけば　しはつの　でんしゃに　まにあいます。

1　遲到趕上了考試。
2　硬撐，趕上身體了。
3　已經趕上日本的生活了。
4　現在去的話，趕得上頭班車。

解說 選項 1 改成「テストを受(う)けられませんでした（無法應考）」較為適當。選項 2 改成「体(からだ)を壊(こわ)す（弄壞身體）」較為適當。選項 3 改成「慣(な)れる（習慣）」較為適當。

詞彙 遅刻(ちこく) 遲到｜無理(むり) 勉強、硬撐｜体(からだ) 身體｜生活(せいかつ) 生活｜始発(しはつ) 頭班車

32 かける 坐、坐在……上面

1 みんなで よく かけて きめましょう。
2 どうぞ こちらに おかけ ください。
3 きょうは つかれたので さきに かけます。
4 ともだちを たくさん かけたいです。

1 大家一起好好坐著再決定吧。
2 請這邊坐。
3 今天很累了，所以先坐下。
4 想要坐很多朋友。

解說 選項 1 改成「話(はな)し合(あ)う（商量）」較為適當。選項 3 改成「帰(かえ)る（回家）」或「失礼(しつれい)する（告辭）」較為適當。選項 4 改成「作(つく)る（結交）」較為適當。

詞彙 決(き)める 決定｜疲(つか)れる 疲累｜先(さき)に 先

33 わかす 燒開、燒熱

1 おちゃを のむために おゆを わかしました。
2 わるい ことを して せんせいに わかされました。
3 かれは こっそり へやから わかして いきました。
4 かいだんで わかして しまいました。

1 為了喝茶燒了開水。
2 做了壞事，被老師燒熱了。
3 他偷偷地從房間燒熱了。
4 在樓梯燒熱了。

解說 選項 2 改成「しかられる（被罵）」較為適當。選項 3 改成「出(で)る（離開）」較為適當。選項 4 改成「転(ころ)ぶ（跌倒）」較為適當。

詞彙 ために 為了、因為｜お湯(ゆ) 熱水、開水｜悪(わる)い 不好的｜こっそり 偷偷地、悄悄地｜階段(かいだん) 樓梯

34 けしき 風景

1 かれは けしきが とても いそがしいようです。

2 すみません、ふく けしきは なんがいですか。

3 この やまからの けしきは ほんとうに すばらしいです。

4 たにんの けしきも よく きいて ください。

1 他的風景似乎很忙。

2 不好意思，服裝風景在幾樓？

3 從這座山看出去的風景真的很棒。

4 請好好地聽別人的風景。

解說 選項 1 改成「仕事（工作）」較為適當。選項 2 改成「売り場（賣場）」較為適當。選項 4 改成「意見（意見）」較為適當。

詞彙 服 衣服｜何階 幾樓｜他人 別人

35 すっかり 完全、全部

1 じぶんの かんがえを すっかり いって ください。

2 もっと すっかり べんきょうして ください。

3 すみません、すっかり ようじが できて いけなく なりました。

4 ともだちとの やくそくを すっかり わすれて しまいました。

1 請把自己的想法完全說出來。

2 請更完全地唸書。

3 不好意思，完全有事情，沒辦法去了。

4 完全忘記了和朋友的約定。

解說 選項 1 改成「はっきり（清楚地）」較為適當。選項 2 改成「しっかり（好好地）」較為適當。選項 3 改成「急に（突然）」較為適當。

詞彙 自分 自己｜考え 想法｜もっと 更加｜用事ができる 有事情｜忘れる 忘記

第2節 言語知識〈文法〉

問題1 請從1、2、3、4中選出最適合填入下列句子（　　　）的答案。

1 今度、いっしょに 食事（　　　）行きませんか。

1 にも　　2 へも　　3 へでも　　4 にでも

下次要不要一起去吃個飯之類的。

文法重點！ ⊘「食事に行く」是「去吃飯」的意思，而「食事にでも」等同於「食事でも」，「でも」在這裡的用法是表示「之類的、什麼的」。

詞彙 今度 下次｜いっしょに 一起

2 とうふや なっとうは だいず（　　　）作られて います。

1 から　　2 を　　3 に　　4 にも

豆腐或納豆是從大豆製成的。

文法重點！ ⊘ 名詞＋から＋作られる：用～製成（be made from）▶當材料發生化學變化，製成新產品時，會使用這種表達。

⊘ 名詞＋で＋作られる：用～製成（be made of）▶當材料沒有產生化學變化，仍保有原有性質時，會使用這種表達。

詞彙 とうふ 豆腐｜なっとう 納豆｜大豆 大豆

3 きゅうに 雨が 降って きたので、友だちが わたしに かさを かして（　　　）。

1 もらいました　　2 くれました　　3 あげました　　4 やりました

因為突然下起雨來，朋友借給我傘。

文法重點！ ⊘ 友達がかさを貸してくれました。 朋友借給我傘。

友達にかさを貸してもらいました。 我向朋友借了傘。

這兩個句子的表達方式不同，但它們的意思完全相同。要特別注意「てくれました（別人主動為我做）」和「てもらいました（我請別人為我做）」的差異。

詞彙 雨 雨｜降る 下（雨）｜傘 傘｜貸す 借（出）

4 わたしは ゆうべ、あかんぼうに（　　　）ぜんぜん ねむれませんでした。

1 ないて　　2 なかせられて　　3 なかれて　　4 なかせて

昨晚小嬰兒哭鬧，導致我完全睡不著。

文法重點！ ⊘「泣かれる」是「泣く（哭泣）」這個自動詞的被動形，在此是表示「受害、困擾」的用法。

例 雨に降られました。下雨（而感到困擾）。

父に死なれました。父親過世（而感到遺憾、難過）。

友だちに来られて、勉強できませんでした。朋友來了（而感到困擾），沒辦法讀書。

詞彙 ゆうべ 昨晚 | あかんぼう 小嬰兒 | ぜんぜん 完全地 | 眠る 睡覺

5 庭に　きれいな　花が　たくさん　うえて（　　　）。

1 おります　2 おきます　3 あります　4 います

庭院裡種著許多美麗的花。

文法重點！ ⊘ 他動詞＋てある：表示狀態，強調人為的結果。

⊘ 自動詞＋ている：表示狀態，單純眼前的狀態。

詞彙 庭 庭院 | 植える 種植

6 A「さいきん、子どもが　ご飯を（　　　）こまって　いますよ。」

B「それは　しんぱいですね。」

1 たべなくて　2 たべないで　3 たべないでも　4 たべなくても

A「最近因為孩子不吃飯，我很煩惱。」

B「那真是令人擔心。」

文法重點！ ⊘ ～なくて：因為沒有做～，所以～

例 朝ご飯を食べなくて、おなかぺこぺこです。因為沒有吃早餐，所以肚子很餓。

⊘ ～ないで：不做～而是～

例 朝ご飯を食べないで、学校へ行きました。不吃早餐就去學校了。

詞彙 困る 煩惱 | 心配 擔心

7 せんぱいに　手伝って（　　　）、仕事が　だいぶ　はやく　終わりました。

1 あげて　2 くれて　3 くださって　4 もらって

得到前輩的幫助，工作很快完成了。

文法重點！ ⊘ 先輩に手伝ってもらって：得到前輩的幫助。（「我請別人為我做」的用法）

⊘ 先輩が手伝ってくれて：前輩幫忙了我。（「別人主動為我做」的用法）

詞彙 先輩 前輩 | 手伝う 幫忙 | だいぶ 相當、很 | 終わる 完成、結束

8 （会社で）

課長「清水君、きのう　たのんだ　しょるい、まだですか。」

清水「あ、すみません、今、作って　いる（　　）です。」

1　ところ　　2　もの　　3　だけ　　4　しか

（在公司）

課長「清水，昨天拜託你的文件，還沒好嗎？」

清水「啊，對不起，我現在正在做。」

文法重點！ ⊘ 動詞原形＋ところだ：正要做某事

例 これからご飯を食べるところだ。現在正要吃飯。

⊘ 動詞て形＋いる＋ところだ：正在進行某事

例 今ご飯を食べているところだ。現在正在吃飯。

⊘ 動詞た形＋ところだ：剛剛做完某事

例 今ご飯を食べたところだ。剛剛吃完飯。

詞彙 頼む 拜託｜書類 文件｜まだ 還、仍舊

9 この　へんは　夜に　なると（　　）すぎて、ちょっと　こわいです。

1　しずかで　　2　しずか　　3　しずかに　　4　しずかな

這附近一到晚上就太安靜了，有點可怕。

文法重點！ ⊘ 形容詞語幹＋すぎる：過於～、太過～

詞彙 このへん 這附近｜怖い 可怕的

10 さいきん、いそがしくて、ほぼ　毎日の　ように　残業（　　）います。

1　されて　　2　させられて　　3　られて　　4　せられて

最近太忙了，幾乎每天都被迫加班。

文法重點！ ⊘ 這是關於使役被動的用法，表示在不想做或不願意做的情況下被迫或被強迫去做某事。

① 第一類動詞　ない形（去ない）＋せられる：行かせられる（雖然不想去，但）被強迫去

② 第二類動詞　ない形（去ない）＋させられる：食べさせられる（雖然不想吃，但）被強迫吃

③ 第三類動詞　する→させられる：（雖然不想做，但）被強迫做

くる→こさせられる：（雖然不想來，但）被強迫來

詞彙 ほぼ 幾乎｜毎日のように 像每天那樣｜残業 加班

11 A「仕事(しごと)は　まだ　おわって　いませんか。」
B「もう　すぐ（　　　）。」

1　おわりません　　2　おわりました
3　おわりそうです　　4　おわったところです

A「工作還沒結束嗎？」
B「好像快要結束了。」

文法重點！ ⊘ 動詞ます形（去ます）＋そうだ：好像～、似乎～
例 今夜(こんや)は遅(おそ)くなりそうだ。今晚好像會遲到。

詞彙 仕事(しごと) 工作｜終(お)わる 完成、結束

12 どうぞ　こちらに（　　　）。

1　おかけしてください　　2　おかけなってください
3　おかけにしてください　　4　おかけください

請坐在這裡。

文法重點！ ⊘ おかけください：「お＋動詞ます形（去ます）＋ください」是要求別人做某事時的尊敬語用法。

⊘ おかけしてください：加上「して」是錯誤的用法。

⊘ おかけなってください：缺少「に」是錯誤的用法，正確用法是「お＋動詞ます形（去ます）＋になる」。
→ おかけになってください

詞彙 どうぞ 請｜かける 坐、坐下來

13 子(こ)どもが　ねて　いる（　　　）家事(かじ)を　終(お)わらせなければ　なりません。

1　あいだ　　2　あいだに　　3　まで　　4　までに

必須趁孩子睡覺的時候完成家事。

文法重點！ ⊘ あいだ：在～期間，一直
例 夏休(なつやす)みのあいだ、ずっと国(くに)に帰(かえ)っていました。在暑假期間，我一直在國內。

⊘ あいだに：在～期間、趁～的時候
例 夏休(なつやす)みのあいだに、北海道(ほっかいどう)に行(い)ってみたいです。在暑假期間，我想去北海道看看。

詞彙 家事(かじ) 家事｜終(お)わらせる 做完

14 この　単語は　きのう　おぼえた（　　）なのに、もう　わすれて　しまいました。

1 ばかり　　2 しか　　3 こと　　4 から

雖然昨天**剛**記住這個單字，但我已經忘記了。

文法重點！ ⊘ 動詞た形＋ばかりだ：剛剛做～　例 今着いたばかりです。現在剛抵達。

詞彙 単語 單字｜覚える 記住｜忘れる 忘記

15 山田　「みなさん、しんさけっかが　出ました。田中さん、発表　お願いいたします。」

田中　「はい、それでは　しんさけっかを　発表（　　）。」

1 していただきます　　2 させていただきます

3 されていただきます　　4 させられていただきます

山田　「各位，審查結果已經出爐了。田中先生，請你宣布一下。」

田中　「好的，那麼**請讓我**來宣布審查結果。」

文法重點！ ⊘ ～していただきます：請對方做～

例 説明していただきます。請你解釋一下。

⊘ ～させていただきます：請讓我做～

例 説明させていただきます。請讓我解釋。

⊘「もらう」或「いただく」出現時要確認前面是否有動詞。

詞彙 審査結果 審查結果｜出る 得出｜発表 宣布

問題 2　請從 1、2、3、4 中選出最適合填入下列句子＿＿★＿＿中的答案。

16 この　へんは　交通　＿＿　＿＿　★　＿＿　しずかで いいです。

1 し　　2 べんり　　3 だ　　4 も

這附近交通**既**方便，**又**安靜。

正確答案 この辺は交通も便利だし、静かでいいです。

文法重點！ ⊘ ～し：既～又～

例 今日は、寒いし、風も強いし、雪も降っているし…。今天既冷，風又強，又下雪……

詞彙 この辺 這附近｜交通 交通｜便利だ 方便

17 A「田中さんは、＿＿＿ ＿＿＿ ＿★＿ ＿＿＿ 見えますね。」

B「そうですね、いつも　あかるくて　いいですね。」

1 げんき　　2 いつも　　3 に　　4 そう

A「田中先生總是看起來好像很有活力耶。」

B「是的，他總是這麼開朗，很不錯呢。」

正確答案 田中さんは、いつも元気そうに見えますね。

文法重點！ ～そうに見える：看起來好像～

例 おもしろそうに見える　看起來好像很有趣　　さびしそうに見える　看起來好像很孤單

詞彙 元気だ　有活力、精力充沛｜明るい　開朗的

18 A「この　仕事は　＿＿＿ ＿＿＿ ＿★＿ ＿＿＿ そうな　気が　しますね。」

B「ええ、わたしも　そんな　気が　します。」

1 うまく　　2 いき　　3 なく　　4 なんと

A「這份工作總覺得會很進行得很順利。」

B「是的，我也有這種感覺。」

正確答案 この仕事はなんとなくうまくいきそうな気がしますね。

文法重點！ うまくいく：進展順利

例 すべてがうまくいっています。一切都進展順利。

詞彙 なんとなく　總覺得｜気がする　感到、覺得

19 この　料理を　ぜんぶ、ひとりで　＿＿＿ ＿＿＿ ＿★＿ ＿＿＿ のですか。

1 お　　2 に　　3 つくり　　4 なった

這道菜全部都是您一個人做的嗎？

正確答案 この料理を全部、一人でお作りになったのですか。

文法重點！ お＋動詞ます形（去ます）＋になる：尊敬語的用法（用於對方的動作上）

例 お出かけになります。「行く（去）」的尊敬語

詞彙 料理　料裡｜全部　全部

[20] わたしは　その　話が、＿＿＿　＿＿＿　＿★＿　＿＿＿　だけです。

1　知りたかった　　2　どうか　　3　か　　4　ほんとう

我只想知道那個故事是否是真的。

正確答案 私はその話が本当かどうか知りたかっただけです。

文法重點！ ⊙ ～かどうか：是否

例 アメリカに留学できるかどうかまだわかりません。我還不知道是否能去美國留學。

詞彙 話 故事｜知る 知道｜だけ 只、僅

問題 3　請閱讀下列文章，並根據內容從 1、2、3、4 中選出最適合填入 [21] ～ [25] 的答案。

「最喜歡福岡」

上個月，因為[21]父親工作的關係，我們從東京搬到了福岡。東京是日本最大的都市，但福岡也是一個大都市。據說[22]是日本第五大的都市。

東京的夏天非常炎熱，但據說福岡的夏天更加炎熱，很怕熱的我有點擔心。不過，我也有一些期待的事情。因為媽媽告訴[23]我，福岡以夏季祭典而聞名。我非常喜歡祭典，所以我非常盼望夏天到來。

另外[24]，我聽說福岡也有很多好吃的東西。尤其聽說博多拉麵很好吃，所以我在搬家的第二天就去吃了博多拉麵。我們查了福岡最有名的拉麵店，全家人一起去了，真的非常好吃。

我原本擔心在新學校裡能否交到朋友，但很快就交到許多朋友。而且老師們也都溫柔又親切。現在去學校很開心。

搬家之前我有點擔心，不過我現在非常喜歡這個叫做[25]福岡的[25]城市。

詞彙 大好きだ 非常喜歡｜関係 關係｜引っ越す 搬家｜都市 都市｜目 第……（表示順序）｜5番目 第五個｜暑さ 炎熱｜弱い 不擅長｜心配だ 擔心｜期待 期待｜夏祭り 夏季祭典｜教える 告訴｜待ち遠しい 急切盼望｜特に 特別、尤其｜次の日 第二天｜調べる 調查｜友だちができる 交朋友｜不安 不安、擔心

21 1 も 2 に 3 と 4 で

文法重點！ ⊘で：表示原因 ⊘も：也 ⊘に：表示存在 ⊘と：和

解說 「で」在此是表示原因的用法。這句話的意思是因為父親工作的關係而搬家了。因此答案是選項4。

22 1 言(い)わせて 2 言(い)われて 3 言(い)わせられて 4 言(い)って おいて

文法重點！ ⊘言(い)われて：被說 ⊘言(い)わせて：讓……說 ⊘言(い)わせられて：被迫說
⊘言(い)っておいて：事先說

解說 「言(い)われている」表示普遍的評價、看法，也就是「普遍認為、一般認為、據說」之意。因此答案是選項2。

23 1 あげた 2 くださった 3 くれた 4 もらった

文法重點！ ⊘くれた：給予（別人給我） ⊘あげた：給予（我給別人） ⊘くださった：給予（尊敬語）
⊘もらった：接收（別人給我）

解說 這句話是要表達「媽媽告訴我」的意思，也就是別人對我做的事情，所以要使用「くれる」，因此答案是選項3。親人之間的授受表現不使用尊敬或謙讓的型態，所以「くださる」在此是錯誤的表達。

24 1 また 2 しかし 3 はたして 4 すると

文法重點！ ⊘また：另外 ⊘しかし：但是 ⊘はたして：果然 ⊘すると：於是

解說 前面的句子提到「我非常喜歡祭典，所以我非常盼望夏天到來」。後面句子則提到「我聽說福岡也有很多好吃的東西」。這些都是正面的敘述，所以這裡使用「また」來接續較為適當。

25 1 のところ 2 とか 3 への 4 という

文法重點！ ⊘という：叫做～的 ⊘のところ：的時候 ⊘とか：或、之類的、～啦～啦
⊘への：往～方向的

解說 「という」是用來解說他人不懂的東西或事情，一般用法是「專有名詞＋という＋易懂的名詞」，也就是「叫做～的～」的意思。

第2節 讀解

問題 4 閱讀下列 (1) ～ (4) 的內容後回答問題，從 1、2、3、4 中選出最適當的答案。

(1)

田中先生上週末因為出差去了大阪，並與高中時代的同學內田先生見面。兩人已經相隔6年未見面。之前，內田先生也住在東京，所以經常見面，一起吃飯或喝酒。但是因為內田先生搬到大阪，就很難再見面。內田先生目前在大阪一家貿易公司工作，但據說他因工作之故下個月要去美國。因此田中先生打算出差去大阪時，順便和內田先生一起吃個飯，便和內田先生見面。

雖然睽違6年相見，但內田先生的外貌與6年前完全一樣，毫無變化。田中先生很驚訝，將此事告知內田先生時，內田先生也對田中先生說了同樣的話。雖然兩人明年都要邁入50歲，但他們都笑著說「不應該是這樣子啊」。

26 關於此文的內容，以下何者是正確敘述？

1 內田先生目前住在東京，下個月要去美國了。
2 田中先生是內田先生高中時代的前輩，現在住在東京。
3 田中先生和內田先生同年，明年都要 50 歲了。
4 田中先生特地前往大阪見內田先生。

詞彙 先週末（せんしゅうまつ） 上週末｜出張（しゅっちょう） 出差｜高校時代（こうこうじだい） 高中時代｜同級生（どうきゅうせい） 同學｜～ぶり 相隔～｜前（まえ）は 之前｜～に住（す）む 住在～｜ところが 可是｜引（ひ）っ越（こ）す 搬家｜なかなか 相當｜貿易会社（ぼうえきがいしゃ） 貿易公司｜～に勤（つと）める 在～工作｜仕事（しごと） 工作｜～ことになる 決定～｜それで 因此｜～ついでに 做～順便｜一緒（いっしょ）に 一起｜全然（ぜんぜん） 完全｜変（か）わる 改變｜びっくりする 驚訝｜伝（つた）える 告知｜50代（だい） 50世代｜そんなはずはない 不應該是這樣｜二人（ふたり）とも 兩個人都｜笑（わら）う 笑

解說 從文章可以得知內田先生目前住在大阪，他和田中先生是高中時代的同學。田中先生是出差去大阪想要順便和內田先生見面，並非特地前往大阪。而文章最後還提到兩人明年都要邁入 50 歲，所以答案是選項 3。

(2)

這是同班的雅夫寄給靜真的郵件。

靜真

你好。

昨天在班會中我們確定了今年春季遠足的日期和地點，現在要通知你。

日期：4 月 6 日（星期五）

地點：NIKONIKO 動物園

出發時間是早上 9 點，但請在出發時間前 15 分鐘到學校。我們將搭公車到 NIKONIKO 動物園。請攜帶便當、零食和飲料。還有，請攜帶動物園的入場費用。入場費用是 700 日圓，但聽說小學生是半價。

靜真，你的感冒還沒好嗎？大家都說想跟靜真一起去遠足。希望你感冒早點痊癒。

那麼，就這樣囉。

雅夫

27 靜真遠足那天應該怎麼做？

1 帶便當、飲料等物品以及入場費用 350 日圓，在 9 點 15 分之前到學校。

2 帶便當、飲料等物品，但不要帶入場費用，在 9 點 15 分之前到學校。

3 **帶便當、飲料等物品以及入場費用 350 日圓，在 8 點 45 分之前到學校。**

4 帶便當、飲料等物品，但不要帶入場費用，在 8 點 45 分之前到學校。

詞彙 届く（とどく） 送到｜学級会（がっきゅうかい） 班會｜遠足（えんそく） 遠足｜日程（にってい） 日程｜場所（ばしょ） 地點｜決まる（きまる） 決定｜お知らせします（おしらせします） 通知｜動物園（どうぶつえん） 動物園｜出発（しゅっぱつ） 出發｜弁当（べんとう） 便當｜おやつ 零食｜飲み物（のみもの） 飲料｜それから 然後、還有｜入場料（にゅうじょうりょう） 入場費用｜半分（はんぶん） 一半｜治る（なおる） 痊癒

解說 從文章可以得知遠足當天除了要帶便當、零食和飲料之外，還要攜帶動物園的入場費用。入場費用原本是 700 日圓，但小學生只要半價，所以應該攜帶 350 日圓。而且必須在出發時間前 15 分鐘，也就是 8 點 45 分之前到學校。所以答案是選項 3。

(3)

過去一提到料理教室，通常認為那是為了學習如何製作美味料理的地方。因此參加者多為女性，尤其是未婚女性。

可是，最近參加料理教室的男性似乎增加了。據說其中約有 60% 的男性，是 60 幾歲的人。據說 60 幾歲男性參加料理教室的原因，並不是為了學習如何製作美味料理。主要原因聽說是「為了學習如何製作對身體有益的料理」。

一旦年過 60 歲，大家就必須注意身體健康。因此，據說他們參加料理教室，是為了學習如何製作使用大量蔬菜的健康料理，這才是他們真正的原因。

28 越來越多60幾歲的男性參加料理教室的原因是什麼？

1 因為想做美味的餐點。

2 因為想做健康的餐點。

3 因為想做不使用蔬菜的餐點。

4 因為想為家人做飯。

詞彙 以前 以前、過去｜料理教室 料理教室｜～というと 一提到～｜作り方 作法｜習う 學習｜通う 參加、往返｜女性 女子｜特に 特別、尤其｜多い 多的｜ところで 可是｜最近 最近｜男性 男子｜増える 增加｜60代 60 幾歲｜理由 原因｜体 身體｜健康 健康｜気をつける 注意｜それで 因此｜野菜 蔬菜｜たっぷり 充分、大量｜使う 使用｜ヘルシー料理 健康料理

解說 文章提到 60 幾歲的男子參加料理教室最主要的原因是要學習製作對身體有益的料理。也就是說學習製作健康的食物是他們最主要的動機。因此答案是選項 2。

(4)

我上週六和朋友兩人一起去了鎌倉。因為開車大約 1 個半小時就能到達鎌倉，所以我和朋友決定開車前往。我和朋友兩人都非常喜歡漫遊寺廟，也曾經去京都和奈良等地參觀寺廟。

早上 9 點出發，抵達鎌倉時已經 10 點半了。我們決定先去看有名的鎌倉大佛。儘管已經 4 月了，天氣還是有點寒冷，而且開始下起雨來。不過，我們看到只在照片中看過的鎌倉大佛，兩人都非常感動。可是雨越下越大。我們等雨停等了 30 分鐘左右，但雨還是沒停。用智慧型手機查看天氣預報後，它寫著今天跟明天將一直下雨。因此，我們只好決定回家了。在回家的路上，我們反省著要是事先查看天氣預報就好了。

29 關於此文的內容，以下何者是正確敘述？

1 這個人開車前往鎌倉進行家庭旅行。
2 這個人和朋友不同，最喜歡漫遊寺廟。
3 這兩個人在暑假期間去鎌倉旅行了。
4 這個人前往鎌倉之前沒有查看天氣預報。

詞彙 約（やく） 大約｜～ことにする 決定做～｜二人（ふたり）とも 兩個人都｜お寺（てら） 寺廟｜見（み）て回（まわ）る 漫遊、遊覽｜出発（しゅっぱつ） 出發｜着（つ）く 抵達｜まず 首先｜有名（ゆうめい）だ 有名｜鎌倉大仏（かまくらだいぶつ） 鎌倉大佛｜しかも 而且｜降（ふ）りはじめる 開始下雨｜～しか～ない 只有｜感動（かんどう） 感動｜ところで 可是｜だんだん 漸漸地｜強（つよ）い 強的｜雨（あめ）が止（や）む 雨停｜スマホ 智慧型手機｜確認（かくにん） 確認｜ずっと 一直｜しかたなく 沒辦法｜～ばよかった 要是～就好了｜反省（はんせい） 檢討、反省

解說 從文章可以得知這個人和朋友一起去了鎌倉旅行，兩人都喜歡漫遊寺廟。他只提到他們是在週六去的，並未提到是暑假期間，所以答案是選項4。

問題5 閱讀下面文章後回答問題，從1、2、3、4中選出最適當的答案。

我兒子最喜歡火腿和肉。

一問起他最喜歡的食物時，答案總是一樣的。他會說最喜歡的食物是火腿和肉，其次是零食和可樂。吃飯時，即使有其他配菜，他也只吃火腿和肉。如果沒有火腿和肉，他就不願意吃米飯。即使我告訴他蔬菜也要吃，他也不聽。因為他會吃火腿和肉吃得很飽，所以①幾乎不吃米飯。

問他為什麼不吃蔬菜時，他總是說「蔬菜不好吃。有奇怪的味道，所以不想吃。」我小時候也不太喜歡吃蔬菜。因此，我也經常被父母責罵。所以，我非常理解兒子的②心情。但是，只吃火腿和肉對健康不好。為了健康，我認為他必須吃蔬菜。

我開始擔心，思考該如何讓兒子吃蔬菜。因此，我想到的方法是用咖哩這道菜來讓兒子吃蔬菜。因為我認為如果在咖哩中加入肉，喜歡吃肉的兒子會更願意吃。而且我還加入了青椒、馬鈴薯、豆子等各種蔬菜來製作。結果，儘管裡面有蔬菜，兒子也很願意吃。看著他一邊吃一邊說「好吃，好吃。」我也感到安心了。

30 這個人的兒子除了火腿和肉之外，還喜歡那些食物？

1 蔬菜
2 米飯
3 馬鈴薯
4 零食

解說 文章提到「他會說最喜歡的食物是火腿和肉，其次是零食和可樂」，所以答案是選項4。

31 為什麼①幾乎不吃米飯？

1 因為飯不好吃。
2 因為配菜不好吃。
3 **因為會吃很多火腿和肉。**
4 因為有很多蔬菜。

解說 前一個句子提到「因為他會吃火腿和肉吃得很飽」，所以答案是選項3。

32 ②心情是指怎樣的心情？

1 **討厭蔬菜，不想吃的心情。**
2 討厭火腿和肉，不想吃的心情。
3 喜歡火腿，想在咖哩中加入火腿的心情。
4 喜歡肉，想在咖哩中加入肉的心情。

解說 文章提到「わたしも子(こ)どものころは、野菜(やさい)はあまり好(す)きではありませんでした。我小時候也不太喜歡吃蔬菜。」表示作者自己也討厭蔬菜，所以非常理解兒子的心情，因此答案是選項1。

33 這個人如何讓兒子吃蔬菜？

1 只使用各種蔬菜來製作咖哩，再讓兒子吃。
2 給兒子蔬菜和零食，讓他一起吃。
3 **將肉和蔬菜一起加在咖哩中，再讓兒子吃。**
4 使用沒有奇怪味道的蔬菜製作料理，再讓兒子吃。

解說 文章提到「我想到的方法是用咖哩這道菜來讓兒子吃蔬菜」，而且作者認為「如果在咖哩中加入肉，喜歡吃肉的兒子會更願意吃」，所以他在咖哩中加入肉和各種蔬菜，因此答案是選項3。

詞彙 息子(むすこ) 兒子｜ハム 火腿｜肉(にく) 肉｜大好(だいす)きだ 最喜歡｜一番(いちばん) 最｜食(た)べ物(もの) 食物｜答(こた)え 回答｜いつも 總是｜その次(つぎ)は 其次｜お菓子(かし) 零食｜コーラ 可樂｜食事(しょくじ) 餐點｜おかず 配菜｜～しか 只有～｜野菜(やさい) 蔬菜｜～なさい 去做～（輕微的命令表現）｜言(い)うことを聞(き)かない 不聽人家說的話｜お腹(なか)いっぱいになる 吃飽｜ほとんど 幾乎｜なぜ 為什麼｜変(へん)だ 奇怪｜味(あじ)がする 有味道｜子供(こども)のころ 兒時｜怒(おこ)られる 被責罵｜健康(けんこう) 健康｜心配(しんぱい)になる 擔心｜考(かんが)える 思考｜方法(ほうほう) 方法｜メニュー 菜單｜カレー 咖哩｜入(い)れる 加入｜ピーマン 青椒｜じゃがいも 馬鈴薯｜豆(まめ) 豆子｜すると 結果、於是｜安心(あんしん)する 放心、安心

問題 6　右頁是「NIKONIKO 公園年底大掃除通知」。請閱讀文章後回答以下問題，並從 1、2、3、4 中選出最適當的答案。

34　想參加這次大掃除的人該如何做？

1　在 12 月 12 日的早上，直接去公園參加即可。
2　**在 12 月 12 日之前，透過網路報名即可。**
3　在 12 月 15 日的早上，直接去公園參加即可。
4　在 12 月 15 日之前，透過網路報名即可。

解說　文章提到「12月12日（水）までに、ニコニコ公園のホームページでお申し込みください。請在 12 月 12 日（星期三）之前，在 NIKONIKO 公園的網站報名。」因此答案是選項 2。

35　以下哪一個選項符合這個通知的內容？

1　這次大掃除將從早上進行到傍晚。
2　參加這次大掃除的人，要攜帶打掃用具。
3　參加這次大掃除的人，要攜帶便當。
4　**參加這次大掃除的人，可以空手前往。**

解說　文章提到「持ち物は何も要りません。不需要攜帶任何東西。」換句話說就是可以空手前往。

NIKONIKO 公園　年底大掃除通知

NIKONIKO 公園將進行年底大掃除。大家一起將公園打掃乾淨吧。

- 日期與時間：12 月 15 日（星期六）上午 10 點～ 12 點
- 地點：NIKONIKO 公園
- 服裝：方便活動的服裝
- 人數：20 位（按照先來後到的順序。請在 12 月 12 日（星期三）之前，在 NIKONIKO 公園的網站報名。）

＊不需要攜帶任何東西。公園指定管理員會準備掃把和垃圾袋等打掃用具。也會準備便當。

請大家配合。

- 洽詢：NIKONIKO 公園　指定管理員
- 負責人：橋本 123-4567-8900

詞彙　年末大掃除 年底大掃除 | お知らせ 通知 | 行う 進行 | 日時 日期與時間 | 場所 場所、地點 | 服装 服裝 | 動きやすい 方便活動 | 定員 人數 | 先着順 先來後到的順序 | 申し込む 申請、報名 | 持ち物 攜帶物品 | 要る 需要 | ほうき 掃把 | ごみ袋 垃圾袋 | 掃除道具 打掃用具 | 指定管理者 指定管理員 | 準備 準備 | お弁当 便當 | 用意 準備 | 皆様 大家 | 協力 配合、合作 | お問い合わせ 洽詢 | 担当 負責人 | 直接 直接 | 参加 參加 | 夕方 傍晚 | 手ぶら 空著手

第3節 聽解

問題 1　先聆聽問題，在聽完內容後，請從選項 1 ～ 4 中選出最適當的答案。

れい Track 1-1

お母さんと息子が話しています。息子はどんな服を着ればいいですか。

女：ひとし、明日、お父さんの上司の家族との食事の約束、忘れてないよね。服とかちゃんと着ていかなきゃだめだよ。

男：え、暑いのにそんなのも気をつけなきゃいけないの。半そでと半ズボンにするよ。

女：だめよ。ちゃんとした食事会だから。

男：じゃ、ドレスコードでもあるわけ。

女：ホテルでの食事だから、ショートパンツだけは止めたほうがいいよ。スマートカジュアルにしなさい。

男：わかったよ。でも暑いのは我慢できないから、上は半そでにするよ。

息子はどんな服を着ればいいですか。

1　長そでのシャツと半ズボン

2　半そでのシャツと半ズボン

3　半そでのシャツと長いズボン

4　長そでのシャツと長いズボン

例

母親和兒子正在交談。兒子該穿什麼樣的衣服？

女：仁志，明天和爸爸的上司一家人約好要吃飯。你不要忘囉。服裝什麼的必須穿戴整齊喔。

男：哎，明明這麼熱還要注意這個嗎？我要穿短袖和短褲喔。

女：不行。因為這是正式的聚餐。

男：那有著裝要求嗎？

女：因為是在飯店用餐，所以最好不要穿短褲，你給我穿半正式休閒的服裝。

男：我知道啦。但是我受不了太熱，所以我上半身會穿短袖喔。

兒子該穿什麼樣的衣服？

1　長袖襯衫和短褲

2　短袖襯衫和短褲

3　短袖襯衫和長褲

4　長袖襯衫和長褲

解說　一開始兒子說要穿短袖和短褲。但母親認為這是正式的用餐場合，最好避免穿短褲，而且兒子提到「受不了太熱，所以我上半身會穿短袖」，所以兒子會穿短袖和長褲。因此答案是選項３。

詞彙　息子 兒子｜服 衣服｜上司 上司｜忘れる 忘記｜ちゃんと 整齊｜気をつける 注意｜半そで 短袖｜半ズボン 短褲｜だめだ 不行｜食事会 聚餐｜止める 放棄、作罷｜スマートカジュアル 半正式休閒｜～なさい 去做～（輕微的命令表現）｜でも 但是｜我慢 忍耐｜長そで 長袖

1ばん Track 1-1-01

くだもの屋で、男の人と女の人が話しています。女の人は何をいくつ買いますか。

男：いらっしゃいませ。

女：りんご3個とみかん5個ください。

男：はい、りんご3個とみかん5個ですね。

女：全部でいくらですか。

男：全部で1,000円です。りんごが1個多いセットのものを買っても同じ値段ですが…。

女：あ、そうですか。じゃあ、それにします。

女の人は何をいくつ買いますか。

4

第 1 題

男子和女子正在水果攤交談。女子要買什麼水果？要買幾顆？

男：歡迎光臨。

女：請給我 3 顆蘋果和 5 顆橘子。

男：好的，3 顆蘋果和 5 顆橘子。

女：總共多少錢？

男：總共 1,000 日圓。即使買多一顆蘋果的套裝組合也是同樣的價錢……

女：啊，這樣子啊。那我選那個。

女子要買什麼水果？要買幾顆？

解說 一開始女子說要 3 顆蘋果和 5 顆橘子。但最後男子說「即使買多一顆蘋果的套裝組合也是同樣的價錢」，所以女子改買套裝組合，因此會多一顆蘋果。所以答案是選項 4。

詞彙 くだもの屋 水果攤｜～個 ～顆｜全部で 總共｜同じだ 相同｜値段 價格

2ばん Track 1-1-02

女の人と男の人が話しています。男の人は何にしますか。

女：何にしましょうか。チーズケーキもチョコレートケーキもおいしそうですね。

男：そうですね。私はチーズケーキにします。飲み物は何がありますか。

女：飲み物は、牛乳とコーヒーとオレンジジュースとぶどうジュースがありますよ。

男：じゃ、私はオレンジジュースにします。

女：私はチョコレートケーキとぶどうジュースにします。

男の人は何にしますか。

1 チーズケーキとぶどうジュース
2 チーズケーキとオレンジジュース
3 チョコレートケーキとぶどうジュース
4 チョコレートケーキとオレンジジュース

第２題

女子和男子正在交談。男子要點什麼？

女：要點什麼呢？起士蛋糕和巧克力蛋糕看起來都好好吃喔。

男：對啊。我要起士蛋糕。有什麼飲料？

女：飲料有牛奶、咖啡、柳橙汁和葡萄汁。

男：那我要柳橙汁。

女：我要巧克力蛋糕和葡萄汁。

男子要點什麼？

1 起士蛋糕和葡萄汁
2 **起士蛋糕和柳橙汁**
3 巧克力蛋糕和葡萄汁
4 巧克力蛋糕和柳橙汁

解說 要注意題目問的是男子要點什麼。男子最後點了起士蛋糕和柳橙汁，所以答案是選項２。

詞彙 飲み物 飲料｜牛乳 牛奶｜ぶどう 葡萄

3ばん Track 1-1-03

男の人と女の人が話しています。女の人はこれからどうしますか。

男：今晩の飲み会に来ますよね。

女：あ、それがちょっと…。

男：どうしましたか。何か用事でもありますか。

女：今日、友だちの誕生日なので、友だちみんなで集まってパーティーをする予定なんです。

男：でも、今日の飲み会には社長も来られるそうですよ。

女：え!? それは知りませんでした。

男：ええ、だから今日は参加した方がいいですよ。

女：そうですね。しかたがありませんね。ちょっと友だちに電話してきます。

女の人はこれからどうしますか。

1 友だちに電話して、今日のパーティーに行けないと伝えます

2 友だちに電話して、今日の飲み会に行けないと伝えます

3 社長に電話して、今日のパーティーに行けないと伝えます

4 社長に電話して、今日の飲み会に行けないと伝えます

第3題

男子和女子正在交談。女子接下來要怎麼做？

男：今晚聚餐妳會來吧？

女：啊，我有點事……

男：怎麼了呢？有什麼事嗎？

女：因為今天是朋友的生日，所以朋友計劃大家聚在一起舉行派對。

男：但是聽說今天的聚餐老闆也會來喔。

女：什麼？我不知道耶。

男：沒錯。所以今天還是參加一下比較好。

女：說得也是。沒辦法了。我來給朋友打個電話。

女子接下來要怎麼做？

1 **打電話給朋友，告知對方今天不能去派對**

2 打電話給朋友，告知對方今天不能去聚餐

3 打電話給老闆，告知對方今天不能去派對

4 打電話給老闆，告知對方今天不能去聚餐

解說 從對話可以得知女子與朋友約好今天要舉行派對，但因為男子說老闆今天也會來參加聚餐，所以她決定放棄派對並參加公司聚餐，因此答案是選項 1。

詞彙 今晩 今天晚上 | 飲み会 聚餐 | 用事 事情 | 集まる 聚集 | 予定 預定 | 来られる 來 | 参加 參加 | しかたがない 沒辦法

4ばん Track 1-1-04

男の人と女の人が電話で話しています。男の人は何に乗って行きますか。

(電話の着信音)

男：もしもし、山口さん、すみません。約束の時間に遅れそうなので電話しました。

女：あら、どうしましたか。何かありましたか。

男：会議が予定時間より遅く終わったんです。

女：あ、そうですか。

男：本当にすみません。今からタクシーに乗っていきます。

女：でも、今の時間はとても車がこむ時間ですよ。バスやタクシーはやめた方がいいと思います。

男：あ、電車の方がいいですか。タクシーの方が絶対はやいと思いましたが…。

男の人は何に乗って行きますか。

2

第 4 題

男子和女子正在講電話。男子要搭什麼交通工具去？

(電話鈴聲)

男：喂，山口小姐，不好意思，約會我可能會遲到，所以打電話給妳。

女：哎呀。怎麼了？發生什麼事了嗎？

男：因為會議比預計時間還晚結束。

女：啊，原來如此。

男：真的很抱歉。我現在搭計程車過去。

女：但是，現在是塞車很嚴重的時間。我覺得最好不要搭公車或計程車。

男：啊，搭電車比較好嗎？我以為搭計程車肯定比較快……

男子要搭什麼交通工具去？

解說 男子原本要搭計程車過去。但是女子表示現在是塞車很嚴重的時間，最好不要搭公車或計程車。所以男子決定搭電車，因此答案是選項 2。

詞彙 遅れる 遲到｜予定 預定｜車がこむ 塞車｜止める 放棄、作罷｜絶対に 絕對、肯定

5ばん Track 1-1-05

男の人と女の人が話しています。二人は何を買いに行きますか。

女：今日、新入生のためのパーティーがあるよね。

男：うん、それでこれから買い物に行こうと思ってる。

女：おかしとか飲み物、買いに行くのよね？ いっしょに行ってあげようか。

男：いや、ぼく一人でじゅうぶんだよ。飲み物はもう買ってあるし、おかしぐらいならぼく一人で持てるから大丈夫だよ。

女：あ、そう？ 紙皿とか紙コップはある？

男：紙皿ももう買ってあるから大丈夫。それから、紙コップは、田中先輩が持ってくるって言ってた。あ、そうだ、くだもの買わなきゃいけないんだ。重いからやっぱりいっしょに行こう。

女：うん、わかった。

二人は何を買いに行きますか。

3

第5題

男子和女子正在交談。兩人要去買什麼？

女：今天有為新生舉辦的派對吧？

男：對。所以我打算現在去買東西。

女：是去買零食或飲料嗎？我陪你一起去吧。

男：不必了，我一個人去就夠了。飲料已經買好了，零食的話我一個人拿得動，所以沒問題。

女：是嗎？那有紙盤跟紙杯嗎？

男：紙盤也已經買好了，所以不用了。而且田中前輩說他會帶紙杯來。啊，對了，還必須買水果。水果很重，所以還是一起去吧。

女：好，我知道了。

兩人要去買什麼？

解說 對話提到許多東西，要注意哪些是必須買的，哪些是不必要的。飲料和紙盤已經準備好了。紙杯田中前輩會帶來。剩下的是零食和水果，所以答案是選項3。

詞彙 新入生 新生｜ため 為了～｜おかし 零食｜じゅうぶんだ 足夠｜買ってある 買好了｜大丈夫だ 沒問題｜紙皿 紙盤｜紙コップ 紙杯｜先輩 前輩｜～なきゃいけない 必須～

6ばん Track 1-1-06

男の人と女の人が話しています。男の人は、彼女の誕生日プレゼントに何をあげますか。

男：あの、りえさん。

女：はい、どうしましたか。

男：明日、彼女の誕生日なんです。なにかプレゼントしたいのですが、何をあげればいいかよくわからなくて…。やっぱり花が一番いいでしょうか。

女：花もいいですが、彼女に直接、ほしいものを聞いた方がいいと思いますよ。

男：あ、それが一番いいかもしれませんね。

女：ええ。本とか、音楽のCDをあげる人も多いですが、そうした方がいいと思います。

男：そうですね。そうします。

男の人は、彼女の誕生日プレゼントに何をあげますか。

1 花をあげます
2 本をあげます
3 音楽のCDをあげます
4 まだわかりません

第 6 題

男子和女子正在交談。男子要買什麼生日禮物給女朋友？

男：那個，理惠小姐。

女：嗯，怎麼了嗎？

男：明天是我女朋友生日。我想送個禮物，但是不知道送什麼才好……還是送花最好吧。

女：送花也可以，但我想還是直接問女朋友想要的東西比較好。

男：啊，這樣可能是最好的選擇。

女：對啊。送書或是音樂 CD 的人也很多，但是我覺得這樣做比較好。

男：有道理。就這麼辦。

男子要買什麼生日禮物給女朋友？

1 送花
2 送書
3 送音樂 CD
4 **還不知道**

解說 一開始男子打算送花給女朋友當作生日禮物。但女子建議男子最好直接詢問女朋友想要什麼禮物。男子同意這個建議，所以目前還不知道要送什麼禮物。因此答案是選項 4。

詞彙 彼女 ① 她 ② 女朋友｜誕生日 生日｜やっぱり 還是｜直接 直接｜ほしいもの 想要的東西｜～かもしれません 或許～、可能～｜あげる 給

7ばん Track 1-1-07

女の人と男の人が話しています。男の人はこれからどうしますか。

女：あの、田村さん、大丈夫ですか。顔色がよくないですよ。

男：今朝から頭が痛くて…。

女：かぜかもしれませんね。薬は飲みましたか。

男：う～ん、薬はあまり飲みたくないんですよ。少し休めばよくなるでしょう。

女：薬が飲みたくないなら、早く病院に行った方がいいですよ。さっきより顔色が悪いですよ。薬買ってきてあげましょうか。

男：いや、薬はいいです。やっぱり行ってきます。

男の人はこれからどうしますか。

1　病院へ行きます
2　薬を飲みます
3　少し休みます
4　薬を買いに行きます

第 7 題

女子和男子正在交談。男子接下來要怎麼做？

女：那個，田村先生，你還好嗎？臉色不太好喔。

男：我今天早上開始頭痛……

女：有可能是感冒喔。吃藥了嗎？

男：呃，我不太想吃藥，我想休息一下就會好了吧。

女：不想吃藥的話，趕快去醫院比較好喔。臉色比剛才還差。我去買些藥給你好嗎？

男：不，不用買藥了。我還是去看醫生。

男子接下來要怎麼做？

1　去醫院
2　吃藥
3　稍微休息一下
4　去買藥

解說　「薬はいいです」不是指「藥很好」的意思，「いいです」在此是表示「拒絕」的意思。所以答案是選項 1。

詞彙　**顔色がよくない** 臉色不好｜**今朝** 今天早上｜**頭が痛い** 頭痛｜**～かもしれません** 或許～、可能～｜**薬を飲む** 吃藥｜**あまり～ない** 不太～｜**休む** 休息｜**さっきより** 比剛才

8ばん Track 1-1-08

ホテルでガイドさんが話しています。お客さんは明日、何時にどこに集まらなければなりませんか。

女：みなさん、それでは明日のスケジュールについてお知らせいたします。明日の朝、9時50分までにホテルのロビーにお集まりください。今日は9時半に駐車場でしたが、明日は9時50分に駐車場ではなくて、ホテルのロビーです。ホテルのロビーなので、お間違えのないようにお願いいたします。明日はまず、景福宮へ行きます。景福宮はホテルのすぐそばなので歩いていきます。それから12時から昼ごはんを食べますが、メニューはビビンバです。昼ごはんのあとは……。

お客さんは明日、何時にどこに集まらなければなりませんか。

1　9時半に駐車場
2　9時半にホテルのロビー
3　9時50分に駐車場
4　9時50分にホテルのロビー

第8題

導遊正在飯店講話。明天旅客必須幾點在哪裡集合？

女：各位，接下來我將通知大家明天的行程。明天早上，請在9點50分之前於飯店大廳集合。今天我們是9點半在停車場集合，但明天9點50分不是在停車場，而是在飯店大廳。要在飯店大廳，所以請不要搞錯地點。明天首先我們將前往景福宮。景福宮就在飯店附近，所以我們將步行前往。接下來中午12點要享用午餐，餐點是韓式拌飯。午餐後的行程是……

明天旅客必須幾點在哪裡集合？

1　9點半在停車場
2　9點半在飯店大廳
3　9點50分在停車場
4　9點50分在飯店大廳

解說　雖然女子提到今天的集合時間和地點，但要特別注意題目問的是明天的集合時間和地點。所以答案是選項4。

詞彙　スケジュール 行程｜知らせる 通知｜ロビー 大廳｜集まる 集合｜駐車場 停車場｜お間違えのないように 不要搞錯｜すぐそば 就在附近｜歩く 步行

問題 2　先聆聽問題，再看選項，在聽完內容後，請從選項 1 ～ 4 中選出最適當的答案。

れい Track 1-2

男の人と女の人が話しています。男の人はどうしてコートを買いませんか。

女：お客様、こちらのコートはいかがでしょうか。

男：うん…、デザインはいいけど、色がちょっとね…。

女：すみません、今、この色しかないんです。

男：ぼく、黒はあまり好きじゃないんですよ。しかたないですね。

女：すみません。

男の人はどうしてコートを買いませんか。

1　デザインが気に入らないから
2　色が気に入らないから
3　値段が高いから
4　お金がないから

例

男子和女子正在交談。為什麼男子不買大衣？

女：客人，您覺得這件大衣如何呢？

男：呃，設計是還不錯，但顏色有點……

女：不好意思，現在只有這個顏色。

男：我不太喜歡黑色啦，那也沒辦法了。

女：不好意思。

為什麼男子不買大衣？

1　因為不喜歡設計
2　因為不喜歡顏色
3　因為價格太貴
4　因為沒有錢

解說　「ちょっとね」在此具有「委婉否定」的意思，換句話說就是男子不喜歡大衣的顏色。因此答案是選項 2。

詞彙　気に入る 喜歡｜値段 價格

1ばん Track 1-2-01

男の人と女の人が話しています。男の人はどうしてジョギングをやめましたか。

女：志村さんはなにかスポーツやっていますか。

男：スポーツですか…、前はジョギングをやっていましたが、今はやっていないんです。

女：やっぱり仕事が忙しいからですか。

男：ええ、それもありますが、それより2、3年前から足の調子が悪くなって…。

女：足ですか。それじゃ、ジョギングは無理ですね。

男：特に寒くなるともっと悪くなるんですよ。

女：あ、そうですか。大変ですね。

男の人はどうしてジョギングをやめましたか。

1　仕事が忙しいから

2　足が痛いから

3　寒くなったから

4　ジョギングがきらいになったから

第１題

男子和女子正在交談。男子為什麼放棄慢跑了？

女：志村先生有做什麼運動嗎？

男：運動嗎？之前有慢跑，但現在沒有了。

女：果然是因為工作太忙嗎？

男：是的，也有這個原因，但更重要的是兩、三年前我的腳的狀況開始惡化……

女：腳嗎？那慢跑是沒辦法了。

男：特別是天氣變冷時會更加嚴重。

女：啊，這樣啊。那真是辛苦。

男子為什麼放棄慢跑了？

1　因為工作忙碌

2　**因為腳痛**

3　因為變冷

4　因為變成討厭慢跑

解說　對話中女子詢問男子放棄慢跑是否因為工作太忙，男子回應也有這個原因，但最重要的關鍵是「2、３年前から足の調子が悪くなって（兩、三年前我的腳的狀況開始惡化）」這句話，表示男子是因為腳痛才放棄慢跑。所以答案是選項２。

詞彙　調子 狀況｜無理だ 勉強、辦不到｜特に 特別｜大変だ 辛苦、難受

2ばん Track 1-2-02

社長と女の人が会社で話しています。女の人はどうして食事会へ行きませんか。

女：社長、今日の午後のスケジュールですが、6時にニコニコ会社の社長と食事会があります。

男：あ、そうだったよね。青山君もいっしょに行かないか？

女：すみません、私は、今日はちょっと…。

男：どうしたんだ？ 体の具合でも悪いのか。

女：いいえ、実は今日、いなかから母と祖母が来るんです。

男：お母さんとおばあさんが？ どうして？

女：最近、祖母の体調が悪いので、仕事が終わったらいっしょに大きい病院へ行こうと思っているんです。

男：あ、そう？ それは大変だね。

女：すみません。

女の人はどうして食事会へ行きませんか。

1　体の具合が悪いから
2　おかあさんと食事をするから
3　いなかへ帰るから
4　おばあさんと病院へ行くから

第 2 題

老闆和女子正在公司交談。女子為什麼不去聚餐？

女：老闆，這是今天下午的行程，您 6 點跟 NIKONIKO 公司的老闆有聚餐。

男：啊，是這樣嗎？青山也要一起去嗎？

女：抱歉，我今天有點……

男：怎麼了。妳身體不舒服嗎？

女：不是，其實今天家母跟祖母從鄉下過來。

男：令堂跟祖母？為什麼？

女：最近祖母身體狀況不好，所以我打算工作結束後和她們一起去大醫院。

男：哦，是嗎？那可真麻煩。

女：真抱歉。

女子為什麼不去聚餐？

1　因為身體不舒服
2　因為要和母親吃飯
3　因為要回鄉下
4　**因為要帶祖母去大醫院**

解說　從對話中可以得知女子打算工作結束後和母親及祖母去大醫院，所以拒絕去聚餐。因此答案是選項 4。

詞彙　午後 下午｜食事会 聚餐｜体の具合が悪い 身體不舒服｜実は 其實｜いなか ① 鄉下 ② 故鄉、老家｜祖母 祖母｜最近 最近｜体調が悪い 身體狀況不好

3ばん Track 1-2-03

男の人と女の人が話しています。女の人はどうして眠いですか。

女：ああ、眠い…。

男：どうしたの？ なんか疲れているみたいだね。

女：今日はいつもより１時間も早く起きて…。

男：１時間も？ どうして？

女：最近ちょっと太ったようで、運動でもしようと思って早く起きたの。

男：朝、運動？ みどりちゃんは、夜バイトもやってるのに大丈夫？

女：うん、たいへんだけど、夜はバイトしてるから、運動する時間が朝しかなくて…。

男：ま、運動もダイエットもいいけど、体こわさないように気をつけてね。

女：うん、ありがとう。

女の人はどうして眠いですか。

1　今朝、早起きしたから

2　ダイエットをはじめたから

3　運動をはじめたから

4　体をこわしたから

第３題

男子和女子正在交談。女子為什麼想睡覺？

女：啊，好想睡覺……

男：怎麼了？好像很累的樣子。

女：今天比平常早起了一個小時……

男：早起一個小時？為什麼？

女：我最近好像變胖了，打算做點運動就早起了。

男：早上運動？小綠晚上還要打工，這樣沒問題嗎？

女：嗯，很辛苦，但因為晚上有打工，所以只有早上有時間做運動……

男：嗯，做運動和減肥都好，但要注意不要弄壞身體。

女：好的，謝謝。

女子為什麼想睡覺？

1　因為今天早上很早起床

2　因為開始減肥

3　因為開始運動

4　因為搞壞身體

解說　關鍵是「今日はいつもより１時間も早く起きて（今天比平常早起了一個小時）」這句話，女子因為比平時早起才會想睡覺。所以答案是選項１。

詞彙　眠い 想睡覺｜疲れる 疲倦｜いつもより 比平常｜最近 最近｜太る 變胖｜運動 運動｜バイト 打工｜大丈夫だ 沒問題｜ダイエット 減肥｜体をこわす 搞壞身體｜気をつける 注意｜今朝 今天早上｜始める 開始

4ばん Track 1-2-04

男の人と女の人が話しています。男の人はどうして飛行機で行きませんか。

女：木村さん、来週、北海道へ出張に行くんですよね。

男：ええ、そうなんです。

女：北海道までは何で行きますか。

男：そうですね、新幹線で行こうかと思っています。

女：飛行機の方がはやくて便利じゃないんですか。

男：たしかにそうですが、あいにく飛行機は満席で…。

女：あ、そうですか。

男の人はどうして飛行機で行きませんか。

1　新幹線に席がないから
2　新幹線の方がはやいから
3　飛行機に席がないから
4　飛行機の方がはやいから

第4題

男子和女子正在交談。男子為什麼不搭飛機去？

女：木村先生，下星期要去北海道出差對吧？

男：是的，沒錯。

女：你要用什麼方式去北海道？

男：講到這個啊，我打算搭新幹線去。

女：飛機不是比較快又方便嗎？

男：確實是這樣，但不巧的是飛機滿座……

女：哦，是這樣嗎？

男子為什麼不搭飛機去？

1　因為新幹線票沒有座位
2　因為新幹線比較快
3　因為飛機沒有座位
4　因為飛機比較快

解說　關鍵是「満席（客滿）」這個字。男子不搭飛機主要是因為飛機沒有座位了，所以答案是選項3。

詞彙　**北海道**　北海道（日本地名）｜**出張**　出差｜**何で**　以什麼方式｜**新幹線**　新幹線｜**便利だ**　方便｜**確かに**　確實｜**あいにく**　不湊巧｜**満席**　滿座、客滿

5ばん Track 1-2-05

教室で先生が話しています。明日雨が降ったら、学生たちは何時までに学校に行かなければなりませんか。

女：明日はみんなが楽しみにしている運動会ですね。明日は９時半までに学校へ来てください。運動会は10時から５時までです。ところで、雨が降ったら、運動会は中止になります。朝起きて、雨が降っていたら、いつものように９時までに学校へ来てください。運動会はあさって行います。

明日雨が降ったら、学生たちは何時までに学校に行かなければなりませんか。

1　５時

2　９時

3　９時半

4　10時

第５題

老師正在教室講話。明天如果下雨，學生必須幾點前去學校？

女：明天是大家期待的運動會。明天請在早上９點半之前到校。運動會是從 10 點到５點。但如果下雨，運動會就會中止。如果早上起床時下雨，請像往常一樣在早上９點之前到校。運動會將在後天舉行。

明天如果下雨，學生必須幾點前去學校？

1　５點

2　９點

3　９點半

4　10 點

解說　老師說如果早上起床時下雨，就要像往常一樣在早上９點之前到校。所以答案是選項２。

詞彙　運動会　運動會｜ところで　可是｜中止　中止｜いつものように　像往常一樣｜あさって　後天｜行う　舉行

6ばん Track 1-2-06

男の人と女の人が話しています。女の人はどうして韓国語の勉強を始めましたか。

男：最近、韓国語を勉強する人が多くなったようだね。

女：ええ、私もはじめたよ。

男：え？ 本当に？ どうして急に？

女：韓国のドラマが好きで、韓国語を勉強したくなったのよ。

男：あ、そう。最近、韓国の歌や映画、食べ物もけっこう人気あるよね。

女：うん、それも好きだけど、私はドラマが一番好き。

女の人はどうして韓国語の勉強を始めましたか。

1　韓国の歌が好きになったから

2　韓国のドラマが好きになったから

3　韓国のゲームが好きになったから

4　韓国の食べ物が好きになったから

第 6 題

男子和女子正在交談。女子為什麼開始學韓文？

男：最近學韓文的人似乎變多了耶。

女：是的，我也開始學囉。

男：什麼？真的嗎？為什麼突然這樣做？

女：因為我喜歡韓劇，所以想學韓文。

男：哦，原來如此。最近韓國歌曲、電影和食物也很受歡迎。

女：對，我也喜歡那些東西，但是我最喜歡的是戲劇。

女子為什麼開始學韓文？

1　因為喜歡上韓國歌曲

2　因為喜歡上韓劇

3　因為喜歡上韓國電玩

4　因為喜歡上韓國食物

解說　關鍵是「韓国のドラマが好きで、韓国語を勉強したくなった（因為我喜歡韓劇，所以想學韓文）」這句話。女子學韓文最主要的原因是喜歡韓劇，所以答案是選項 2。

詞彙　韓国語 韓文｜急に 突然｜けっこう 相當｜人気 受歡迎

7ばん Track 1-2-07

男の学生と女の学生が話しています。男の学生は、どうしてバイトがやめられませんか。

女：来週から試験だよね。どうしよう…、ぜんぜん勉強してない～。

男：ぼくもだよ、最近、バイトで忙しくて、勉強する時間がないんだ。

女：バイト？ あ、青木君、今コンビニでバイトやってるんだよね？ 今度の試験、成績悪かったら卒業できないよ。

男：うん、知ってる。先生から聞いた。

女：で、バイトどうする？ バイトで勉強する時間ないんでしょ？

男：それがさ、バイトやめたいけど、やめられないんだ。

女：え～？ どうして？ やっぱりお金が必要だから？

男：ううん、それもあるけど、それよりぼくがやめたら、他にやる人が誰もいないんだ。

女：あ、そう…。こまったね。

男の学生は、どうしてバイトがやめられませんか。

1　他にやってくれる人がいないから

2　お金が必要だから

3　コンビニのバイトが好きだから

4　バイトをやめたら卒業できないから

第 7 題

男同學和女同學正在交談。男同學為什麼沒辦法辭掉打工？

女：下星期開始考試。該怎麼辦？我完全沒念書。

男：我也是，最近打工太忙，沒有念書的時間。

女：打工？青木，你現在是在超商打工對吧？這次考試要是成績太差的話，就不能畢業唷。

男：對啊，我知道。我聽老師說了。

女：那打工怎麼辦？你是因為打工才沒時間念書吧？

男：說到打工，我是想辭掉，但是沒辦法辭職。

女：咦～？為什麼？是因為你還是需要錢嗎？

男：不，雖然也有這個原因，但更重要的是，如果我辭職，就沒有其他人接替我的工作。

女：哦，原來如此……真是頭疼啊。

男同學為什麼沒辦法辭掉打工？

1　因為沒有其他人可以接替他

2　因為需要錢

3　因為他喜歡超商的打工

4　因為辭掉打工就無法畢業

解說　關鍵是「他にやる人が誰もいない（沒有其他人接替我的工作）」這句話。表示沒有其他人手可以接替工作，導致他無法辭職。所以答案是選項 1。

詞彙　今度 這次｜試験 考試｜成績 成績｜やっぱり 果然還是｜他に 其他｜困る 困擾

問題 3　請看圖片並聆聽問題：箭頭（ ➔ ）指向的人應該說什麼呢？請從選項 1 ～ 3 中選出最適當的答案。

れい Track 1-3	**例**
友だちにプレゼントをもらいました。何と言いますか。	收到朋友送的禮物。應該說什麼？
男：1　おひさしぶり。	男：1　好久不見。
2　ありがとう。	2　謝謝。
3　元気だった？	3　你好嗎？

解說　收到別人的禮物時，適當的做法就是表達謝意。所以答案是選項 2。

詞彙　プレゼント 禮物｜もらう 收到

1ばん Track 1-3-01	**第 1 題**
お父さんが家にいないときにお客さんが来ました。お客さんに何と言いますか。	當父親不在家時，有客人來了。應該對客人說什麼？
女：1　お父さんは今、出かけておりますが…。	女：1　令尊現在外出中……
2　父は今、出かけておりますが…。	2　家父現在外出中……
3　父はこれから出かけるつもりですが…。	3　家父現在打算外出……

解說　向別人提到自己的父親時，不應該說「お父さん（令尊）」，要說「父（家父）」。所以答案是選項 2。

詞彙　出かける 外出｜おる「いる（有）」的謙讓語｜つもり 打算

2ばん Track 1-3-02	**第 2 題**
夜中に友だちから電話がかかってきました。友だちに何と言いますか。	半夜朋友打電話來。應該對朋友說什麼？
男：1　どうしたの？	男：1　怎麼了？
2　おそかったね。	2　好晚耶。
3　ゆっくり休んでね。	3　好好休息吧。

解說　半夜接到電話時，最自然的回應是選項 1。

詞彙　夜中に 半夜｜遅い 晚的

3ばん Track 1-3-03

相手の話すスピードがはやすぎて全然わかりません。何と言いますか。

女：1　もっと大きく話してください。

2　もっとゆっくり話してください。

3　もっとおもしろく話してください。

第 3 題

對方說話速度太快，完全聽不懂。應該說什麼？

女：1　請說大聲一點。

2　請說慢一點。

3　請說得更有趣。

解說　如果對方說話速度很快，應該請求他們說慢一點，所以答案是選項 2。

詞彙　相手 對象、對方｜～すぎる 太～｜全然 完全｜もっと 更加｜ゆっくり 慢慢地

4ばん Track 1-3-04

他の人より先に帰ることになりました。何と言いますか。

男：1　ただいま。

2　ごちそうさまでした。

3　お先に失礼します。

第 4 題

決定比別人先回家。應該說什麼？

男：1　我回來了。

2　我吃飽了。

3　我先告辭了。

解說　「お先に失礼します（我先告辭了）」是自己準備下班，但其他人還沒要離開時的禮貌用語。所以答案是選項 3。

詞彙　他の人 其他人｜先に 先

5ばん Track 1-3-05

友だちの足をふんでしまいました。友だちに何と言いますか。

女：1　あ、ありがとう。

2　あ、元気でね。

3　あ、ごめん。

第 5 題

不小心踩到朋友的腳。應該對朋友說什麼？

女：1　啊，謝謝。

2　啊，多保重喔。

3　啊，抱歉。

解說　不小心踩到朋友的腳時，最適當的回應就是道歉，所以答案是選項 3。

詞彙　ふむ 踩｜元気でね 多保重

問題 4　在問題 4 中沒有圖片內容。請在聆聽內容後，從選項 1 ～ 3 中選出最適當的答案。

れい Track 1-4

男：今日のお昼はなににする？

女：1　なんでもいいわよ。

　　2　今日はどこへも行かないよ。

　　3　昼からお酒はちょっと…。

例

男：今天午餐要吃什麼？

女：1　**什麼都可以。**

　　2　今天哪裡都不去喔。

　　3　中午喝酒有點……

解說　這是詢問午餐選擇的問題，因此較適當的回應是選項 1。

詞彙　お昼 午餐 | 何でも 什麼都 | 昼 中午

1ばん Track 1-4-01

男：今日は早いですね。

女：1　あまり時間がないんですよ。

　　2　もっと早く来てください。

　　3　ええ、今日は朝から会議です。

第 1 題

男：今天很早耶。

女：1　我不太有時間。

　　2　請更早一點來。

　　3　**對啊，今天從早上就有會議。**

解說　要回應自己為什麼很早出現時，較適當的表達是選項 3。

詞彙　もっと 更加 | 会議 會議

2ばん Track 1-4-02

男：この荷物、どこに置きましょうか。

女：1　自分で持ってください。

　　2　テーブルの上にお願いします。

　　3　荷物はここにありませんが。

第 2 題

男：這個行李要放在哪裡？

女：1　請自己拿著。

　　2　**請放在桌子上。**

　　3　這裡沒有行李。

解說　當對方詢問物品要放在哪裡的問題時，應該告訴對方適當的位置。所以答案是選項 2。

詞彙　荷物 行李 | 置く 放置 | 自分で 自己做

3ばん Track 1-4-03

女：富士山（ふじさん）に登（のぼ）ったことがありますか。

男：1　いいえ、まだありません。

2　はい、まだですが。

3　いいえ、登（のぼ）りましたが。

第 3 題

女：你有爬過富士山嗎？

男：1　不，還沒有。

2　是的，還沒有。

3　不，爬過了。

解說 當對方詢問是否有過攀爬富士山的經驗時，如果沒有的話，就要回答「まだ」，表示「還沒有」的意思。

詞彙 富士山（ふじさん） 富士山｜登（のぼ）る 攀爬

4ばん Track 1-4-04

男：お客様（きゃくさま）、ポイントカードお持（も）ちですか。

女：1　いいえ、すごくおいしかったです。

2　いいえ、もちは好（す）きじゃないんです。

3　いいえ、持（も）っていないんです。

第 4 題

男：客人，您有集點卡嗎？

女：1　沒有，非常好吃。

2　沒有，我不喜歡年糕。

3　沒有，我沒有（集點卡）。

解說 如果知道「お持（も）ちですか」這句話，就能夠回答這個問題。「お持（も）ちですか」是「持（も）っていますか」的尊敬表現，意思就是「您是否擁有～？」因此較適當的回應是選項 3。

詞彙 お客様（きゃくさま） 顧客、客人｜ポイントカード 集點卡｜すごく 非常｜もち 年糕

5ばん Track 1-4-05

男：今度（こんど）の日曜日（にちようび）、山（やま）に行（い）きませんか。

女：1　いいえ、私（わたし）は泳（およ）げません。

2　いいですね、ぜひ。

3　仕事（しごと）が山（やま）ほどあります。

第 5 題

男：這個星期日，要不要去山上？

女：1　不了，我不會游泳。

2　好耶，我一定要去。

3　我的工作像山一樣多。

解說 當對方詢問你要不要做某事時，如果你非常樂意，較適當的回應就是「いいですね、ぜひ。（好的，一定）」，這是表示自己很樂意的意思。

詞彙 今度（こんど） 這次｜ぜひ 務必、一定｜山（やま）ほど 像山一樣（比喻事物數量很多）

6ばん Track 1-4-06

女：ここでは、おタバコはご遠慮（えんりょ）ください。

男：1　あ、ここがいいですね。

2　あ、もうおなかいっぱいです。

3　あ、ここ禁煙（きんえん）ですか。

第 6 題

女：這裡請不要抽菸。

男：1　啊，這裡挺好的。

2　啊，我已經吃飽了。

3　啊，這裡禁菸嗎？

解說　「～はご遠慮ください」是表示「禁止」的客氣說法。當被告知禁止抽菸時，回答「這裡禁菸嗎？」是較適當的回應。

詞彙　遠慮（えんりょ）する 謝絕｜禁煙（きんえん） 禁菸

7ばん Track 1-4-07

男：あ、もうこんな時間（じかん）ですか、そろそろ失礼（しつれい）します。

女：1　もうおそくなりましたね。

2　まだ、いいじゃありませんか。

3　それじゃ、お先（さき）に失礼（しつれい）します。

第 7 題

男：啊，已經這麼晚了嗎？我差不多該告辭了。

女：1　已經很晚了。

2　還好，（時間）還好不是嗎？

3　那麼，我先告辭了。

解說　這是拜訪別人家準備要離開時，與主人進行的對話。當客人表示差不多該告辭時，主人可以回應「まだ、いいじゃありませんか」，也就是請客人再多待一會的意思。

詞彙　そろそろ 差不多｜お先（さき）に 先

8ばん Track 1-4-08

女：あれ、びしょびしょですね。

男：1　ええ、かさ持（も）っていなくて…。

2　ええ、朝（あさ）から何（なに）も食（た）べてなくて…。

3　ええ、何（なに）も知（し）らなくて…。

第 8 題

女：咦？你濕淋淋的。

男：1　嗯，我沒帶傘……

2　嗯，我從早上開始就什麼都沒吃……

3　嗯，我什麼都不知道……

解說　如果知道「びしょびしょ」的意思，就能回答這個問題。男子因為下雨時沒帶傘，所以淋濕了。因此答案是選項 1。

詞彙　びしょびしょ 濕淋淋

我的分數？

共　　　題正確

若是分數差強人意也別太失望，看看解說再次確認後重新解題，如此一來便能慢慢累積實力。

JLPT N4 第2回 實戰模擬試題解答

第 1 節 言語知識〈文字・語彙〉

問題 1　1 2　2 1　3 3　4 4　5 4　6 2　7 2　8 1　9 4

問題 2　10 3　11 2　12 1　13 4　14 4　15 2

問題 3　16 2　17 4　18 2　19 4　20 3　21 1　22 3　23 1　24 4　25 2

問題 4　26 1　27 3　28 1　29 4　30 2

問題 5　31 1　32 4　33 4　34 2　35 3

第 2 節 言語知識〈文法〉

問題 1　1 3　2 3　3 2　4 4　5 1　6 1　7 4　8 3　9 2　10 4　11 3　12 1　13 2　14 1　15 4

問題 2　16 1　17 2　18 4　19 3　20 4

問題 3　21 4　22 1　23 2　24 3　25 2

第 2 節 讀解

問題 4　26 2　27 3　28 3　29 1

問題 5　30 2　31 4　32 1　33 3

問題 6　34 4　35 2

第 3 節 聽解

問題 1　1 1　2 3　3 2　4 4　5 2　6 3　7 1　8 4

問題 2　1 3　2 1　3 2　4 4　5 3　6 2　7 4

問題 3　1 2　2 1　3 1　4 3　5 2

問題 4　1 3　2 3　3 2　4 3　5 2　6 3　7 1　8 1

第2回 實戰模擬試題 解析

第1節 言語知識〈文字·語彙〉

問題1　請從1、2、3、4中選出＿＿＿＿這個詞彙最正確的讀法。

1　かいぎに　たくさんの　ひとが　集まりました。

1　あらまりました　2　あつまりました　3　あいまりました　4　あやまりました

會議聚集了很多人。

詞彙　会議（かいぎ）會議｜集まる（あつまる）聚集｜謝る（あやまる）道歉

＋集合（しゅうごう）集合

2　だいがくでは　にほんの　地理に　ついて　べんきょうして　います。

1　ちり　2　ちず　3　ちめん　4　ちか

我正在大學裡學習有關日本地理的知識。

詞彙　大学（だいがく）大學｜地理（ちり）地理｜～について 有關～｜地図（ちず）地圖｜地下（ちか）地下

＋地面（じめん）地面

3　あたらしい　いえは　台所を　ひろく　つくりたいです。

1　たいどころ　2　たいところ　3　だいどころ　4　だいところ

新家想要將廚房打造得很寬敞。

詞彙　新しい（あたらしい）新的｜台所（だいどころ）廚房｜広い（ひろい）寬敞｜作る（つくる）打造｜動詞ます形（去ます）＋たい 想要～

4　わたしは　おさけに　弱いです。

1　つよい　2　ねむい　3　あかい　4　よわい

我酒量不好。

詞彙　お酒（さけ）酒｜弱い（よわい）不擅長｜強い（つよい）強的｜眠い（ねむい）想睡覺｜赤い（あかい）紅色的

5 <u>世界</u>で　いちばん　ながい　かわは、ナイル川(がわ)です。

1　ぜけん　　2　せけん　　3　ぜかい　　4　せかい

<u>世界</u>上最長的河流是尼羅河。

詞彙 世界(せかい) 世界｜一番(いちばん) 最｜長い(ながい) 長的｜川(かわ) 河流

➕世代(せだい) 世代｜世紀(せいき) 世紀

6 しゃかいじんに　なって　いろいろな　<u>経験</u>を　して　みたい。

1　けいげん　　2　けいけん　　3　げいけん　　4　げいげん

出社會後我想嘗試看看各種不同的<u>經驗</u>。

詞彙 社会人(しゃかいじん) 社會一員、社會人士｜名詞＋になる 成為～｜いろいろだ 各式各樣｜経験(けいけん) 經驗

➕経済(けいざい) 經濟｜経営(けいえい) 經營

7 わたしの　いもうとは　せが　<u>低い</u>です。

1　せまい　　2　ひくい　　3　あまい　　4　ふるい

我妹妹個子<u>矮</u>。

詞彙 妹(いもうと) 妹妹｜背(せ)が低い(ひくい) 個子矮｜狭い(せまい) 窄的｜甘い(あまい) 甜的｜古い(ふるい) 舊的

8 せんしゅう　かのじょと　<u>別れて</u>　いま　とても　かなしいです。

1　わかれて　　2　はなれて　　3　よまれて　　4　かかれて

上星期跟女友<u>分手</u>，現在非常傷心。

詞彙 先週(せんしゅう) 上星期｜別れる(わかれる) 分手、分別｜悲しい(かなしい) 悲傷｜離れる(はなれる) 分離

9 きのう　デパートで　あたらしい　<u>洋服</u>を　かいました。

1　やうぶく　　2　やうふく　　3　ようぶく　　4　ようふく

昨天在百貨公司買了新<u>衣服</u>。

詞彙 デパート 百貨公司｜新しい(あたらしい) 新的｜洋服(ようふく) 西服、衣服｜買う(かう) 買

➕「洋服(ようふく)」主要是指「西服」，也就是「西式的衣物或服飾」。

問題 2　請從 1、2、3、4 中選出最適合＿＿＿的漢字。

10　すみません。この　あかい　ペンを　かりても　いいですか。

1　昔りても　2　猫りても　3　借りても　4　惜りても

不好意思，我可以借這隻紅筆嗎？

詞彙　赤い 紅色的｜借りる 借（入）｜昔 以前｜猫 貓｜惜しい 可惜

＋貸す 借（出）｜返す 歸還

11　らいしゅうの　どようびは　ようじが　あって　行けません。

1　要時　2　用事　3　用時　4　要事

下星期六有事情不能去。

詞彙　用事 事情

＋用件 事情｜費用 費用

12　たなかさんは　なんメートル　およげますか。

1　泳げますか　2　氷げますか　3　水げますか　4　河げますか

田中先生可以游幾公尺？

詞彙　泳ぐ 游泳｜氷 冰｜水 水｜河 河流

13　この　ボタンを　おすと、ドアが　ひらきます。

1　探す　2　指す　3　推す　4　押す

按這個按鈕，門就會打開。

詞彙　ボタン 按鈕｜押す 按、推｜開く 打開｜探す 尋找｜指す 指向｜推す 推斷

14　この　へやは　でんきが　きえて　いて　くらいです。

1　青い　2　晴い　3　音い　4　暗い

這個房間的燈已經關掉了，很暗。

詞彙　部屋 房間｜電気 電燈｜消える 關掉（電燈）｜暗い 暗的｜青い 藍色的｜晴れる 放晴｜音 聲音

15 まいにち　たくさん　やさいを　たべた　ほうが　いいですね。

1 野球　2 野菜　3 野果　4 野地

每天吃很多蔬菜比較好。

詞彙 野菜 蔬菜｜野球 棒球｜～たほうがいい 做～比較好

＋分野 領域

問題3　請從1、2、3、4中選出最適合填入（　　）的選項。

16 （　　）べんきょうしても　せいせきが　あがらなくて　こまって　います。

1 とても　2 いくら　3 どれほど　4 だれでも

無論多努力讀書，成績都不提高，讓我很困擾。

詞彙 いくら～て（で）も 無論～都｜成績が上がる 成績提高｜困る 困惱｜とても 非常｜どれほど 多少、多麼｜誰でも 誰都～

17 わからない　たんごは　じしょで（　　）ください。

1 くらべて　2 はなれて　3 わかれて　4 しらべて

不懂的單字請查字典。

詞彙 単語 單字｜辞書 字典｜調べる 查閱｜比べる 比較｜離れる 分離｜別れる 分手、分別

18 あじが（　　）りょうりが　すきです。

1 おおきい　2 うすい　3 くらい　4 あかるい

我喜歡味道清淡的料理。

詞彙 味が薄い 味道清淡｜大きい 大的｜暗い 暗的｜明るい 明亮的

＋味が濃い 味道濃郁

19 A「あした、パーティーに　行けなく　なりました。」

B「それは（　　）ですね。」

1 ふくざつ　2 ふべん　3 とくべつ　4 ざんねん

A「明天不能去派對了。」

B「那很可惜耶。」

詞彙 行ける 能去｜残念だ 可惜、遺憾｜複雑だ 複雜｜不便だ 不方便｜特別だ 特別

20 （　　）、どんな　しごとを　したいと　おもって　いますか。

1　みらい　　2　きのう　　3　しょうらい　　4　ぜひ

你將來想做什麼樣的工作？

詞彙 将来（しょうらい） 將來（較近的未來，多指個人或團體的未來）｜どんな 什麼樣的｜仕事（しごと） 工作｜未来（みらい） 未來（遙遠的未來，多指整體社會或大規模主體的未來）｜ぜひ 務必、一定

21 この　きかいは　とても（　　）だから、さわらないで　ください。

1　きけん　　2　あんぜん　　3　じょうぶ　　4　おしゃれ

這個機械非常危險，所以請不要觸摸。

詞彙 機械（きかい） 機械｜危険（きけん）だ 危險｜触（さわ）る 觸摸｜安全（あんぜん）だ 安全｜丈夫（じょうぶ）だ 堅固｜おしゃれだ 時髦

22 えいごきょうしつで　ならった　フレーズが　かいがいりょこうで（　　）。

1　たすけた　　2　こうかいした　　3　やくにたった　　4　しかられた

在英語教室學到的片語在海外旅行中派上了用場。

詞彙 教室（きょうしつ） 教室｜フレーズ 片語｜海外旅行（かいがいりょこう） 海外旅行｜役（やく）に立（た）つ 派上用場、有用｜助（たす）ける 幫助｜後悔（こうかい）する 後悔｜叱（しか）る 責備

23 なつは（　　）ビールが　いちばんですね。

1　やっぱり　　2　やっと　　3　まっすぐ　　4　なかなか

夏天果然還是啤酒最讚。

詞彙 夏（なつ） 夏天｜やっぱり 果然還是｜やっと 終於｜まっすぐ 一直｜なかなか ①相當 ②很難～，後面接否定表現

24 この　たべものから　へんな（　　）が　します。

1　こえ　　2　ちから　　3　ゆめ　　4　におい

這個食物散發出奇怪的味道。

詞彙 食（た）べ物（もの） 食物｜変（へん）だ 奇怪｜におい 味道｜声（こえ） 聲音｜力（ちから） 力量｜夢（ゆめ） 夢

25 かれは　みちに　おちて　いる　ゴミを（　　）ゴミばこに　すてました。

1　ひいて　　2　ひろって　　3　だして　　4　いれて

他撿起掉在路上的垃圾，丟進垃圾桶。

詞彙　道に落ちる 掉在路上｜ゴミを拾う 撿垃圾｜ゴミ箱 垃圾桶｜捨てる 丟掉｜引く 拉｜出す 取出｜入れる 放入

問題 4　請從 1、2、3、4 中選出與＿＿＿＿意思最接近的選項。

26　<u>この　にもつを　へやの　なかに　はこんで　ください。</u>

1　この　にもつを　へやの　なかに　もって　いって　ください。
2　この　にもつを　へやの　なかに　つたえて　ください。
3　この　にもつを　へやの　なかに　とめて　ください。
4　この　にもつを　へやの　なかに　そうだんして　ください。

<u>請將這個行李搬到房間裡。</u>

1　請將這個行李拿到房間裡。
2　請將這個行李傳達到房間裡。
3　請將這個行李停放在房間裡。
4　請將這個行李在房間裡商量。

解說　「持って行く」是「拿到、拿去」的意思，所以答案是選項 1。

詞彙　荷物 行李｜部屋 房間｜運ぶ 搬運｜伝える 傳達｜止める 停放、停止｜相談する 商量

27　<u>おじゃまします。</u>

1　あんないします。
2　せつめいします。
3　しつれいします。
4　こうかいします。

<u>打攪了</u>。

1　我將導覽。
2　我將說明。
3　不好意思打擾了。
4　我將後悔。

解說　「お邪魔します」是進入別人家或別人房間時使用的招呼語，因此答案是選項 3。

詞彙　失礼 不好意思打擾了｜案内 導覽｜説明 說明｜後悔 後悔

28 やけいが　きれいな　レストランに　行きたいです。

1　よるの　けしきが　すてきな　レストランに　行きたいです。

2　ばしょが　すばらしい　レストランに　行きたいです。

3　サービスが　いい　レストランに　行きたいです。

4　りょうりが　おいしい　レストランに　行きたいです。

想要去夜景很漂亮的餐廳。

1　**想要去晚上風景很漂亮的餐廳。**

2　想要去地點絕佳的餐廳。

3　想要去服務很好的餐廳。

4　想要去料理很美味的餐廳。

解說　「夜景」是指「夜晚的景色」，所以答案是選項1。

詞彙　**夜景** 夜景｜**夜** 晚上｜**景色** 景色｜**すてきだ** 漂亮｜**場所** 場所、地點｜**すばらしい** 絕佳

29 わたしは　アジアの　びじゅつに　きょうみが　あります。

1　わたしは　アジアの　びじゅつに　こころが　あります。

2　わたしは　アジアの　びじゅつに　かんけいが　あります。

3　わたしは　アジアの　びじゅつに　せいさんが　あります。

4　わたしは　アジアの　びじゅつに　かんしんが　あります。

我對亞洲的美術有興趣。

1　我對亞洲的美術有心。

2　我對亞洲美術有關係。

3　我對亞洲美術有生產。

4　**我對亞洲美術感興趣。**

解說　「興味」的意思是「興趣」，所以答案是選項4。

詞彙　**アジア** 亞洲｜**美術** 美術｜**関心** 感興趣、關心｜**心** 心｜**関係** 關係｜**生産** 生產

30 しゅくだいを　わすれて　せんせいに　しかられました。

1　しゅくだいを　わすれて　せんせいに　ほめられました。

2　しゅくだいを　わすれて　せんせいに　おこられました。

3　しゅくだいを　わすれて　せんせいに　よばれました。

4　しゅくだいを　わすれて　せんせいに　おしえられました。

忘記寫作業被老師責備。

1　忘記寫作業被老師稱讚。

2　忘記寫作業被老師責罵。

3　忘記寫作業被老師叫過去。

4　忘記寫作業被老師教導。

解說　「怒(おこ)られる」的意思是「被責罵」，所以答案是選項2。

詞彙　宿題(しゅくだい) 作業 | 忘(わす)れる 忘記 | 叱(しか)る 責備 | 怒(おこ)る 責罵 | ほめる 稱讚 | 呼(よ)ぶ 叫 | 教(おし)える 教導

問題5　請從1、2、3、4中選出下列詞彙最適當的使用方法。

31 むかえる 迎接

1　おきゃくさんを　むかえに　くうこうに　いきます。

2　へやを　きれいに　むかえて　ください。

3　ねる　まえは「おやすみなさい」と　むかえます。

4　しんねんに　なって　せんせいに　はがきを　むかえました。

1　去機場迎接客人。

2　請將房間迎接乾淨。

3　睡覺前迎接說晚安。

4　新年迎接明信片給老師。

解說　選項2應該改成「片付(かたづ)けてください（請整理）」，選項3應該改成「あいさつをします（打招呼）」，選項4應該改成「送(おく)りました（寄送）」。

詞彙　空港(くうこう) 機場 | 新年(しんねん) 新年 | はがき 明信片

32 にる 相似

1 だいじな しりょうを にて しまいました。
2 スマホを にた ことが ありますか。
3 たんじょうびに プレゼントを にる つもりです。
4 わたしは ははに にて めが おおきいです。

1 把重要的資料用相似了。
2 你曾經把智慧型手機用相似過嗎？
3 我打算在生日時將禮物用相似。
4 我和媽媽很像，眼睛很大。

解說 選項1應該改成「無くしてしまいました（不小心弄丟）」或是「忘れてしまいました（不小心忘記）」，選項2應該改成「無くしたことがありますか（有弄丟過嗎？）」，選項3應該改成「あげる（給予）」。

詞彙 大事だ 重要｜資料 資料｜つもり 打算｜目 眼睛

33 ねつ 發燒

1 この はなしは ねつでは ありません。
2 かなしくて ねつが ながれて います。
3 かいだんで ころんで ねつを しました。
4 かぜを ひいて ねつが ひどいです。

1 這個故事不是發燒的。
2 很難過發燒流下來了。
3 在樓梯跌倒發燒了。
4 感冒了，發燒很嚴重。

解說 選項1應該改成「うそ（謊言）」，選項2應該改成「涙（眼淚）」，選項3應該改成「けが（受傷）」。

詞彙 話 故事、話題｜悲しい 悲傷的｜流れる 流｜階段 樓梯｜転ぶ 跌倒｜風邪を引く 感冒｜ひどい 嚴重

34 つごうが　わるい 不方便

1　あめで　しあいは　つごうが　わるかったです。

2　こんしゅうの　どようびは　ちょっと　つごうが　わるいんですが。

3　かなしい　えいがを　見(み)ると、つごうが　わるく　なります。

4　はげしい　うんどうを　したら、きゅうに　つごうが　わるく　なりました。

1　因為下雨，比賽不方便。

2　這個星期六有點不方便。

3　一看悲傷的電影，就會變得不方便。

4 做了激烈的運動後，突然變得不方便。

解說　選項 1 應該改成「中止(ちゅうし)になりました（中止了）」，選項 3 應該改成「涙(なみだ)が出(で)ます（流眼淚）」，選項 4 應該改成「気分(きぶん)が悪(わる)くなりました（變得不舒服）」。

詞彙　都合(つごう)が悪(わる)い 不方便｜試合(しあい) 比賽｜悲(かな)しい 悲傷｜激(はげ)しい 激烈｜急(きゅう)に 突然

35 やわらかい 柔軟的

1　うちの　せんせいは　とても　やわらかいです。

2　やちんが　やわらかい　へやを　さがして　います。

3　この　チョコレートは　ほんとうに　やわらかいですね。

4　ここは　くうきが　やわらかくて　いいですね。

1　我們老師非常柔軟。

2　正在找房租柔軟的房子。

3　這個巧克力真的很軟。

4　這裡空氣又柔軟又好。

解說　選項 1 應該改成「優(やさ)しい（溫柔）」，選項 2 應該改成「安(やす)い（便宜）」，選項 4 應該改成「きれいで（乾淨）」。

詞彙　うち 我｜家賃(やちん) 房租｜探(さが)す 尋找｜空気(くうき) 空氣

第2節 言語知識〈文法〉

問題1　請從1、2、3、4中選出最適合填入下列句子（　　　）的答案。

1　授業(じゅぎょう)は　何時(なんじ)に　始(はじ)まる（　　　）教(おし)えて　ください。

1　が　　　2　から　　　3　か　　　4　ので

請告訴我課程幾點開始。

文法重點！ ⊘ か：表示疑問的用法。

例 映画(えいが)が何時(なんじ)に終(お)わるか、わかりません。我不清楚電影幾點結束。

詞彙 授業(じゅぎょう) 上課｜始(はじ)まる 開始｜教(おし)える 告訴｜～から 因為～｜～ので 因為～

2　もちは　米(こめ)（　　　）つくります。

1　を　　　2　に　　　3　から　　　4　は

年糕是由米製成的。

文法重點！ ⊘ から：表示原料的用法。

例 ワインはぶどうから作(つく)ります。葡萄酒是由葡萄製成的。

詞彙 もち 年糕｜米(こめ) 米｜作(つく)る 製作

3　どうした（　　　）。顔色(かおいろ)が　よく　ないよ。

1　ね　　　2　の　　　3　が　　　4　よ

怎麼了嗎？臉色不太好。

文法重點！ ⊘ 動詞普通體＋の：表示疑問，等同於「か」。

例 田中(たなか)さんの誕生日(たんじょうび)パーティー、行(い)かないの。田中先生的生日派對，你不去嗎？

詞彙 顔色(かおいろ) 臉色

4　道(みち)が　こんで　学校(がっこう)まで　1時間(じかん)（　　　）かかって　しまいました。

1　から　　　2　まで　　　3　と　　　4　も

塞車的緣故，到學校竟然花了一個小時。

文法重點！ ⊘ も：表示驚人的數量。

例 レポートを書(か)くのに、一週間(いっしゅうかん)もかかりました。寫報告竟然花了一個星期。

詞彙 道が込む 塞車｜学校 學校｜かかる 花費｜～てしまう 表示後悔、遺憾或意外等心情

5 こちらで 少々 お（　　　）ください。

1 待ち　　2 待たれて　　3 待ちして　　4 待たせて

請在這邊稍等一下。

文法重點！ ⊘お＋動詞ます形（去ます）＋ください：「要求別人做某事」的尊敬語用法

例 こちらにお名前をお書きください。請在這裡寫下名字。

詞彙 少々 稍微｜待つ 等待

6 仕事が たいへんで 会社を（　　　）と 思います。

1 やめよう　　2 やめさせる　　3 やめれる　　4 やめろ

因為工作很辛苦，我打算辭職。

文法重點！ ⊘第二類動詞的意向形：刪去「る」再加上「よう」。

⊘動詞意向形＋と思う：打算要～

例 週末はゆっくり休もうと思います。我打算週末好好地休息。

詞彙 大変だ 辛苦｜辞める 辭職

7 この 漢字の（　　　）かたを 教えて もらえますか。

1 よむ　　2 よま　　3 よめ　　4 よみ

可以教我這個漢字的讀法嗎？

文法重點！ ⊘動詞ます形＋方：～的方法

例 作り方 作法｜行き方 走法

詞彙 漢字 漢字｜教える 教｜～てもらえますか 可以幫我～嗎？

8 かれは たまに 会社に おくれる（　　　）が ある。

1 もの　　2 の　　3 こと　　4 だけ

他偶爾上班會遲到。

文法重點！ ⊘動詞原形＋ことがある：有時會～、偶爾會～

例 彼女はたまに朝寝坊をすることがある。她偶爾會睡過頭。

詞彙 たまに 偶爾｜遅れる 遲到

9　もう　つかれた（　　　）そろそろ　帰ろうか。

1　と　　2　し　　3　が　　4　の

因為已經很累了，差不多該回家了吧。

文法重點！ ⊘ **普通體＋し**：表示原因

例 もう遅いし、帰りましょうか。因為已經很晚了，我們回去吧。

詞彙　もう 已經｜疲れる 疲累｜そろそろ 差不多｜帰る 回去

10　ニュースに　よると、ゆうべ　この　ちかくで　大きな　事故が（　　　）そうだ。

1　ある　　2　あって　　3　あり　　4　あった

根據新聞報導，聽說昨晚這附近**發生**重大事故。

文法重點！ ⊘ **普通體＋そうだ**：聽說～、據說～

詞彙　～によると 根據～｜夕べ 昨晚｜近く 附近｜大きな 大的｜事故 事故

11　つかれて　めがねを（　　　）まま、寝て　しまった。

1　かける　　2　かぶる　　3　かけた　　4　かぶった

累了，**戴著**眼鏡就睡著了。

文法重點！ ⊘ **動詞た形＋まま**：維持～狀態

例 くつをはいたまま　穿著鞋子

詞彙　疲れる 疲累｜めがねをかける 戴眼鏡

12　友だちは　わたしに　日本の　お土産を　買って（　　　）。

1　くれた　　2　あげた　　3　やった　　4　さしあげた

朋友買日本的伴手禮**給我**。

文法重點！ ⊘ **～てくれる**：別人為我做～

詞彙　お土産 伴手禮

13 A「レポートは　もう　書きましたか。」

B「いいえ、今（　　　）。」

1　書くばかりです　　2　書いているところです

3　書いたはずです　　4　書くだけです

A「報告已經寫完了嗎？」

B「沒有，現在正在寫。」

文法重點！ ⊘ ～ているところだ：正在進行～

⊘ 動詞原形＋ところだ：正要做～

⊘ 動詞た形＋ところだ：剛剛做完～

詞彙 レポート 報告｜もう 已經

14 公園で　ゴミを（　　　）。

1　すててはいけません　　2　すてでもいけません

3　すてなければなりません　　4　すてないとなりません

不可以在公園丟垃圾。

文法重點！ ⊘ ～てはいけません：不可以～

詞彙 公園 公園｜ゴミを捨てる 丟垃圾

15 この　道を　まっすぐ（　　）大きな　本屋が　見えます。

1　行くたら　　2　行かば　　3　行きなら　　4　行くと

一直沿著這條路走的話，就可以看到一家大書店。

文法重點！ ⊘ 行くと：如果去的話就～

⊘ 行ったら：（已經發生的動作）去的話，就～

⊘ 行けば：如果去的話就～

⊘ 行くなら：（尚未發生的動作）去的話，就～

詞彙 道 道路｜まっすぐ 一直、筆直｜本屋 書店｜見える 看得到

問題2　請從1、2、3、4中選出最適合填入下列句子＿＿★＿＿中的答案。

16　それでは、＿＿　＿★＿　＿＿　＿＿　を　はじめましょう。

1　あつまった　　2　かいぎ　　3　ので　　4　ぜんいん

那麼，全員都已經**到齊了**，所以我們開始會議吧。

正確答案　それでは、全員集まったので会議を始めましょう。

文法重點！　⊘ ので：因為～（表示原因或理由）」

詞彙　それでは 那麼｜全員 全員｜集まる 聚集｜会議 會議｜始める 開始

17　ふるく　なった　＿＿　＿★＿　＿＿　＿＿　です。

1　つもり　　2　だけ　　3　もの　　4　すてる

我打算**只**丟老舊的東西。

正確答案　古くなったものだけ捨てるつもりです。

文法重點！　⊘ 動詞原形＋つもりだ：打算～

詞彙　古い 舊的｜だけ 只、僅｜捨てる 丟棄｜つもり 打算～

18　かのじょ　＿＿　＿★＿　＿＿　＿＿、その　気持ちが　伝えられない。

1　の　　2　のに　　3　好きな　　4　ことが

雖然我喜歡她，但無法傳達我的心情。

正確答案　彼女のことが好きなのに、その気持ちが伝えられない。

文法重點！　⊘ こと：表示心情的對象

⊘ ナ形容詞＋なのに：雖然～但是～

詞彙　気持ち 心情｜伝える 傳達

19　＿＿　＿＿　＿★＿　＿＿、足が　よわく　なります。

1　ばかり　　2　と　　3　いる　　4　すわって

如果一直坐著，腳會變得虛弱。

正確答案　座ってばかりいると、足が弱くなります。

文法重點！　⊘ ～てばかりいる：一直～、總是～

例 今日は立ってばかりいたから、足が痛かった。因為今天一直站著，腳很痛。

詞彙　座る 坐｜足 腳｜弱い 弱的

[20] きょうは　おきゃくさんが　来る ＿＿＿ ＿＿＿ ＿★＿ ＿＿＿ 帰らなければ　ならない。

1　5時　　2　から　　3　に　　4　まで

因為今天有客人要來，所以必須在5點之前回家。

正確答案 今日はお客さんが来るから、5時までに帰らなければならない。

文法重點！ ⊙ までに：～之前

例 レポートは金曜日までに出さなければならない。報告一定要在星期五之前交出去。

詞彙 お客さん 客人

問題3　請閱讀下列文章，並根據內容從1、2、3、4中選出最適合填入 [21] ～ [25] 的答案。

對我來說，最重要的東西是家人。吃到好吃的東西時或是去旅行時，我都會想起我的家人。我也想讓家人品嘗如此美味的料理，或是下次再來時想和家人一起來。以前，我只想到自己。即使享受美食或購買昂貴物品，也不會想到家人。但是，現在不一樣了。即使正在品嘗美食，我也會想著「我的家人現在在做什麼？有好好吃飯嗎？」我花錢的方式也改變了。以前，我為了享受自己的人生而花錢。我希望變得更漂亮，變得更時尚，不斷地購買我想要的東西。但是，現在覺得只為自己花錢不太好。因為我理解到家人健康且幸福就是我的幸福。我留學了整整10年。在留學期間，當我生病或情緒低落感到辛苦的時候，給我帶來活力的是我的家人。我離開家人長達10年，終於理解了家人的重要性。

詞彙 一番 最｜大切だ 重要｜家族 家人｜旅行 旅行｜思い出す 想起｜今度 下次｜一緒に 一起｜～しか 只有～｜考える 考慮｜違う 不一樣｜ちゃんと 好好地｜使い方 使用方法｜変わる 改變｜もっと 更加｜なる 變成｜おしゃれ 時尚、時髦｜どんどん 不斷｜ほしい 想要｜けれども 但是｜自分 自己｜だけ 只、僅｜ために 為了｜気がする 覺得｜幸せだ 幸福｜留学 留學｜病気 生病｜落ち込む 低落｜大変だ 辛苦、困難｜くれる 給｜離れる 離開｜やっと 終於｜大切さ 重要性

[21] 1　かんして　　2　たいして　　3　かけて　　4　とって

文法重點！ ⊙ ～にとって：對～來說　⊙ ～に関して：關於～
⊙ ～に対して：對於～　⊙ ～にかけて：在～期間內

解說 以前後句子的語境來說，這裡使用「にとって（對～來說）」最洽當。

22　1　食べさせたい　　2　食べられたい
　　3　食べていただきたい　　4　食べてあげたい

文法重點！ ⊘食べさせたい：想讓～吃　⊘食べられたい：想要被吃
⊘食べていただきたい：希望您吃　⊘食べてあげたい：想要幫忙吃

解說　以前後句子的語境來說，這裡使用「食べさせたい（想讓～吃）」較為自然。

23　1　それで　　2　しかし　　3　そして　　4　では

文法重點！ ⊘しかし：但是　⊘それで：因此　⊘そして：而且　⊘では：那麼

正確答案　前面句子提到「以前，我只想到自己。即使享受美食或購買昂貴物品，也不會想到家人」，後面則說「現在不一樣了」。所以這裡應該要使用逆接的接續，因此答案是選項 2。

24　1　自分の　人生が　好きだから　　2　世の　中で　自分が　一番　大切だから
　　3　自分の　人生を　楽しむために　　4　家族と　食事を　するために

文法重點！ ⊘自分の人生が好きだから：因為喜歡自己的人生
⊘世の中で自分が一番大切だから：因為世界上自己最重要
⊘自分の人生を楽しむために：為了享受自己的人生
⊘家族と食事をするために：為了和家人吃飯

詞彙　人生　人生｜楽しむ　享受｜世の中　世界上

正確答案　後面句子提到「我希望變得更漂亮，變得更時尚」，所以可以推測前面句子應該是要描述以自己的人生為主的內容，因此答案是選項 3。

25　1　間から　　2　間に　　3　間で　　4　間の

文法重點！ ⊘間に：在～期間內

解說　這裡是要指「在留學期間內」，所以答案是選項 2。

問題 4　閱讀下列 (1) ～ (4) 的內容後回答問題，從 1、2、3、4 中選出最適當的答案。

(1)

賞花介紹

各位，大家好嗎？櫻花盛開的季節已經到來。今年也想像往常一樣舉辦賞花活動。我知道大家工作忙碌，但請務必參加。日期是 4 月 2 日（星期六）中午 12 點到下午 3 點，地點在日本公園前。會費是 3000 日圓，小學生以下的兒童免費。為了準備活動，請能參加的人在 3 月 20 日之前來電聯繫吉田先生。謝謝大家。

26　在這篇文章中，以下何者是正確敘述？

1　賞花活動是今年第一次舉辦。
2　小學生不論多少人都不用付錢。
3　賞花活動到下午 4 點結束。
4　想參加的人請寄電子郵件給吉田先生。

詞彙　皆さん 各位、大家｜桜 櫻花｜季節 季節｜いつものように 像往常一樣｜お花見 賞花｜会 活動｜開く 舉辦｜ぜひ 務必、一定｜参加 參加｜日時 日期與時間｜場所 地點｜会費 會費｜小学生 小學生｜以下 以下｜無料 免費｜準備 準備｜ため 為了｜初めて 初次｜払う 支付｜終わる 結束

解說　從文章可以得知賞花活動不是今年第一次舉辦。活動是在下午 3 點結束。如果想參加的人應該給吉田先生打電話。小學生以下的兒童免費，所以答案是選項 2。

(2)

下班後，我決定七點左右跟朋友一起看電影。朋友喜歡恐怖片，但因為我會害怕，所以不想看。我喜歡想像各種情節，所以本來想看科幻電影，但那個時間點沒有。因為電影結束的時間太晚會覺得很累，不得已才決定看 7 點左右開始的電影《A》。電影《A》非常有趣，我跟朋友久違地大笑。我認為看電影《A》真的太好了。

27　電影《A》是什麼類型的電影？

1　恐怖片
2　歷史片
3　喜劇片
4　科幻片

詞彙 終わる 結束｜ホラー 恐怖｜いろいろ 各式各樣｜想像 想像｜時間帯 特定某段時間｜遅すぎる 太晚｜疲れる 疲累｜仕方がない 沒辦法、不得已｜始まる 開始｜～ことにする 決定做～｜久しぶりに 隔了好久｜笑う 笑｜ジャンル 類型｜歴史 歷史

解說 文章中提到「我跟朋友久違地大笑」，所以可以推測電影的類型是喜劇片。因此答案是選項 3。

(3)

這是高爾夫球比賽的通知書。

花卉顏色變得美麗的季節已經來臨。各位，大家好嗎？ABC 會高爾夫球比賽多虧大家的支持，今年已經迎來 10 週年。這次比賽我們準備了比以往更多的獎品，請各位務必參加。

日期是 4 月 10 日上午 8 點，地點是櫻花高爾夫球場。參賽費用是 20,000 日圓，請在櫃檯繳費，會費 5,000 日圓請在會場繳費。謝謝大家。

28 想參加這場高爾夫球比賽的人，應該怎麼做？

1 上午 8 點之前來櫻花高爾夫球場，在櫃檯支付會費 5,000 日圓。
2 上午 7 點之前來櫻花高爾夫球場，在櫃檯支付參賽費用 25,000 日圓。
3 **上午 8 點之前來櫻花高爾夫球場，總共支付 25,000 日圓。**
4 上午 7 點之前來櫻花高爾夫球場，在會場支付 5,000 日圓。

詞彙 美しい 美麗的｜季節 季節｜おかげさまで 託您的福、多虧支持｜周年 週年｜迎える 迎向｜奨品 獎品｜準備 準備｜参加 參加｜日時 日期與時間｜場所 地點｜プレイ代 參加費用｜フロント 櫃檯｜会費 會費｜会場 會場｜払う 支付

解說 從文章可以得知比賽日期是 4 月 10 日上午 8 點，參賽費用和會費總計是 25,000 日圓，所以答案是選項 3。

(4)

我決定今年暑假在國內旅行。因為我怕熱，所以想去北海道。據說北海道即使夏天也很涼爽，夜晚很少超過 25 度。北海道很遠所以機票很貴，但如果提早預定，機票就會比較便宜。大阪到北海道需要 2 個小時左右。我想要在函館欣賞美麗的夜景，也想搭船欣賞小樽的風景。此外，我也想品嚐看看美味料理，例如北海道的健康成吉斯汗烤羊肉或札幌拉麵等等。我非常期待這次的暑假。

29 為什麼暑假想要去北海道？

1 因為無法忍受炎熱，想在涼爽的地方度過
2 因為想在超過 25 度以上的地方度過夏天
3 因為想要欣賞城市的景色，想要提起精神
4 因為想要在離大阪很近的地方品嘗美味的料理

詞彙 夏休み 暑假｜国内 國內｜暑さ 炎熱｜弱い 不擅長｜北海道 北海道（日本地名）｜涼しい 涼爽｜以上 以上｜ほとんど 幾乎｜飛行機 飛機｜予約 預約｜大阪 大阪（日本地名）｜函館 函館（日本地名）｜夜景 夜景｜船 船｜小樽 小樽（日本地名）｜景色 景色｜楽しむ 欣賞｜ヘルシーな 健康的｜焼肉 烤肉｜ジンギスカン 成吉思汗羊肉烤肉｜札幌 札幌（日本地名）｜楽しみ 期待｜我慢 忍受｜過ごす 度過

解說 從文章可以得知作者怕熱，所以答案不可能是選項2。而且文章也沒有提到選項3所說的，想要提起精神。此外由於作者需要搭飛機前往，因此離大阪也不近。所以答案是選項1。

問題5 閱讀下面文章後回答問題，從1、2、3、4中選出最適當的答案。

上週外國朋友來玩。我去機場接朋友。因為朋友預定待三天兩夜，所以行李不多。他決定住在東京的飯店，去飯店之前，我們午餐吃了炸豬排和蕎麥麵套餐。雖然他第一次來日本旅行，卻吃得津津有味。在飯店辦理完入住手續後，我們就去了六本木。在六本木進入了各種商店，在街頭漫步。對我來說是普通的商店，對外國朋友來說似乎也很感興趣，他覺得一切都很有趣。晚餐我們吃烤肉，欣賞了美麗的夜景。他說曾在動畫中曾看過六本木的夜景。透過戲劇或動畫等的介紹後，這些地方果然變得更有名了。

第二天我們去了淺草。去寺廟裡抽了籤。他在淺草買了很多要給家人的伴手禮。儘管午餐吃了拉麵，但之後還吃了章魚燒和點心之類的東西，肚子吃得很飽，就步行前往秋葉原。我以為淺草到秋葉原不太遠，但竟然花了整整一個小時。在秋葉原看了電器產商品後，覺得非常疲累，就馬上回飯店了。

第三天因為飛機時間的關係，沒辦法慢慢遊覽。我希望能帶他去更多不同的地方，覺得很可惜。但是朋友似乎不管去哪裡都非常開心。下次如果再來，我想要帶他到更多有趣的地方。

詞彙 外国人 外國人｜迎える 迎接｜空港 機場｜予定 預定｜荷物 行李｜多い 多的｜泊まる 住宿｜初めて 初次｜六本木 六本木（地名）｜普通 普通｜興味がある 有興趣｜夜景 夜景｜紹介 介紹｜つぎの日 第二天｜浅草 淺草（日本地名）｜お寺 寺廟｜おみくじを引く 抽籤｜お土産 伴手禮｜たこ焼き 章魚燒｜お菓子 點心｜お腹がいっぱいだ 吃得很飽｜秋葉原 秋葉原（日本地名）｜電気製品 電器產品｜ため 因為～｜もっと 更加｜連れる 帶、領｜残念だ 可惜｜しかし 但是｜嬉しい 開心｜今度 下次｜一緒に 一起｜食べ過ぎる 吃太多｜お腹 肚子｜調子 狀況｜悪い 壞的｜乗り方 搭乘方式

30 旅行中沒吃到的東西是什麼？

1 炸豬排
2 日式炒麵
3 蕎麥麵套餐
4 點心

解說 文章並沒有提到吃了日式炒麵，所以答案是選項 2。

31 到日本第一天做了什麼？

1 在飯店辦理入房手續後吃了炸豬排和蕎麥麵套餐。
2 在六本木參觀各種東西後，去飯店辦理入房手續。
3 看完夜景後去吃晚餐。
4 在飯店辦理入房手續後，在六本木街頭漫步。

解說 從文章可以得知前往飯店前吃了炸豬排和蕎麥麵套餐當作午餐，然後去飯店辦理入住手續，接著去了六本木，晚餐後則去欣賞夜景。所以答案是選項 4。

32 為什麼從淺草走到秋葉原？

1 因為吃了午餐和各種食物
2 因為有許多好像很有趣的東西，想要看看
3 因為吃太多，肚子不舒服
4 因為不知道前往秋葉原的電車的搭乘方式

解說 從文章可以得知他們吃了午餐又吃了章魚燒和點心，肚子吃很飽就走路去秋葉原。所以答案是選項 1。並沒有提到是因為吃太多導致肚子不舒服。

33 第二天沒做的事情是什麼？

1 去淺草的寺廟並抽籤。
2 去秋葉原之前買了拌手禮。
3 邊吃拉麵邊吃章魚燒。
4 看了電器產品後就馬上回去了。

解說 從文章可以得知他們並不是在午餐時同時吃拉麵和章魚燒，而是吃完午餐後再吃章魚燒和點心，所以答案是選項 3。

問題 6　右頁是「櫻花餐廳公告」。請閱讀文章後回答以下問題，並從 1、2、3、4 中選出最適當的答案。

34　一對夫妻和兩位小學生組成的四口之家，如果在3月10日吃午餐，必須支付多少錢？

1　7,400 日圓
2　6,600 日圓
3　6,520 日圓
4　5,920 日圓

解說　從文章可以得知午餐價格是兩位成年人 4,400 日圓，兩位小學生 3,000 日圓，總計 7,400 日圓，但有 20% 的折扣，所以變成 5,920 日圓。

35　在這篇文章中，以下何者是不正確的敘述？

1　這家店開業已經 10 年了。
2　這個活動將持續 2 週。
3　小學生的晚餐價格平時是 1,800 日圓。
4　兩位成年人在 3 月 5 日晚上用餐的話，要支付 4,000 日圓。

解說　從文章可以得知這個活動從 3 月 1 日一直持續到 3 月 15 日，為期 15 天，所以持續 2 週是不正確的敘述。

來店公告

感謝您每次光臨本店。本店將迎接開幕 10 週年，自 3 月 1 日至 3 月 15 日的午餐時間將從平常的 60 分鐘延長到 90 分鐘。此外，午餐和晚餐的吃到飽價格將比平常優惠 20％。因為是期間限定的活動，請務必利用此次機會。

※ 平常價格

	午餐	晚餐
成年人	2,200 日圓	2,500 日圓
兒童（小學生）	1,500 日圓	1,800 日圓

詞彙　**毎度** 每次｜**来店** 來店｜**まことに** 真誠｜**当店** 本店｜**周年** 週年｜**迎える** 迎接｜**ランチタイム** 午餐時間｜**制限** 限制｜**通常** 平常｜**延長** 延長｜**さらに** 再加上、此外｜**ディナー** 晚餐｜**食べ放題** 吃到飽｜**値段** 價格｜**割引** 折扣｜**提供** 提供｜**～(さ)せていただく** 讓我做～｜**期間** 期間｜**限定** 限定｜**キャンペーン** 宣傳活動｜**機会** 機會｜**ぜひ** 務必、一定｜**利用** 利用｜**小学生** 小學生

第3節 聽解

問題 1　先聆聽問題，在聽完對話內容後，請從選項 1 ～ 4 中選出最適當的答案。

れい Track 2-1

お母さんと息子が話しています。息子はどんな服を着ればいいですか。

女：ひとし、明日、お父さんの上司の家族との食事の約束、忘れてないよね。服とかちゃんと着ていかなきゃだめだよ。

男：え、暑いのにそんなのも気をつけなきゃいけないの。半そでと半ズボンにするよ。

女：だめよ。ちゃんとした食事会だから。

男：じゃ、ドレスコードでもあるわけ。

女：ホテルでの食事だから、ショートパンツだけは止めたほうがいいよ。スマートカジュアルにしなさい。

男：わかったよ。でも暑いのは我慢できないから、上は半そでにするよ。

息子はどんな服を着ればいいですか。

1　長そでのシャツと半ズボン
2　半そでのシャツと半ズボン
3　半そでのシャツと長いズボン
4　長そでのシャツと長いズボン

例

母親和兒子正在交談。兒子該穿什麼樣的衣服？

女：仁志，明天和爸爸的上司一家人約好要吃飯。你不要忘囉。服裝什麼的必須穿戴整齊喔。

男：哎，明明這麼熱還要注意這個嗎？我要穿短袖和短褲喔。

女：不行。因為這是正式的聚餐。

男：那有著裝要求嗎？

女：因為是在飯店用餐，所以最好不要穿短褲，你給我穿半正式休閒的服裝。

男：我知道啦。但是我受不了太熱，所以我上半身會穿短袖喔。

兒子該穿什麼樣的衣服？

1　長袖襯衫和短褲
2　短袖襯衫和短褲
3　**短袖襯衫和長褲**
4　長袖襯衫和長褲

解說　一開始兒子說要穿短袖和短褲。但母親認為這是正式的用餐場合，最好避免穿短褲，而且兒子提到「受不了太熱，所以我上半身會穿短袖」，所以兒子會穿短袖和長褲。因此答案是選項３。

詞彙　息子 兒子｜服 衣服｜上司 上司｜忘れる 忘記｜ちゃんと 整齊｜気をつける 注意｜半そで 短袖｜半ズボン 短褲｜だめだ 不行｜食事会 聚餐｜止める 放棄、作罷｜スマートカジュアル 半正式休閒｜～なさい 去做～（輕微的命令表現）｜でも 但是｜我慢 忍耐｜長そで 長袖

1ばん Track 2-1-01

男の人と女の人が話しています。女の人はこれからどうしますか。

男：田中さん、どうしたんですか。何か、心配事でもあるんですか。

女：それが、うちの娘が歌手になりたいと言って、学校の勉強をまじめにしないんですよ。もうすぐ高校生になるのに…。

男：そうですか、歌手になるのはそんなに簡単ではないですからね。

女：そうなんですよ。娘は専門的なレッスンを受けたいと言ってますが、うちはそんなお金もないし。

男：う～ん。あ、そうだ。YouTubeや動画サイトに娘さんの歌をあげてみるのはどうですか。それがきっかけになって歌手デビューする人も多いですよ。

女：そうですか。

女の人はこれからどうしますか。

1　むすめの歌をインターネットサイトにアップしてみる

2　歌手になれるようにレッスンをうけさせる

3　専門的な所に行かせる

4　心配するのをやめる

第 1 題

男子和女子正在交談。女子接下來該怎麼辦？

男：田中小姐，妳怎麼了？有什麼煩惱的事嗎？

女：那個，我家女兒說想要當歌手，不認真對待學校的學習，快要成為高中生了，卻……

男：這樣子啊。當歌手也不是那麼簡單的喔。

女：對啊。女兒說想去上專業的課程，但我家也沒那麼多錢。

男：呃～，對了，試著把妳女兒的歌曲上傳到 YouTube 或是影片網站，妳覺得怎麼樣？以這個為契機跳以歌手身分出道的人也很多唷。

女：是這樣嗎？

女子接下來該怎麼辦？

1　**試著將女兒的歌曲上傳到網站上**

2　為了讓女兒成為歌手，讓她去上課

3　讓女兒去專業的地方

4　停止擔心

正確答案 女子最後決定按照男士的建議，將女兒的歌曲上傳到 YouTube 或是影片網站。因此答案是選項 1。

詞彙 どうしたんですか 怎麼了？｜心配事 煩惱的事｜娘 女兒｜歌手 歌手｜まじめに 認真｜高校生 高中生｜そんなに 那麼｜簡単だ 容易｜専門的 專門的｜レッスンを受ける 上課｜動画 影片｜上げる 上傳｜きっかけ 契機｜デビューする 出道｜多い 多的｜アップする 上傳｜やめる 放棄、停止

2ばん Track 2-1-02

女の人と男の人が話しています。女の人はいつ予約しますか。

女：ね、お母さんの誕生日パーティー、この店でするのはどう?

男：お母さんの誕生日はまだまだじゃない。

女：今イベント中で、今日予約すると20%割引になるのよ。

男：へえ、そうなんだ。あ、でも見て。予約は店に来る日の2ヶ月前からだと書いてあるよ。

女：あら、見てなかったわ。お母さんの誕生日は6月1日で、今は3月だから、まだ予約できないわね。

男：そうだね。じゃ、予約できるようになったら、すぐ、予約しよう。

女：そうね。そうしよう。

女の人はいつ予約しますか。

3

第 2 題

女子和男子正在交談。女子什麼時候要預約？

女：ㄟ，媽媽的生日派對，辦在這家店怎麼樣？

男：媽媽的生日還沒到吧。

女：現在正在做活動，今天預約的話可以享受的 20% 的折扣。

男：哦，是這樣啊。啊，不過你看。這裡寫著預約要在來店前 2 個月辦理喔。

女：哎呀，我沒看到。媽媽的生日是 6 月 1 日，現在是 3 月，所以還不能預約耶。

男：對呀。那麼，等可以預約的時候，就馬上預約吧。

女：對啊。就那樣做吧。

女子什麼時候要預約？

解 說 店家寫著預約要在來店前 2 個月辦理，而媽媽的生日是 6 月，所以必須在 4 月預約。因此答案是選項 3。要注意聆聽題目中提到的月份，才能正確作答。

詞 彙 予約 預約｜誕生日 生日｜まだまだ 還未｜割引 折扣

3ばん Track 2-1-03

男の人と女の人が話しています。二人はどこの温泉地に行きますか。

男：今度の温泉旅行はどこに行きますか？

女：そうですね。この前、温泉地のランキングを調べてみたんですが、1位は熱海温泉でした。

男：熱海温泉ですか。海で花火大会をするという話も聞いたことがありますね。じゃ、2位は。

女：2位は別府温泉でした。ここは人が入れる温泉地として世界で一番大きいそうです。

男：え、そうなんですね。知りませんでした。別府は大分県ですよね。

女：はい。熱海温泉か別府温泉に行きますか。

男：実は大分県に祖父が住んでいるんですよ。久しぶりに行ってあいさつでもしたいと思いますが…。

女：いいんじゃないですか。そうしましょう。

二人はどこの温泉地に行きますか。

1 温泉ランキングで1位の別府温泉
2 おじいさんに会える別府温泉
3 花火大会が楽しめる熱海温泉
4 世界で一番大きい熱海温泉

第3題

男子和女子正在交談。兩個人要去哪個溫泉區？

男：下次的溫泉旅遊要去哪裡？

女：嗯，之前我查了一下溫泉區排行榜，第1名是熱海溫泉。

男：熱海溫泉嗎？我也聽說過會在海上進行煙火大會。那麼第2名是？

女：第2名是別府溫泉。這地方據說是世界上可以容納人的最大溫泉區。

男：哦，是這樣啊。我不清楚。別府在大分縣對吧？

女：是的。要去熱海溫泉還是別府溫泉呢？

男：老實說我祖父住在大分縣唷。很久沒去了，我也想去打聲招呼……

女：那挺好的。就這麼辦吧。

兩個人要去哪個溫泉區？

1 在溫泉排行榜中獲得第1名的別府溫泉
2 可以見到祖父的別府溫泉
3 可以體驗煙火大會的熱海溫泉
4 世界最大的熱海溫泉

解說 從對話中可以得知別府溫泉是溫泉排行榜的第2名，位於男子的祖父居住的大分縣。由於男子很久沒見到祖父，想要去打聲招呼。所以答案是選項2。

詞彙 今度 下次｜温泉 溫泉｜旅行 旅行｜この前 之前｜ランキング 排行榜｜調べる 調查｜熱海 熱海（日本地名）｜花火大会 煙火大會｜別府 別府（日本地名）｜として 作為～｜世界 世界｜大分県 大分縣（日本地名）｜祖父 祖父｜住む 居住｜久しぶり 隔了好久｜あいさつ 打招呼

4ばん Track 2-1-04

お母さんと息子が話しています。息子は今からどうしますか。

女：たくみ、いったいこの部屋は何なのよ。たまには掃除しなさいよ。

男：学校の勉強で忙しいんだよ。

女：そんな、うそばっかり。試験は先週終わったじゃない。

男：わかったよ。今からすればいいでしょ。

女：あ、今、掃除はいいから、あそこにある自分の洗濯物たんすに入れて。

男：わかった、すぐしまうよ。

息子は今からどうしますか。

4

第 4 題

母親和兒子正在交談。兒子接下來該怎麼做？

女：拓海。這個房間到底是怎麼回事？偶爾打掃一下吧。

男：我學校功課很忙耶。

女：謊話連篇。考試不是上週就結束了嗎？

男：好啦，我知道了。我現在打掃就可以了吧。

女：啊，現在不需要打掃，你把那邊洗好的自己的衣物收進櫃子。

男：我知道了，我馬上去收拾。

兒子接下來該怎麼做？

解說 這個對話要理解「しまう（收拾）」的意思才能正確作答。母親最後要求兒子把洗好的衣物收進櫃子，所以答案是選項 4。

詞彙 息子 兒子｜いったい 到底｜たまに 偶爾｜掃除 打掃｜そんな 那樣｜うそ 謊話｜～ばかり 光、淨｜洗濯物 洗好的衣物｜たんす 櫃子｜入れる 放入｜しまう 收拾、整理

5ばん Track 2-1-05

男の人と女の人が話しています。男の人は明日どうしますか。

男：今週行くはずだった出張、来週、行くことになりました。

女：あ、そうですか。飛行機のチケット、変更しましたか。

男：あ、忘れていました。急いで電話しなきゃ。

女：ちょっと待ってください。ホームページ見たら、電話での問い合わせは夜8時までだと書いてありますよ。

男：そうですか。もう8時10分だし。明日かけるしかないですね。

女：ホームページで変更したらどうですか。ただ、ネットで変更するときは、パスワードが必要だけど、ありますか。

男：あるけど、覚えていないんですよ。それをどこにメモしたかも忘れました。

女：じゃ、仕方ないですね。

男：はい、明日、かけます。

男の人は明日どうしますか。

1　パスワードを書いたメモをさがす
2　飛行機の会社に電話をする
3　ホームページで変更する
4　女の人にチケットの変更をお願いする

第5題

男子和女子正在交談。男子明天該怎麼做？

男：這週原本應該要出差，改到下週去了。

女：啊，是這樣嗎？你改飛機票了嗎？

男：糟糕，我完全忘了。必須趕快打電話。

女：請等一下。我看網站上面寫說電話洽詢到晚上8點喔。

男：是嗎？現在已經8點10分了。只好明天再打了。

女：你上網更改如何？只是在網路上更改時需要密碼，你有嗎？

男：有是有，但是我沒記住。也不記得把那個寫在哪張紙條上了。

女：那就沒辦法了。

男：好吧。我明天打電話。

男子明天該怎麼做？

1　找寫著密碼的紙條
2　**打電話到航空公司**
3　在網頁上更改
4　拜託女人更改機票

解說　雖然已經超過電話洽詢時間，但可以透過網站更改機票，可是男子忘記密碼，所以只能明天打電話。因此答案是選項2。

詞彙　出張 出差｜～ことになる 決定～｜飛行機 飛機｜忘れる 忘記｜～なきゃ 必須做～｜問い合わせ 洽詢｜変更 更改｜～しかない 只好～｜ただ 只是｜パスワード 密碼｜必要だ 必要｜覚える 記住｜仕方がない 沒辦法｜探す 尋找

6ばん Track 2-1-06

女の人と男の人が話しています。女の人はこれからどうしますか。

女：佐藤さん、ちょっとカフェにでも行きませんか。

男：え、どうしたんですか。のどが渇きましたか。

女：いいえ、のどは大丈夫ですが、足が…。

男：あ、ちょっと歩きすぎましたね。足が痛いですか。

女：買ったばかりのくつなので、ちょっと…。

男：そうですか。ちょっとかかとも高いんじゃないですか。たくさん歩く時は、楽なくつの方がいいんじゃないですか。

女：そうですね。

女の人はこれからどうしますか。

1　のどが渇く時にカフェに行く

2　くつをたくさん買わない

3　たくさん歩く時は楽なくつをはく

4　運動靴ばかり買う

第 6 題

女子和男子正在交談。女子接下來該怎麼做？

女：佐藤先生，要不要去咖啡店坐坐？

男：嗯，妳怎麼了？口渴了嗎？

女：不是，我不渴，但是我的腳有點……

男：啊，是走太多了吧。腳很痛嗎？

女：因為這是剛買的鞋，所以有點……

男：這樣啊。這鞋跟是不是有點高？要走很多路的時候，穿舒適的鞋子比較好吧？

女：說得也是。

女子接下來該怎麼做？

1　口渴時去咖啡店

2　不要買太多鞋子

3　**走很多路的時候穿舒適的鞋子**

4　光買運動鞋

解說　男子提出建議「要走很多路的時候，穿舒適的鞋子比較好吧」，所以答案是選項 3。

詞彙　のどが渇く 口渴｜歩く 走路｜動詞ます形（去ます）＋すぎる 太過～｜足 腳｜～たばかりだ 剛剛做～｜かかと 腳跟｜楽だ 舒適｜履く 穿｜～ばかり 光、淨

7ばん Track 2-1-07

女の人と男の人が話しています。二人はデパートに行って何をしますか。

女：今日、雨降ってるし、デパートのショッピングは車で行こう。

男：うん、いいよ。でも、お前はショッピングの時間が長いから。

女：心配しないで。今日は見てるだけで、買うのはネットの方で買うから。

男：え？ それじゃ、駐車料金がかかるだけじゃないか。

女：う～ん。じゃ、デパートで食事でもしようか。確か3,000円以上で、2時間無料だったよね。

男：そんな、駐車料金のためにわざわざ食事する？

女：いいじゃない。週末ぐらいはちょっとおしゃれなところで食事したいし。

男：かったよ。

二人はデパートに行って何をしますか。

1 駐車料金をはらわないために、食事をする
2 ものを見てから、そのまま帰る
3 駐車料金が無料になるようにたくさんものを買う
4 3, 000円以上のものを買って、駐車料金をはらわない

第 7 題

女子和男子正在交談。兩個人要去百貨公司做什麼？

女：今天在下雨，到百貨公司買東西時開車去吧。

男：嗯，好喔。但妳買東西時間很久。

女：不用擔心。今天我只是看看，要買的東西我會在網路上買。

男：咦？那這樣不就只要花停車費嗎？

女：嗯，那我們在百貨公司吃點東西吧。我記得消費 3,000 日圓以上，可以免費停車 2 小時。

男：什麼？為了停車費要特地吃飯？

女：又不會怎樣。我也想週末的時候在時尚一點的地方用餐。

男：好啦，我知道了。

兩個人要去百貨公司做什麼？

1 為了不付停車費，要在百貨公司用餐
2 看完商品後就直接回去
3 為了免費停車，要買很多東西
4 購買 3,000 日圓以上的商品，不付停車費

解 說 從對話中可以知道「消費 3,000 日圓以上，可以免費停車 2 小時」，但女子打算看完商品後在網路上購買，所以為了免費停車，打算在百貨公司用餐。因此答案是選項 1。

詞 彙 **心配だ** 擔心 | **駐車料金** 停車費 | **掛かる** 花費 | **確か** 我記得、好像 | **以上** 以上 | **無料** 免費 | **わざわざ** 特地 | **おしゃれだ** 時尚 | **払う** 支付 | **そのまま** 按照原樣

8ばん Track 2-1-08

男の人と女の人が話しています。男の人は何を買っていきますか。

男：もしもし、今スーパーに来ているんだけど。何か買う物ある？

女：明日の朝、食べるもの、何か買ってきてくれる？

男：僕は、簡単に食べてもいいから、パンと牛乳でいいよ。

女：それなら、家にあるわ。う～んと、卵と果物ないから、買ってきて。

男：うん、わかった。

女：あ、ちょっと待って。お風呂から出たら一杯飲もうよ。

男：そうだね。最近仕事、大変だから、夜はやっぱり軽く飲みたいね。

女：うん、今日はソーセージ食べながら飲もう。ソーセージとビールもお願いね。

男：わかった。

男の人は何を買っていきますか。

4

第 8 題

男子和女子正在交談。男子要去買什麼？

男：喂，我現在在超市，要買點什麼嗎？

女：可以買些明天早上要吃的東西回來嗎？

男：我可以吃簡單點，麵包跟牛奶就可以了。

女：那這樣的話，家裡就有了。我想想，雞蛋跟水果沒有了，你買一些回來。

男：好，我知道了。

女：啊，等一下，洗完澡後我們喝一杯吧。

男：也是。最近工作很辛苦，所以晚上也想小酌一下吧。

女：對啊。今天邊吃香腸邊喝酒吧。那你幫我買香腸跟啤酒吧。

男：我知道了。

男子要去買什麼？

解說 因為家裡有麵包跟牛奶，所以要剔除有這些東西的答案。女子除了要求雞蛋、水果之外，最後還想要香腸和啤酒。所以答案是選項 4。

詞彙 卵 雞蛋｜果物 水果｜軽い 輕微｜頼む 請求

問題 2　先聆聽問題，再看選項，在聽完對話內容後，請從選項 1 ～ 4 中選出最適當的答案。

れい Track 2-2

男の人と女の人が話しています。男の人はどうしてコートを買いませんか。

女：お客様、こちらのコートはいかがでしょうか。

男：うん…、デザインはいいけど、色がちょっとね…。

女：すみません、今、この色しかないんです。

男：ぼく、黒はあまり好きじゃないんですよ。しかたないですね。

女：すみません。

男の人はどうしてコートを買いませんか。

1　デザインが気に入らないから
2　色が気に入らないから
3　値段が高いから
4　お金がないから

例

男子和女子正在交談。為什麼男子不買大衣？

女：客人，您覺得這件大衣如何呢？

男：呃，設計是還不錯，但顏色有點……

女：不好意思，現在只有這個顏色。

男：我不太喜歡黑色啦，那也沒辦法了。

女：不好意思。

為什麼男子不買大衣？

1　因為不喜歡設計
2　**因為不喜歡顏色**
3　因為價格太貴
4　因為沒有錢

解說　「ちょっとね」在此具有「委婉否定」的意思，換句話說就是男子不喜歡大衣的顏色。因此答案是選項 2。

詞彙　気に入る 喜歡｜値段 價格

1ばん Track 2-2-01

女の人と男の人が話しています。二人はどうして他の店を調べますか。

女：今度、家族で食事するときは、子供も連れて行けて、ゆっくりご飯が食べられるところがいいね。

男：そうだね。この前の店は食事ができる時間が短くて、たいへんだったよ。

女：あと、何歳以下の子供はだめだという店も無理ね。

男：この店はどう。子供を連れて行ってもいいし、ゆっくり食べられるし。

女：子供のメニューはある?

男：うん、それはあるけど、子供席がないんだ。子供用のいすもないし。

女：あ、それはだめね。うちの子はまだ小さいから。他の店、調べてみよう。

男：そうだね。そうしよう。

二人はどうして他の店を調べますか。

1 食事ができる時間が短いから
2 子供を連れてきてもいい時間が決まっているから
3 子供が座れるところが準備されていないから
4 子供が食べられる料理がないから

第 1 題

女子和男子正在交談。兩個人為什麼要查詢其他店家？

女：下次全家人一起用餐時，最好是可以帶小孩又可以悠閒吃飯的地方。

男：是啊。之前去的餐廳可以用餐的時間很短，真是辛苦。

女：還有幾歲以下的小孩不能進入這種餐廳也不行。

男：那這家店如何？可以帶小孩進入，也可以悠閒地吃飯。

女：有兒童餐嗎？

男：嗯，有是有，但是沒有兒童座位，也沒有兒童椅。

女：哇，那就不行。我們家小孩還很小，查查其他店家吧。

男：說得也是，就這麼辦。

兩個人為什麼要查詢其他店家？

1 因為可以用餐的時間很短
2 因為有規定可以帶小孩來的時間
3 **因為沒有準備小孩可以坐的地方**
4 因為沒有小孩可以吃的料理

解說 雖然男子提到的店家可以帶小孩進入，也可以悠閒用餐，還有提供兒童餐，但缺少兒童座位和兒童椅。所以兩個人覺得不適合。因此答案是選項 3。

詞彙 **連れて行く** 帶去｜**だめだ** 不行｜**無理** 沒辦法｜**子供席** 兒童座位｜**子供用** 兒童使用｜**決まる** 決定、規定｜**座る** 坐｜**準備** 準備

2ばん Track 2-2-02

女の人と男の人が話しています。男の人は店の前で並ぶことについてどう思っていますか。

女：林さんは、会社の前に新しくできたラーメン屋に行ってみましたか。

男：あ、うわさの店ですね。

女：ええ、昼休みはいつも長い列ができているんですよ。

男：え、私は待つのが苦手なんです。日本人はとにかく並ぶのが好きだけど、おいしいから並ぶのか、人が並んでいるから並ぶのか、わかりません。

女：でも、どうして並んでいるのか、やっぱり食べてみたくなりませんか。

男：どうかな。でも、待たなくてもおいしい店、ありますからね。

女：でも、友だちとわいわい話しながら待つのも楽しいと思いますよ。

男：そうでしょうかね。

男の人は店の前で並ぶことについてどう思っていますか。

1　店の前で長い列を作らないおいしい店もある
2　どうして並ぶのか、その理由が知りたい
3　店の前で人が並ぶのはよくない
4　友だちと話しながら待つのは好きではない

第2題

女子和男子正在交談。男子對於在店家前排隊的情況有什麼看法？

女：林先生，你有去公司前面新開的拉麵店嘗試過嗎？

男：啊，那家傳聞中的店對吧。

女：對啊，午休時總是大排長龍的。

男：嗯，我很怕排隊。日本人喜歡排隊，但我不知道他們是因為好吃而排，還是因為人們在排隊而排的。

女：但是，你不會想說為什麼要排隊嗎？果然還是會想吃看看吧？

男：怎麼說呢。但還是有一些不用等待又很美味的店。

女：不過，我覺得和朋友一邊喧鬧地聊天一邊等待也很有趣。

男：是嗎？

男子對於在店家前排隊的情況有什麼看法？

1　有些美味的店不需要在店家前面大排長龍
2　想知道為什麼要排隊的原因
3　在店前面排隊並不好
4　不喜歡和朋友一邊聊天一邊等待

解說　男子不知道為什麼日本人喜歡排隊，也不想知道原因。同時他認為有些店家不需要等待又很美味。所以答案是選項 1。

詞彙　うわさ 傳聞｜列 隊伍｜苦手だ 不擅長｜とにかく 總之｜並ぶ 排｜やっぱり 果然還是｜わいわい 大聲吵鬧

3ばん Track 2-2-03

女の人と男の人が話しています。男の人はどうして週末、外食をしますか。

女：最近、仕事が多くて毎日疲れているから、週末も料理を作るのが面倒くさくなるんですよ。

男：そうですか。僕も週末はほとんど外食です。

女：やっぱり、みんな同じですね。

男：でも、僕の場合はただ料理を作るのがいやっていうより、何か考えたいことがある時とかゆっくりしていたいと思った時に出かけますね。

女：店で考えごとをするんですか。

男：ええ、家で料理を作ると思ったより時間がかかるので、週末ぐらいは店でゆっくりしていたいんです。

女：あ、そうなんですね。

男の人はどうして週末、外食をしますか。

1 料理を作るのは思ったよりお金がかかるから
2 週末はいろいろ考えたり、ゆっくりとした時間をすごしたいから
3 仕事で疲れて料理を作るのが嫌になったから
4 毎日仕事で疲れているから

第 3 題

女子和男子正在交談。男子為什麼週末要外食？

女：最近工作很多每天都很累，所以連週末做飯都覺得好麻煩喔。

男：是嗎？我週末幾乎都外食。

女：果然大家都一樣啊。

男：不過，我並不只是討厭做飯，而是當我想要思考一些事情，或是想要悠閒度過時就會外出。

女：你是在餐廳思考事情嗎？

男：對，因為在家做飯比我想像中花時間，所以週末的時候我想在餐廳悠閒度過。

女：啊，原來如此。

男子為什麼週末要外食？

1 因為做飯比想像中更花錢
2 **因為週末想要思考許多事情，或是想要悠閒地度過時間**
3 因為工作很累討厭做飯
4 因為每天工作很累

解說 男子認為做飯比想像中花時間，而且並不是討厭做飯，而是當他想要思考事情或想要悠閒度過時，就會外出用餐，所以答案是選項 2。

詞彙 外食 外食｜疲れる 疲累｜週末 週末｜面倒くさい 麻煩｜同じだ 相同｜場合 情況｜ただ 只是｜考える 思考｜思ったより 比想像中｜過ごす 度過

4ばん Track 2-2-04

女の人と男の人が話しています。女の人はどうしてよく連絡しますか。

女：おはよう。起きてる？ 今日は２時までに新宿駅に集まるんだよ。

男：わかってるよ。昨日もケータイでメールを送ってきたじゃないか。この前だって「もう電車に乗った？」とか「私は５時に着く予定だよ」とか、よく連絡してきてたけど、約束があるたびにちょっと連絡のしすぎじゃない。

女：健太君はよく連絡しないと駄目なのよ。

男：どうして。

女：だって、いつも約束の時間に遅れても「友だちだから、いいじゃないか」とか言うじゃない。ちょっと時間にルーズだなと思って。

男：それで、それを直したいと思って？

女：まあね。

女の人はどうしてよく連絡しますか。

1　健太君には何でも教えたいから
2　約束があるのを忘れているから
3　健太君は人から時間にルーズだと言われているから
4　時間にルーズなところを直してもらいたいから

第４題

女子和男子正在交談。為什麼女子頻繁聯繫？

女：早安。起床了嗎？今天２點之前在新宿車站集合唷。

男：我知道。昨天不是也用手機發郵件過來嗎？上次也頻繁聯繫，傳了「已經搭電車了嗎」或是「我預定５點到」之類的訊息來，每次有約會的時候，妳都聯繫得太頻繁了吧？

女：健太如果不頻繁聯繫的話不行。

男：為什麼？

女：因為你即使遲到也總是說「我們是朋友啦，沒關係」之類的話。我覺得有點不守時。

男：所以你想要改掉這個情況？

女：也可以這麼說。

為什麼女子頻繁聯繫？

1　因為什麼都想告訴健太
2　因為忘記有約定
3　因為健太被大家說不守時
4　**因為想修正健太不守時的習慣**

解說　男子經常遲到，但他並非忘了約定，也從來沒有被人說過「不守時」。主要是女子想幫助男子改掉不守時的習慣，所以答案是選項４。

詞彙　集まる 集合｜この前 上次｜着く 到達｜予定 預定｜約束 約定｜～たびに 每次｜だって 因為｜遅れる 遲到｜ルーズだ 散漫｜直す 修正｜教える 告訴

5ばん Track 2-2-05

男の人と女の人が話しています。女の人がお酒を飲む理由は何ですか。

男：あ～、頭、痛い。

女：どうしたんですか。

男：昨日、取引先とお酒を飲んで、つい飲みすぎてしまったんですよ。

女：会社生活も大変ですね。

男：エリカさんは、お酒、飲めますか？

女：もちろんですよ。私は家に帰って飲むんです。

男：へ～え。

女：家で飲むと、今日も無事に仕事が終わったな、やっと自分だけの時間になったなって感じがして。特にレモンの香りのビールを飲んだらリラックスできるんです。

男：あ、そうなんですね。

女の人がお酒を飲む理由は何ですか。

1　会社生活は疲れるから
2　香りがするビールが好きだから
3　一人の時間をもって休みたいから
4　夜は一人になりたいから

第 5 題

男子和女子正在交談。女子喝酒的理由是什麼？

男：啊～，頭好痛。

女：怎麼回事呢？

男：昨天和客戶喝酒，不知不覺地就喝太多了。

女：公司生活也太辛苦了。

男：惠理佳小姐會喝酒嗎？

女：當然囉。我會回家喝。

男：什麼？

女：在家喝的話，感覺今天工作也平安結束了，終於有屬於自己的時間了。特別是喝著帶有檸檬香味的啤酒，就能放輕鬆。

男：啊，原來如此。

女子喝酒的理由是什麼？

1　因為公司生活太累
2　因為喜歡帶有香氣的啤酒
3　因為想要有獨處的時間休息
4　因為夜晚想要獨自一人

解說　女子認為在家喝酒後，就會覺得自己順利完成工作，並擁有自己的時間，特別是喝到帶有檸檬香味的啤酒時，就能放輕鬆。所以答案是選項 3。

詞彙　取引先　客戶｜飲みすぎる　喝太多｜生活　生活｜無事に　平安｜やっと　終於｜香りがする　有香味

6ばん Track 2-2-06

女の人と男の人が話しています。男の人が結婚を決めた理由は何ですか。

女：川口さん、来月結婚するそうですね。おめでとうございます。

男：ありがとうございます。

女：確か彼女と付き合った期間はそんなに長くないんですよね。

男：そうですね。付き合いはじめて、7ヶ月になります。

女：へえ、7ヶ月で結婚を決めたんですね。何かきっかけでもあるんですか。

男：まあ、もちろん彼女が大切だから結婚するんですが、僕ももう35歳になったじゃないですか。友だちもほとんど結婚してしまったし、僕もそろそろかなと思って。

女：あ、そうなんですか。

男の人が結婚を決めた理由は何ですか。

1　付き合った期間が短いから
2　周りの友だちから影響を受けたから
3　自分の年が30歳になったから
4　周りの友だちがみんな結婚してしまったから

第 6 題

女子和男子正在交談。男子決定結婚的理由是什麼？

女：川口先生，聽說你下個月要結婚，恭喜你。

男：謝謝。

女：我記得你跟你女友交往期間沒那麼長對吧？

男：對啊。開始交往才 7 個月。

女：什麼？交往 7 個月就決定結婚了。是有什麼契機嗎？

男：嗯，當然是因為女友對我來說很重要才結婚的，但我不是已經 35 歲了嗎？朋友也幾乎都結婚了，我覺得我也差不多該結婚了。

女：啊，是這樣啊。

男子決定結婚的理由是什麼？

1　因為交往期間很短
2　因為受到周遭朋友的影響
3　因為自己 30 歲了
4　因為周遭的朋友大家都結婚了

正確答案 在男子最後一次的對話中，他提到自己現在已經 35 歲了，而且朋友也幾乎都結婚了，所以他也開始覺得自己差不多該結婚了。因此答案是選項 2。

詞彙 結婚 結婚｜決める 決定｜理由 理由｜おめでとうございます 恭喜｜確か 我記得、好像｜付き合う 交往｜期間 期間｜そんなに 那麼｜きっかけ 契機｜歳 ～歲｜ほとんど 幾乎｜そろそろ 差不多｜短い 短的｜影響を受ける 受到影響

7ばん Track 2-2-07

男の人と女の人が話しています。男の人はどうして引っ越しますか。

女：何を見ているんですか。

男：引っ越そうと思って、ちょっと不動産サイトを見ているんですよ。

女：どうしてですか？ 今、住んでいるアパートは家賃も安いほうで、駅からも近いって言ってたじゃないですか。

男：はい、それはいいんですけど。夜、眠れないんですよ。特に夏は。

女：えっ？ どうしてですか。

男：となりの部屋の掃除機や洗濯機の音はもちろん、夜遅く酒を飲んで騒いだりする音も全部聞こえてくるんですよ。特に夏はずっと窓も開けているから、もう我慢できなくて…。

女：それは大変ですね。

男の人はどうして引っ越しますか。

1　となりの人が毎日洗濯をするから

2　となりの人が夏、窓を開けておくから

3　となりの人がよくお酒を飲むから

4　となりのうるさい音が全部聞こえるから

第 7 題

男子和女子正在交談。男子為什麼搬家？

女：你在看什麼呢？

男：我打算搬家，看一下不動產的網站。

女：為什麼呢？你不是說現在住的公寓房租算便宜，又離車站很近嗎？

男：是的，那樣是沒問題，但是晚上我睡不著，尤其是夏天。

女：ㄟ？為什麼呢？

男：隔壁房間的吸塵器和洗衣機的聲音就不用說了，深夜喝酒吵鬧的聲音也全都聽得到。尤其是夏天一直開著窗戶，所以我已經受不了了……

女：那真的很糟糕。

男子為什麼搬家？

1　因為鄰居每天洗衣服

2　因為鄰居夏天會開窗戶

3　因為鄰居經常喝酒

4　**因為隔壁的吵雜聲音全都聽得到**

解說　對話中並沒有提到鄰居每天洗衣服或經常喝酒的情況，男子決定搬家的主要原因是會聽到隔壁房間的所有噪音，因此答案是選項 4。

詞彙　引っ越す 搬家 | 不動産 不動產 | 住む 居住 | 家賃 房租 | 眠る 睡覺 | 掃除機 吸塵器 | 洗濯機 洗衣機 | 音 聲音 | 騒ぐ 吵鬧 | ずっと 一直 | 我慢 忍受

問題3　請看圖片並聆聽問題：箭頭（➔）指向的人應該說什麼呢？請從選項1～3中選出最適當的答案。

れい Track 2-3

友(とも)だちにプレゼントをもらいました。何(なん)と言(い)いますか。

男：1　おひさしぶり。

　　2　ありがとう。

　　3　元気(げんき)だった？

例

收到朋友送的禮物。應該說什麼？

男：1　好久不見。

　　2　謝謝。

　　3　你好嗎？

解說　收到別人的禮物時，適當的做法就是表達謝意。所以答案是選項2。

詞彙　プレゼント 禮物｜もらう 收到

1ばん Track 2-3-01

お見舞(みま)いに行(い)って帰(かえ)ります。何(なん)と言(い)いますか。

女：1　お先(さき)に失礼(しつれい)します。

　　2　お大事(だいじ)に。

　　3　おじゃましました。

第1題

去探病後要回去。應該說什麼？

女：1　我先告辭了。

　　2　好好保重。

　　3　打擾了。

解說　「お大事(だいじ)に（好好保重）」是探望病人後要告別時所使用的寒暄用語，所以答案是選項2。

詞彙　お見舞(みま)い 探病｜お先(さき)に 先｜失礼(しつれい)します 告辭｜おじゃまします 打擾了

2ばん Track 2-3-02

女(おんな)の人(ひと)が荷物(にもつ)を運(はこ)んでいます。何(なん)と言(い)いますか。

男：1　お手伝(てつだ)いしましょうか。

　　2　持(も)ってくれましょうか。

　　3　運(はこ)んでいきましょうか。

第2題

女子正在搬行李。應該說什麼？

男：1　需要幫忙嗎？

　　2　無此說法。

　　3　我搬去吧。

解說　「お＋動詞ます形（去ます）＋する」是謙讓語用法，而「お手伝(てつだ)いしましょうか」則是禮貌的表達方式，意思是「需要幫忙嗎？」。

詞彙　荷物(にもつ) 行李｜運(はこ)ぶ 搬運｜手伝(てつだ)う 幫忙

3ばん Track 2-3-03

お礼を言われました。何と言いますか。

男：1　いいえ、どういたしまして。

2　いいえ、それはいいです。

3　そんなことは言わなくてもいいです。

第 3 題

被對方道謝後。應該說什麼？

男：1　不會，不客氣。

2　不會，這樣就好。

3　不需要說那些。

解說　當對方對你說「謝謝」時，回應「いいえ、どういたしまして（不會，不客氣）」是較適當的表達。

詞彙　お礼を言う 道謝、致謝

4ばん Track 2-3-04

来月で会社を辞めたいです。何と言いますか。

女：1　来月で会社を辞めていただきたいです。

2　来月で会社を辞められていただけないでしょうか。

3　来月で会社を辞めさせていただきたいんですが。

第 4 題

下個月想辭職。應該說什麼？

女：1　希望你下個月辭職。

2　你能讓我在下個月辭職嗎？

3　我想在下個月辭職。

解說　「～（さ）せていただく」是「請讓我～」的意思，所以「会社を辞めさせていただきたいんですが」就是「我希望你讓我辭職」，換句話說就是要表達「我想辭職」的意思。

詞彙　辞める 辭職

5ばん Track 2-3-05

テレビの音が大きいです。何と言いますか。

女：1　あのう、すみませんが、テレビを小さくしてもらいたいんですが。

2　あのう、すみませんが、音を小さくしてほしいですが。

3　あのう、すみませんが、声を小さくしてくれますか。

第 5 題

電視聲音很大。應該說什麼？

女：1　不好意思，希望你把電視改小一點。

2　不好意思，希望你把電視聲音關小一點。

3　不好意思，你願意幫我把聲音用小一點嗎？

解說　「～てほしい」和「～てもらいたい」是希望他人進行某種行動的說法，這裡是要求對方降低電視音量，因此答案是選項 2。

詞彙　音 聲音（指非生物所發出的聲音）｜大きい 大的｜小さく 小｜声 聲音（指生物所發出的聲音）

問題 4　在問題 4 中沒有圖片內容。請在聆聽內容後，從選項 1 ～ 3 中選出最適當的答案。

れい Track 2-4

男：今日のお昼はなににする？

女：1　なんでもいいわよ。

　　2　今日はどこへも行かないよ。

　　3　昼からお酒はちょっと…。

例

男：今天午餐要吃什麼？

女：1　什麼都可以。

　　2　今天哪裡都不去喔。

　　3　中午喝酒有點……

解說　這是詢問午餐選擇的問題，因此較適當的回應是選項 1。

詞彙　お昼 午餐｜何でも 什麼都｜昼 中午

1ばん Track 2-4-01

女：すみません。このはさみ、借りてもいいですか。

男：1　ええ、どうも。

　　2　どうも、もちろんです。

　　3　すみません。今、使っているので…。

第 1 題

女：不好意思，這把剪刀可以借我嗎？

男：1　好的，謝謝。

　　2　謝謝，當然可以。

　　3　不好意思。我現在正在使用，所以……

解說　當對方要借用東西而自己正在使用時，選項 3 才是正確的回應。如果可以借給對方時，就要將選項 1 和選項 2 的「どうも」改成「どうぞ（請用）」。

詞彙　はさみ 剪刀｜借りる 借（入）｜どうも 謝謝｜もちろん 當然

2ばん Track 2-4-02

男：夏休みは何をする予定ですか。

女：1　そうですね。まだ決めなかったですね。

　　2　もう計画を立てました。

　　3　家族でハワイに行くことにしました。

第 2 題

男：暑假預定做什麼？

女：1　嗯，還沒有決定耶。

　　2　已經制定計畫了。

　　3　決定全家人一起去夏威夷。

解說　選項 1 看似是正確答案，但較自然的說法應該是「まだ、決めてないんです（我還沒有決定）」。

詞彙　予定 預定｜決める 決定｜計画を立てる 制定計畫｜～ことにする 決定做～

3ばん Track 2-4-03

男：お仕事は何をされていますか。

女：1　仕事はまだされていませんね。

2　私はまだ学生です。

3　銀行員をなさっています。

第 3 題

男：您是做什麼工作？

女：1　我還沒有開始工作。

2　我還是學生。

3　我是銀行職員。

解說　「される」是表示尊敬的表達方式，回應自己的狀況時不應該使用「される」。「なさる」則是「する（做）」的尊敬語，也不能用來表達自己的情況。所以選項 1 和選項 3 都是錯誤答案。

詞彙　銀行員 銀行職員｜なさる「する（做）」的尊敬語

4ばん Track 2-4-04

女：さいふは見つかりましたか。

男：1　なかなか探せないんですね。

2　自分も見つけたいんですよ。

3　いいえ、どこかに忘れたみたいです。

第 4 題

女：找到錢包了嗎？

男：1　很難找到。

2　我自己也想找到。

3　不，我好像忘在某處。

解說　問題是詢問「找到錢包了嗎」，所以回應「どこかに忘れたみたいです（好像忘在某處）」是正確且自然的表達。選項 1 則應該改成「なかなか見つからないんですね（一直找不到）」較為適當。

詞彙　見つかる 能找出、找到｜なかなか 相當｜探す 尋找｜見つける 找到｜忘れる 忘記

5ばん Track 2-4-05

女：雨、降りそうですね。

男：1　そうですね。今にも降るそうですね。

2　そうですね。早く帰りましょう。

3　私も天気予報で聞きました。

第 5 題

女：好像要下雨了。

男：1　對耶，聽說馬上要下了。

2　對耶，我們快點回家吧。

3　我也在天氣預報中聽說了。

解說　由於女子表示「好像要下雨了」，所以男子提議盡快回家是較自然的表達。而選項 1 則要將「降るそうですね」改成「降りそうですね（好像會下雨的樣子）」才正確。

詞彙　今にも 馬上、眼看｜天気予報 天氣預報

6ばん Track 2-4-06

男：野村さんは誰に似ていますか。

女：1　いいえ、誰にも似ませんでした。

2　そうですね。今はわかりませんね。

3　**私は父にそっくりですよ。**

第6題

男：野村小姐長得像誰呢？

女：1　不，我誰都不像。

2　是的，我現在不知道。

3　**我很像我父親。**

解說 如果知道「そっくり（一模一樣、極像）」這個詞彙，就能回答出正確答案。這是詢問長得像誰的問題，所以回應自己像父親是較自然的表達。

詞彙 似る 相像｜～にそっくりだ 和～一模一樣、極像～

7ばん Track 2-4-07

男：お名前は何ですか。

女：1　**木村ともうします。**

2　木村でいらしゃいます。

3　木村とおっしゃいます。

第7題

男：請問您叫什麼名字？

女：1　**我叫做木村。**

2　我是木村。

3　尊稱木村。

解說 這個問題需要熟知尊敬語和謙讓語的用法。對方詢問自己的名字時，回應「～～と申します」才是正確的表達。

詞彙 申す「言う（叫做、說）」的謙讓語｜でいらっしゃる「です」的尊敬說法｜おっしゃる「言う（叫做、說）」的尊敬語

8ばん Track 2-4-08

女：その色、野口さんに似合いますね。

男：1　**ありがとうございます。**

2　色が合わなくてすみません。

3　え？そんなにあいますか。

第8題

女：這個顏色很適合野口先生。

男：1　**謝謝。**

2　顏色不適合，很抱歉。

3　什麼？有這麼適合嗎？

解說 對方表示顏色很適合自己，所以回答「謝謝」是最正確的表達。

詞彙 色 顏色｜似合う 適合、相配｜合う 適合

我的分數？

共　　　題正確

若是分數差強人意也別太失望，看看解說再次確認後重新解題，如此一來便能慢慢累積實力。

JLPT N4 第3回 實戰模擬試題解答

第 1 節 言語知識〈文字・語彙〉

問題 1 1 3 2 1 3 4 4 1 5 2 6 1 7 3 8 4 9 1

問題 2 10 2 11 3 12 1 13 3 14 3 15 1

問題 3 16 4 17 2 18 1 19 4 20 3 21 3 22 4 23 2 24 1
25 3

問題 4 26 2 27 2 28 4 29 1 30 2

問題 5 31 2 32 1 33 3 34 2 35 3

第 2 節 言語知識〈文法〉

問題 1 1 2 2 4 3 3 4 2 5 1 6 1 7 3 8 3 9 2
10 3 11 1 12 4 13 4 14 2 15 2

問題 2 16 2 17 4 18 4 19 2 20 3

問題 3 21 3 22 4 23 2 24 1 25 2

第 2 節 讀解

問題 4 26 3 27 4 28 3 29 1

問題 5 30 4 31 1 32 3 33 2

問題 6 34 2 35 4

第 3 節 聽解

問題 1 1 1 2 4 3 2 4 4 5 4 6 2 7 3 8 1

問題 2 1 1 2 4 3 4 4 2 5 1 6 4 7 3

問題 3 1 2 2 1 3 3 4 2 5 1

問題 4 1 1 2 2 3 3 4 2 5 2 6 3 7 3 8 1

第3回 實戰模擬試題 解析

第1節 言語知識〈文字・語彙〉

問題 1　請從 1、2、3、4 中選出 ______ 這個詞彙最正確的讀法。

1　こどもから　おとなまで　たのしめる、ほんとうに　すてきな　音楽会に　なりました。

1　おんかくかい　　2　おんかっかい　　3　おんがくかい　　4　おんがっかい

成為了從小孩到大人都能享受，真的很美妙的**音樂會**。

詞彙 楽しむ（たの）享受、欣賞 | 素敵だ（すてき）絕妙、極好 | 音楽会（おんがくかい）音樂會

＋「楽」這個漢字有兩種讀音，一種是「がく」，例如「音楽（おんがく）（音樂）」，另一種則是「らく」，例如「気楽だ（きらく）（輕鬆）」。

2　そふは　さいきん、こしから　背中まで　いたいと　いって　います。

1　せなか　　2　ぜなか　　3　せちゅう　　4　せじゅう

祖父說最近從腰到**背部**都很痛。

詞彙 祖父（そふ）祖父 | 腰（こし）腰 | 背中（せなか）背部

＋背景（はいけい）背景

3　にんげんは、道具を　つかう　どうぶつで　あると　よく　いわれます。

1　とうく　　2　どうく　　3　とうぐ　　4　どうぐ

人類常被稱為使用**道具**的動物。

詞彙 人間（にんげん）人類 | 道具（どうぐ）道具 | 使う（つか）使用 | 動物（どうぶつ）動物

＋家具（かぐ）家具

4　きょうは　わたしの　特別な　ひです。

1　とくべつ　　2　とぐへつ　　3　どくべつ　　4　とぐべつ

今天是我的**特別**日子。

詞彙 特別（とくべつ）特別

＋特有（とくゆう）特有 | 特集（とくしゅう）特輯

5 インドで　IT産業が　はったつした　りゆうは　なんでしょうか。

1　ざんぎょう　2　さんぎょう　3　ざんきょう　4　さんきょう

IT 產業在印度發展起來的理由是什麼？

詞彙 インド 印度｜産業(さんぎょう) 產業｜発達(はったつ) 發展｜理由(りゆう) 理由

＋産地(さんち) 產地

6 わたしは　にほんの　文化に　きょうみが　あります。

1　ぶんか　2　ふんか　3　ぶか　4　ふか

我對日本文化有興趣。

詞彙 文化(ぶんか) 文化｜興味(きょうみ)がある 有興趣

＋文学(ぶんがく) 文學｜文法(ぶんぽう) 文法

7 この　ひこうきは　9時(じ)30分(ぷん)に　とうきょうに　とうちゃくする　予定だ。

1　ようてい　2　ようて　3　よてい　4　よて

這架飛機預定在 9 點 30 分抵達東京。

詞彙 飛行機(ひこうき) 飛機｜到着(とうちゃく) 抵達｜予定(よてい) 預定

＋出発(しゅっぱつ) 出發

8 あかちゃんは　動く　いぬの　おもちゃを　見(み)て　ないて　いる。

1　はたらく　2　あるく　3　なく　4　うごく

嬰兒看到會動的狗玩具哭了。

詞彙 赤(あか)ちゃん 嬰兒｜動(うご)く 動、移動｜おもちゃ 玩具｜泣(な)く 哭泣｜働(はたら)く 工作｜歩(ある)く 走路

9 せいかくが　明るい　人(ひと)が　好(す)きです。

1　あかるい　2　きんるい　3　かるい　4　まるい

我喜歡個性開朗的人。

詞彙 性格(せいかく) 個性｜明(あか)るい 開朗的｜軽(かる)い 輕的｜丸(まる)い 圓的

＋明確(めいかく) 明確

問題 2　請從 1、2、3、4 中選出最適合＿＿＿＿的漢字。

10　高校(こうこう)じだいに　もどりたいと　思(おも)う　ことは　ありますか。

1　時大　　2　時代　　3　辞大　　4　辞代

你是否想要回到高中時代？

詞彙　時代(じだい) 時代｜戻(もど)る 返回、回到

＋時期(じき) 時期｜当時(とうじ) 當時

11　ふくしゅうと　よしゅうでは、どちらが　だいじだと　思(おも)いますか。

1　大変　　2　大切　　3　大事　　4　大体

複習跟預習，你認為哪個更重要？

詞彙　復習(ふくしゅう) 複習｜予習(よしゅう) 預息｜大事(だいじ)だ 重要｜大変(たいへん)だ 辛苦｜大切(たいせつ)だ 重要｜大体(だいたい) 大致

＋事件(じけん) 事件｜事故(じこ) 事故｜無事(ぶじ) 平安｜家事(かじ) 家事

12　今日(きょう)は　いそぐ　ようじも　ないので、ゆっくり　あるいて　帰(かえ)りましょう。

1　用事　　2　要事　　3　容事　　4　用時

今天也沒什麼著急的事情，所以慢慢走路回去吧。

詞彙　急(いそ)ぐ 趕緊、著急｜用事(ようじ) 事情｜ゆっくり 慢慢地

＋使用(しよう) 使用｜信用(しんよう) 信用｜用意(ようい) 準備

13　大学(だいがく)の　とき、友(とも)だちと　もりで　キャンプした　ことが　ある。

1　林　　2　樹　　3　森　　4　木

大學時曾經和朋友在森林露營過。

詞彙　森(もり) 森林｜キャンプ 露營｜林(はやし) 樹林｜樹(き) 樹木｜木(き) 木頭

14　わたしの　へやには　せかい　ちずが　はって　あります。

1　比図　　2　比区　　3　地図　　4　地区

我房間裡貼著世界地圖。

詞彙　部屋(へや) 房間｜世界地図(せかいちず) 世界地圖｜張(は)る 貼｜地区(ちく) 地區

＋地下(ちか) 地下｜地域(ちいき) 地域｜地球(ちきゅう) 地球

15 おなかが　すいて　<u>ゆうはんを</u>　たくさん　食べて　しまった。

1　夕飯　　2　夕館　　3　夕食　　4　夕飲

肚子餓了，<u>晚餐</u>吃了很多。

詞彙 お腹が空く 肚子餓｜夕飯 晚餐｜夕食 晚餐
＋夕方 傍晚

問題 3　請從 1、2、3、4 中選出最適合填入（　　　）的選項。

16 ことしから　日記を（　　　）しゅうかんを　みに　つけようと　思って　います。

1　かける　　2　こめる　　3　つくる　　4　つける

打算從今年開始養成寫日記的習慣。

詞彙 日記をつける 寫日記｜習慣 習慣｜身につける 養成

17 しゃかいの（　　　）は　ちゃんと　まもりましょう。

1　スケジュール　　2　ルール　　3　バイト　　4　イベント

好好遵守社會規則吧。

詞彙 社会 社會｜ルール 規則｜ちゃんと 好好地｜守る 遵守｜スケジュール 行程｜バイト 打工｜イベント 活動

18 ながい　あいだ、お（　　　）に　なりました。

1　せわ　　2　めんどう　　3　じゃま　　4　ねがい

長久以來承蒙您照顧了。

詞彙 お世話になりました 承蒙照顧｜めんどうだ 照料｜じゃま 打擾｜願い ① 願望 ② 請求

19 すみません。くつした（　　　）は　なんがいですか。

1　ばいてん　　2　うけつけ　　3　うんどうじょう　　4　うりば

不好意思，襪子賣場在幾樓？

詞彙 くつした 襪子｜売り場 賣場｜売店 小賣店｜受付 櫃檯｜運動場 運動場

20 ここに　車を（　　　　）ください。

1　とまらないで　　2　のらないで　　3　とめないで　　4　もたないで

請不要在這裡停車。

詞彙 車を止める 停車｜車が止まる 車停下來

✚「車を」後面要加他動詞「止める」。

21 わたしは　いつも　ねる　まえに　シャワーを（　　　　）。

1　つつみます　　2　ひえます　　3　あびます　　4　つたえます

我總是在睡覺前淋浴。

詞彙 シャワーを浴びる 淋浴｜包む 包上｜冷える 變冷｜伝える 傳達

22 あさ（　　　　）を　して、じゅぎょうに　おくれて　しまった。

1　よやく　　2　ほんやく　　3　かぜ　　4　ねぼう

早上睡過頭，上課遲到了。

詞彙 朝寝坊をする 早上睡過頭｜授業 上課｜遅れる 遲到｜予約 預約｜翻訳 翻譯｜風邪 感冒

23 この　しょるいを　きむらさんに（　　　　）ください。

1　かんがえて　　2　わたして　　3　おしえて　　4　みつかって

請將這份資料交給木村先生。

詞彙 書類 資料｜渡す 交付｜考える 思考｜教える 教｜見つかる 找到、能找出

24 よしださんが　こんなに　はやく　おきるなんて（　　　　）ですね。

1　めずらしい　　2　やわらかい　　3　はずかしい　　4　かなしい

吉田先生這麼早起真是稀奇。

詞彙 こんなに 這麼｜早く 早｜なんて 表示驚訝｜珍しい 稀奇、罕見｜柔らかい 柔軟的｜恥ずかしい 羞恥的｜悲しい 悲傷的

25 この　川(かわ)は（　　　）ですから、きを　つけて　ください。

1　あおい　　2　くろい　　3　ふかい　　4　おそい

因為這條河川很深，所以請小心。

詞彙　川(かわ) 河川 | 深(ふか)い 深的 | 気(き)をつける 小心、注意 | 青(あお)い 藍的 | 黒(くろ)い 黑的 | 遅(おそ)い 慢的

問題 4　請從 1、2、3、4 中選出與＿＿＿＿意思最接近的選項。

26 ちゅうごくごは　ほとんど　わすれて　しまいました。

1　ちゅうごくごは　まだ　おぼえて　います。
2　ちゅうごくごは　あまり　おぼえて　いません。
3　ちゅうごくごは　よく　おぼえて　います。
4　ちゅうごくごは　ぜんぜん　おぼえて　いません。

中文幾乎忘記了。

1　中文仍記住。
2　**中文不太記得。**
3　中文記得很清楚。
4　中文完全記不住。

解說　「ほとんど忘(わす)れてしまいました」是「幾乎忘記了」的意思，所以答案是選項 2。

詞彙　ほとんど 幾乎 | あまり 不太 | 覚(おぼ)える 記住 | まだ 還、仍舊 | よく 好、經常 | 全然(ぜんぜん) 完全

27 この　しょくどうは　いつも　すいて　いますね。

1　この　しょくどうは　きゃくが　おおぜい　いますね。
2　この　しょくどうは　きゃくが　すくないですね。
3　この　しょくどうは　てんいんが　あまり　いませんね。
4　この　しょくどうは　てんいんが　とても　しんせつですね。

這家餐館總是空蕩蕩的。

1　這家餐館客人很多。
2　**這家餐館客人不多。**
3　這家餐館店員不太多。
4　這家餐館店員很親切。

解說　「空(す)いています」在這裡是指「空蕩蕩的」的意思，所以答案是選項 2。

詞彙　食堂(しょくどう) 餐館 | 空(す)く 空蕩蕩 | 客(きゃく) 客人 | 少(すく)ない 不多 | 大勢(おおぜい) 很多人

28 だれも　いなくて　びっくり　しました。

1　ひとが　いて　あんしんしました。

2　ひとが　おおくて　がっかりしました。

3　ひとが　すくなくて　しんぱいしました。

4　ひとが　いなくて　おどろきました。

誰都不在，我嚇了一跳。

1　因為有人在，所以感到安心。

2　因為人很多，所以感到失望。

3　因為人不多，所以很擔心。

4　因為沒有人，所以很吃驚。

解說　「びっくりする」的同義詞是「驚く」。所以答案是選項4。

詞彙　びっくりする 嚇一跳｜驚く 吃驚｜安心 安心｜多い 多的｜がっかりする 失望｜少ない 不多｜心配 擔心

29 母は　今　るすです。

1　母は　今　でかけて　います。

2　母は　今　家に　います。

3　母は　今　へやに　います。

4　母は　今　はたらいて　います。

媽媽現在不在家。

1　媽媽現在外出了。

2　媽媽現在在家。

3　媽媽現在在房間。

4　媽媽現在在工作。

解說　「留守」的意思是「出門、不在家」。所以答案是選項1。

詞彙　留守 出門、不在家｜出かける 外出｜働く 工作

30 からだが　ひえて　しまいました。

1 外は　あたたかかったです。
2 外は　さむかったです。
3 外は　かぜが　つよかったです。
4 外は　あめが　ひどかったです。

身體變冷了。

1 外面很溫暖。
2 外面很冷。
3 外面的風很強。
4 外面雨下得很大。

解說 「体が冷えてしまいました」的意思是「身體變冷了」，也就意味著「外面的天氣很冷」。所以答案是選項2。

詞彙 体 身體｜冷える 變冷｜外 外面｜寒い 寒冷的｜暖かい 溫暖的｜風 風｜強い 強勁的｜ひどい 厲害

問題5　請從1、2、3、4中選出下列詞彙最適當的使用方法。

31 うけつけ 受理、接受、櫃檯

1 わたしは　ことしから　まいあさ　うけつけを　する　ことに　しました。
2 パソコンが　こわれたので、しゅうり　うけつけを　もうしこみました。
3 けんこうの　ために　もっと　うけつけを　しなければ　なりません。
4 うけつけで　てを　あらって　ください。

1 我決定今年開始每天早上做接待。
2 因為電腦壞了，所以申請了維修受理服務。
3 為了健康，一定要做更多受理。
4 請在櫃檯洗手。

解說 選項1和選項3改成「運動（運動）」較為適當。選項4改成「お手洗い（洗手間）」較為適當。

詞彙 壊れる 壞掉｜修理 修理｜申し込む 申請｜健康 健康｜～ために 為了｜もっと 更加｜手を洗う 洗手

32 はく 穿（下半身衣物、鞋襪類）

1 ぶんかに よっては スカートを はく だんせいも いる そうです。
2 わたしは あさと よる、いちにち 2かい はを はいて います。
3 テーブルの うえの みずを ティッシュで きれいに はきました。
4 かれは すてきな ネクタイを はいて います。

1 根據文化的不同，聽說有些男子也會穿裙子。
2 我早上和晚上，一天穿 2 次牙。
3 用面紙將桌上的水穿乾淨。
4 他穿著很好看的領帶。

解說 選項 2 改成「みがく（刷淨）」較為適當。選項 3 改成「拭く（擦拭）」較為適當。選項 4 改成「しめる（繫）」或「する（穿、戴）」較為適當。

詞彙 文化 文化｜～によっては 根據～有些～會……｜男性 男子｜歯 牙齒｜ティッシュ 面紙｜すてきだ 好看、漂亮

33 よる 順路去、順便去

1 たべものは なにも よって いませんでした。
2 しゅくだいを わすれて せんせいに よられて しまいました。
3 しごとの かえりに しょてんに よく よります。
4 きょうしつの なかでは よらないで ください。

1 食物一點也沒有順路。
2 忘了寫作業，被老師順路。
3 常常在下班回家時順路去書店。
4 請不要在教室裡順路。

解說 選項 1 改成「持つ（擁有）」較為適當。選項 2 改成「叱られる（被責備）」較為適當。選項 4 改成「騒ぐ（吵鬧）」較為適當。

詞彙 帰り 回去｜書店 書店｜宿題 作業｜忘れる 忘記｜教室 教室

34 ごらん 看（尊敬語）

1 その しゃしんは わたしは まだ ごらんした ことが ありません。

2 みなさん、こちらを ごらん ください。

3 これ おいしいですよ、どうぞ ごらん ください。

4 この ほんなら わたしも ごらんに なった ことが ありますよ。

1 那個照片我還沒有看過。

2 各位請看這邊。

3 這個很好吃唷，請看。

4 這本書的話，我也有看過。

解說 選項1改成「見る（看）」較為適當。選項3改成「召し上がる（吃）」較為適當。選項4改成「読む（閱讀）」較為適當。

詞彙 写真 照片

35 わりあい 比較起來、相對而言

1 きのうから わりあい なにも たべて いません。

2 もっと わりあい べんきょうしないと、ごうかくは むずかしいです。

3 しんぱいして いましたが、わりあい やさしい もんだいでした。

4 きょうの しごとは わりあい おわりました。

1 從昨天比較起來，什麼也沒吃

2 不更加比較起來讀書的話，就很難及格。

3 雖然很擔心，但相對而言是簡單的問題。

4 今天的工作比較起來結束了。

解說 這裡的「割合」不是名詞用法，而是副詞用法，即「比較起來、相對而言」的意思。選項2改成「いっしょうけんめいに（拼命）」較為適當。選項4改成「ほとんど（幾乎）」較為適當。

詞彙 心配 擔心｜易しい 簡單的｜問題 問題｜合格 合格｜終わる 結束

第2節 言語知識〈文法〉

問題1　請從1、2、3、4中選出最適合填入下列句子（　　　）的答案。

1　この　工場(こうじょう)では　テレビ（　　　）ラジオ　などが　作(つく)られて　います。

1　と　　2　や　　3　も　　4　が

在這間工廠製造電視或收音機等等產品。

文法重點！ ⊘ AやBなど：A或B等等
⊘「と」的後面不可以加「など（等等）」。

詞彙 工場(こうじょう) 工廠｜など 等等

2　先生(せんせい)に（　　　）うれしかったです。

1　ほめてくれて　　2　ほめてあげて　　3　ほめさせて　　4　ほめられて

被老師讚美很開心。

詞彙 ほめられる 被讚美｜嬉(うれ)しい 開心

3　今度(こんど)の　プロジェクトは、ぜひ　わたし（　　　）やらせて　ください。

1　を　　2　は　　3　に　　4　が

這次的專案請務必讓我來做。

文法重點！ ⊘ 特定的人＋に〜せる：讓〜做〜

詞彙 今度(こんど) 這次｜プロジェクト 專案｜ぜひ 務必

4　わたしの　しゅみは　料理(りょうり)を　する（　　　）です。

1　ところ　　2　こと　　3　もの　　4　だけ

我的興趣是做料理（這件事）。

文法重點！ ⊘ 動詞原形＋こと：〜這件事

詞彙 趣味(しゅみ) 興趣｜料理(りょうり) 料理

5　ここに　お名前と　ご住所を（　　　　）ください

1　おかきに　なって　　　　2　おかき　して

3　おかきに　なさって　　　4　おかき　いたして

請您在這裡寫下您的姓名和地址。

文法重點！ ⊘ お＋動詞ます形（去ます）＋になる：尊敬語用法，抬高對方地位來表達敬意，只用於描述對方的動作。

⊘ お＋動詞ます形（去ます）＋する：謙讓語用法，貶低自己的動作來表達對對方的尊敬。

例 お書きする。（我來）寫。

詞彙 名前 名字｜住所 地址

6　A「これが　わたしの　ろんぶんです。」

B「そうですか、それでは（　　　　）。」

1　よませて　いただきます　　　2　よまさせて　いただきます

3　よまれて　いただきます　　　4　よまされて　いただきます

A「這個是我的論文。」

B「是嗎？那麼請讓我讀。」

文法重點！ ⊘ していただきます：請對方做～

例 読んでいただきます。請對方讀。

⊘～させていただきます：請讓我做～

例 読ませていただきます。請讓我讀

⊘「～もらう」和「いただく」出現時要確認前面是否有動詞。

詞彙 論文 論文

7　A「まどを　開けましょうか。」

B「いいえ、寒いから（　　　　）いいんです。」

1　しめなくても　　2　しめないで　　3　しめたままで　　4　しめても

A「打開窗戶吧。」

B「不用了，因為很冷，就這樣關著就可以了。」

文法重點！ ⊘ 動詞た形＋ままでいいんです：維持～的狀態就可以了

例 ここに置いたままでいいんです。就這樣放著就可以了。

詞彙 窓 窗戶｜開ける 打開｜寒い 寒冷的｜閉める 關上

8 わたしの　部屋は　ここ（　　　　）広く　ない。

1　ばかり　　2　だけ　　3　ほど　　4　ところ

我的房間沒有這裡那麼寬敞。

文法重點！ ⊙ ～ほど～ない：沒有～那麼～

例 私の弟は田中さんほど背が高くありません。我的弟弟沒有田中先生那麼高。

詞彙 部屋 房間｜広い 寬敞

9 今日の　授業は　これで　おわり（　　　　）しましょう。

1　で　　2　に　　3　でも　　4　しか

今天的課程就到這裡結束吧。

文法重點！ ⊙ ～にする：決定做～、選擇做～

例 場所はどこにしましょうか。地點要決定在哪裡呢？

詞彙 授業 上課、課程｜終わりにする 決定結束

10 野村先生の　授業は　ていねいで（　　　　）。

1　分かるようだ　　2　分かるらしい　　3　分かりやすい　　4　分かりにくい

野村老師的課程仔細又容易理解。

文法重點！ ⊙ 動詞ます形（去ます）＋やすい：容易～

例 字が大きくて、見やすいですね。字很大，很容易看。

詞彙 丁寧だ 仔細、有禮貌｜分かる 理解、懂

11 レポートは　今週までに　出す（　　　　）して　ください。

1　ように　　2　みたいに　　3　そうに　　4　はずに

報告請盡量在這週之前提交。

文法重點！ ⊙ 動詞原形＋ようにする：盡量做～

例 最後に出る人が電気を消すようにしてください。最後離開的人請關電燈。

詞彙 出す 提交

12 友だちに（　　　）ゴルフを　始めました。

1　さそわせて　　2　さそわさせて　　3　さそわられて　　4　さそわれて

被朋友**邀請**後開始打高爾夫球。

文法重點！ ⊘ 第一類動詞的被動形：語尾改成あ段＋れる

詞彙 誘う 邀請｜始める 開始

13 この　店の　料理は　おいしいです。（　　　）店員も　しんせつです。

1　それで　　2　しかし　　3　すると　　4　それに

這家店的料理很好吃。**而且**店員也很親切。

文法重點！ ⊘ それに：而且　⊘ それで：因此、所以　⊘ しかし：但是　⊘ すると：於是

詞彙 店員 店員｜親切だ 親切

14 A「かぜを　ひいて　せきも　出るし、鼻水も　出ます。」

B「それは（　　　）。」

1　だいじょうぶですか　　2　いけませんね

3　なりませんね　　4　ごちそうさまでした。

A「我感冒了，有咳嗽，也有流鼻水。」

B「**這樣不太好**。」

文法重點！ ⊘ それはいけませんね：這樣不太好、這樣可不行

⊘ 大丈夫ですか：你還好嗎？　⊘ ごちそうさまでした：謝謝款待

詞彙 風邪を引く 感冒｜せき 咳嗽｜出る 出現（某種現象）｜鼻水 鼻水

15 どんな　お仕事を（　　　）いますか。

1　いたして　　2　なさって　　3　おっしゃって　　4　うかがって

您現在**做**什麼樣的工作？

文法重點！ ⊘ なさる：「する（做）」的尊敬語　⊘ いたす：「する（做）」的謙讓語

⊘ おっしゃる：「言う（說）」的尊敬語

⊘ うかがう：「聞く（詢問）」、「訪ねる（拜訪）」的謙讓語

詞彙 仕事 工作

問題 2　請從 1、2、3、4 中選出最適合填入下列句子＿＿★＿＿中的答案。

16　夏と　冬　＿＿＿　＿＿＿　＿★＿　＿＿＿　好きですか。

1　では　　2　どちら　　3　と　　4　が

夏天和冬天，你比較喜歡哪一個？

正確答案　夏と冬とではどちらが好きですか。

文法重點！　⊘ A と B とではどちらが～ですか：A 和 B，哪一個比較～？

例 名古屋と大阪とでは、どちらが大きいですか。名古屋和大阪，哪一個比較大？

詞彙　夏 夏天｜冬 冬天｜どちら 哪一個｜好きだ 喜歡

17　A「田中さん、いつ　東京に　来ましたか。」

B「じつは、＿＿＿　＿＿＿　＿★＿　＿＿＿　です。」

1　着いた　　2　なん　　3　けさ　　4　ばかり

A「田中先生，你什麼時候來東京的？」

B「其實我今天早上剛剛抵達。」

正確答案　実は、今朝着いたばかりなんです。

文法重點！　⊘ 動詞た形＋ばかりだ：剛剛做～

例 生まれたばかりの赤ちゃん　剛出生的嬰兒

詞彙　実は 其實、老實說｜今朝 今天早上｜着く 抵達

18　A「レポートの　しめきりは　いつですか。」

B「今週の　金曜日　＿＿＿　＿＿＿　＿★＿　＿＿＿　出して　ください。」

1　かならず　　2　に　　3　まで　　4　は

A「報告的截止日是什麼時候？」

B「請務必在這週的星期五之前提交。」

正確答案　今週の金曜日までにはかならず出してください。

文法重點！　⊘ ～までには：在～之前

例 この仕事を来月までには終わらせないといけません。

一定要在下個月之前完成這個工作。

詞彙　しめきり 截止

19 いくら ＿＿ ＿★＿ ＿＿ ＿＿ も いる ようだ。

1 人　　2 食べても　　3 たくさん　　4 ふとらない

似乎有些人不管吃多少也不會變胖。

正確答案 いくらたくさん食べても太らない人もいるようだ。

文法重點！ ⊙ いくら～ても：不管怎樣～都

例 いくらメールを送っても返事が来ない。不管寄了多少封郵件，都沒有收到回應。

詞 彙 太る 變胖｜～ようだ 好像、似乎

20 こちらに お名前と ＿＿ ＿＿ ＿★＿ ＿＿ ください。

1 じゅうしょを　　2 書き　　3 お　　4 ご

請在這裡寫下您的姓名和住址。

正確答案 こちらにお名前とご住所をお書きください。

文法重點！ ⊙ 尊敬語：お＋和語 / ご＋漢語

⊙ お＋動詞ます形（去ます）＋ください：要求別人做某事時的尊敬語用法

詞 彙 住所 住址

第3回

問題 3　請閱讀下列文章，並根據內容從 1、2、3、4 中選出最適合填入 21 ～ 25 的答案。

昨天和朋友一起吃午餐的時候，被問到「你總是看起來很幸福，你做什麼事的時候最幸福呢？」對於現在的生活，我沒有特別的不滿 21，和家人一起享受美食、旅行、欣賞美麗的風景，或是完成 22 家務擁有自己的時間時，我都感到幸福，但被問到「什麼事情最幸福？」時，我回答不出來。

但是，仔細一想的話，我很快找到了這個答案。我已經結婚 7 年，有兩個小孩。雖然每天都忙於家事，可能 23 失去了結婚前的自由時間，但是看到孩子熟睡或微笑的臉孔時，就是我最幸福的事情。

我突然想知道先生是怎麼想的，試著問了他相同的問題。於是 24 先生說「嗯，可能是當我下班回來說『我回來了』，然後妳回答『歡迎回來』的時候吧。」我又問他「真的只有這樣？」先生說，當我想到工作順利結束太好了，孩子們也健康無恙地回家太好了，就會感到很幸福。所謂人生的幸福也許意外地是一些小事 25。

詞彙 お昼ご飯 午餐｜幸せだ 幸福｜～そうだ 看起來好像～｜けど 雖然、但是｜聞かれる 被詢問｜人生 人生｜家族 家人｜旅行 旅行｜景色 景色｜自分 自己｜答える 回答｜けれども 但是｜考える 思考｜すぐ 很快、馬上｜見つける 找到｜結婚 結婚｜目 第～｜自由 自由｜無くなる 失去｜笑う 笑｜急に 突然｜主人 先生、丈夫｜同じだ 相同｜質問 詢問｜ただいま 我回來了｜お帰り（なさい）歡迎回來｜無事に 平安｜何もなく 什麼事都沒有｜意外と 意外地

21　1　たまに　満足して　きたし　　2　満足したか　考えた　ことが　ないし
　　3　これと　いった　不満は　ないし　　4　不満も　多かったし

文法重點！ ⊘これといった不満はないし：沒有特別的不滿

⊘たまに満足してきたし：偶爾感到滿足

⊘満足したか考えたことがないし：從未想過是否滿足

⊘不満も多かったし：也有很多不滿

解說 以前後句子的語境來說，這裡使用「これといった不満はないし（沒有特別的不滿）」較為自然。

詞彙 これといった 沒有什麼特別的｜不満 不滿｜たまに 偶爾｜満足 滿足｜考える 思考

22　1　済んで　　2　済まれて　　3　終わって　　4　終わらせて

解說 「終わらせる」是「終わる（結束）」的使役形，也會用來表示「做完某事」之意，所以答案是選項4。

詞彙 終わる 結束｜済む 完了

23　1　ことが　ありません　　2　かもしれません
　　3　とは　思いません　　4　ことが　あります

文法重點！ ⊘～かもしれません：或許～、可能～　⊘～たことがありません：從來沒有過～經驗
⊘～とは思いません：我不認為～　⊘～たことがあります：有過～經驗

解說 以前後句子的語境來說，這裡使用「かもしれません（或許～、可能～）」較為自然，所以答案是選項2。

24 1 すると　2 それでは　3 でも　4 たとえば

文法重點！ ⊘すると：於是　⊘それでは：那麼　⊘でも：但是　⊘たとえば：例如

解說 根據句子的連貫性，這裡使用「すると（於是）」來接續較為自然，所以答案是選項1。

25 1 大（おお）きなこと　2 小（ちい）さなこと　3 大変（たいへん）なこと　4 楽（らく）なこと

文法重點！ ⊘大（おお）きなこと：大事　⊘小（ちい）さなこと：小事
⊘大変（たいへん）なこと：嚴重的事情　⊘楽（らく）なこと：輕鬆的事情

解說 前面內容提到「意外地」，所以這裡使用「小さなこと（小事）」較為合理，因此答案是選項2。

詞彙 大（おお）きな 大的｜小（ちい）さな 小的｜大変（たいへん）な 嚴重｜楽（らく）な 輕鬆

第3回

第2節 讀解

問題4　閱讀下列 (1) ～ (4) 的內容後回答問題，從 1、2、3、4 中選出最適當的答案。

(1)

　　我今年大學畢業，在橫濱的一家遊戲公司上班。因此，上個月我搬來橫濱。我從小時候就非常喜歡遊戲，所以總是想著要從事跟遊戲相關的工作。

　　新公寓比之前的公寓窄了一點，但步行到公司只要 5 分鐘，所以真的很方便。工作時間從早上 9 點開始，我 8 點就起床。即使早上 8 點起床，還是有吃早餐的時間。慢慢地走路去公司也還來得及，所以被大家羨慕著。

26　為什麼被大家羨慕著？

1　因為可以在遊戲公司上班。
2　因為有吃早餐的時間。
3　因為家裡離公司很近，早上可以不用著急。
4　因為正在從事最喜歡的遊戲相關工作。

詞彙　卒業（そつぎょう） 畢業｜就職（しゅうしょく） 就職｜引（ひ）っこす 搬家｜ゲーム関係（かんけい） 遊戲相關｜ゆっくり 慢慢地｜間（ま）に合（あ）う 來得及｜うらやましがる 羨慕（「うらやましがる」是「うらやましい（羨慕的）」的動詞形式）

解說　讀解中有關底線的問題，通常會在前後 2、3 行提供提示。在這個問題中，因為前面提到「慢慢地走路去公司也還來得及」，也就是不用趕著去公司，所以答案是選項 3。

(2)

　　以下是某個圖書館的使用指南文。

NIKONIKO 圖書館使用指南

可使用的日期是星期二～星期日，時間從上午 9 點到下午 6 點。

每週星期一休館。

想要借書的人，請先到櫃檯辦理會員註冊。

每人最多可以借閱 5 本書。請在 2 週內歸還。

圖書館內禁止攜帶飲料或點心等食物。

27 關於這個圖書館，以下何者為正確敘述？

1 這個圖書館每天都可以使用。
2 這個圖書館可以使用到深夜。
3 在這個圖書館內可以喝果汁。
4 在這個圖書館內不可以吃點心。

詞彙 次 下面｜利用案内文 使用指南文｜午前 上午｜午後 下午｜借りる 借（入）｜受付 櫃檯｜会員登録 會員註冊｜返す 歸還｜お菓子 點心｜夜遅くまで 到深夜｜おやつ 點心

解說 從文章可以得知這個圖書館每週的星期一都休息，只能使用到下午 6 點，並且不允許攜帶飲料或點心等食物。所以答案是選項 4。

(3)

這是會議場地變更通知信。

田中先生

由於下週會議場地已經變更，所以寄送電子郵件給您。參加人數從 20 人增加到 30 人。因此，會議室不是在新館，而是改到本館的「B 室」。請再多複印 10 份資料。此外，會議時間可能會延長，所以也請準備飲料等東西。會議日期和時間仍維持在 10 月 1 日上午 11 點。請用電子郵件通知參加者變更的場地。那麼會議之前我會再次聯繫您。麻煩您了。

木村

28 讀了這封信的田中先生要做什麼？

1 資料多複印 30 份。
2 通知會議地點改到新館。
3 準備 30 人份的飲料。
4 用電話通知會議場地變更

詞彙 会議 會議｜場所 地點、場地｜変わる 變更｜知らせる 通知｜送る 寄送｜参加 參加｜増える 增加｜それで 因此｜新館 新館｜本館 本館｜資料 資料｜コピー 複印｜部 份｜増やす 增加｜長い（時間）長的｜飲み物 飲料｜用意 準備｜日程 日程｜そのまま 按照原樣｜参加者 參加者｜連絡 聯絡｜準備 準備

解說 從文章可以得知複印資料的份數增加 10 份，會議地點已經改到本館 B 室，而且要透過電子郵件通知會議場地的變更，所以答案是選項 3。

(4)

我喜歡星期日悠閒地在家裡度過。工作每天都很辛苦，回家時間總是很晚，而且如果星期六也有計畫或事情，就會晚上才回家。因此，只有星期日我想要一個人自由自在。我要一邊曬日光浴，一邊在附近的公園散散步，讀一些平常無法閱讀的書，試著做一些我想嘗試的料理。最重要的是，因為星期一又要開始工作，所以我想讓心靈和身體都得到休息。換句話說，就是上班前想要完全休息的心情。大家是如何度過的呢？

29 寫這篇文章的人有什麼想法？

1 希望星期日好好地休息，再努力衝刺工作。
2 星期日不想外出到任何地方。
3 星期日總是決定好要讀的書。
4 因為很累，所以其實星期六不想安排行程。

詞彙 のんびり 悠閒｜過(す)ごす 度過｜夜遅(よるおそ)い 很晚｜予定(よてい) 預定行程｜用事(ようじ) 事情｜～ことになる 決定～｜なので 因此｜自由(じゆう)に 自由地｜太陽(たいよう) 太陽｜光(ひかり) 光｜浴(あ)びる 曬、淋｜近(ちか)く 附近｜普段(ふだん) 平常｜何(なに)より 最重要、首先｜始(はじ)まる 開始｜心(こころ) 心｜体(からだ) 身體｜休(やす)ませる 讓～休息｜つまり 換句話說｜出勤前(しゅっきんまえ) 上班前｜完全(かんぜん)に 完全｜がんばる 努力｜出(で)かける 出門、外出｜決(き)まる 決定｜予定(よてい)を入(い)れる 安排行程

解說 從文章可以得知此人星期日會去附近的公園散步，並非不想出門。而且星期日想讀一些平常無法閱讀的書，所以沒有決定好要讀什麼書。星期六則是有計畫或事情時就會晚上才回家，所以也不是不想安排行程。因此答案是選項 1。

問題 5 閱讀下面文章後回答問題，從 1、2、3、4 中選出最適當的答案。

大家手邊應該也至少擁有一個動畫角色公仔吧。

我最喜歡蒐集公仔。從小學時代開始，就一直在蒐集動畫角色公仔。因此，我的房間現在擺滿公仔。

在周圍的人之中，①有些人會用異樣的眼光看待我。他們會說，要是小孩子的話就算了，你已經是 30 歲的大人了，為什麼要蒐集這種玩具？蒐集這些有什麼好處？

對於說這種話的人，我會②如此詢問：世界上也有很多人蒐集畫作等藝術品不是嗎？此外，也有很多人蒐集他們喜愛的音樂家的 CD 對吧？

我真的很喜歡公仔。而且光是看著公仔就很開心。我認為這③和欣賞畫作是一樣的。

這個世上有各式各樣的人。還有許多和自己想法不同的人。我希望大家不要任何事情都以自己為標準來看待，不要認為他人的情況很奇怪。

我現在也仍在蒐集公仔。即使我成為老爺爺，也會一直持續蒐集。唯一擔心的是，我已經沒有擺放公仔的空間。因此我想要搬到更寬敞的房子。

30　為什麼①有些人會用異樣的眼光看待我？

1　因為無法理解蒐集昂貴公仔的行為

2　因為無法理解將公仔擺放在房間裡的行為

3　因為無法理解小孩蒐集公仔的行為

4　**因為無法理解大人蒐集公仔的行為**

解說　答案線索在下一句話。也就是「你已經是 30 歲的大人了，為什麼要蒐集這種玩具？」這句話。所以答案是選項 4。

31　②如此詢問，是詢問什麼？

1　**你認為蒐集畫作或音樂 CD 的人也很奇怪嗎？**

2　為什麼不喜歡公仔呢？

3　蒐集畫作等藝術品開心嗎？

4　蒐集喜愛的音樂家的 CD 開心嗎？

解說　答案線索在下一句話，作者認為如果將蒐集畫作等藝術品視為一種嗜好，那為什麼不承認蒐集公仔也是一種嗜好呢？所以答案是選項 1。

32　什麼事情③和欣賞畫作是一樣的？

1　光是蒐集畫作就很開心

2　光是聽音樂就很開心

3　**光是觀賞公仔就很開心**

4　比起觀賞畫作，觀賞公仔更開心

解說　答案線索在前一句話，作者認為光是看著公仔就很開心。所以答案是選項 3。

33　這個人最想說的是什麼？

1　蒐集公仔真的很開心。

2　**希望大家不要用自己的標準來看待他人的事情。**

3　沒有擺放公仔的空間很困擾。

4　即使年紀大了也要持續蒐集公仔。

解說 在讀解問題中，經常會出現詢問作者想傳達的訊息、主題的問題，而通常提示答案的句子會出現在文章末尾。在這篇文章中，「何でも自分を基準に考えて、他人のことを変だと考えないでほしいです。(希望大家不要任何事情都以自己為標準來看待，不要認為他人的情況很奇怪)」就是作者最想要傳達的訊息，因此答案是選項 2。

詞彙 アニメ 動畫｜フィギュア 公仔｜まわりの人 周圍的人｜変だ 奇怪｜小さい子ども 小孩子｜おもちゃ 玩具｜集める 蒐集｜美術品 藝術品｜ミュージシャン 音樂家｜この世 世界上｜基準 基準｜他人 他人｜〜ないでほしい 希望別人不要〜｜集め続ける 持續蒐集｜ただ 光是｜スペース 空間｜引っ越す 搬家

問題 6　右頁是「ABC 學院的通知」。請閱讀文章後回答以下問題，並從 1、2、3、4 中選出最適當的答案。

34 國中 2 年級的 A 已經在 ABC 學院上課，小學 6 年級的妹妹則是這個月開始上新課程。這個月兩個人要付多少錢？

1　25,300 日圓
2　22,700 日圓
3　19,500 日圓
4　15,650 日圓

解說 國中 2 年級的學費為 13,700 日圓，小學 6 年級的學費為 12,000 日圓，但因為妹妹是第一次註冊，所以享受 50% 的折扣，因此學費為 6,000 日圓。再加上入會費 3,000 日圓，總共需支付 22,700 日圓。

35 在這篇文章中，以下何者是不正確的敘述？

1 這所學院是一位老師教導一位學生。
2 這所學院根據學生的學習程度，教法會有所差異。
3 學費會隨著年級升高而變貴。
4 學費是東京最貴的。

解說 文章雖然提到東京的學費，但並未提及其他地區的學費，因此無法進行比較，所以答案是選項 4。

在 ABC 學院是由每位講師對應一位學生，進行一對一量身訂做的課程。這是配合孩童學習程度進行的一對一教學。從小學生到高中生，我們都會精心指導。

課程費用資訊（東京）

	～小 5	小 6	國 1	國 2	國 3	高 1	高 2	高 3
一般價格	11,500 日圓	12,000 日圓	13,500 日圓	13,700 日圓	14,500 日圓	17,000 日圓	17,800 日圓	19,500 日圓

＊如果您首次參加本學院的課程，我們將以這個價格提供 50% 的折扣。

＊如果您首次參加本學院的課程，入會費為 3,000 日圓。

詞彙 学院（がくいん） 學院｜講師（こうし） 講師｜生徒（せいと） 學生｜マンツーマン 一對一｜オーダーメイド 量身訂做｜授業（じゅぎょう） 上課｜行う（おこなう） 進行｜お子さま（おこさま） 孩子｜合わせる（あわせる） 配合｜小学生（しょうがくせい） 小學生｜高校生（こうこうせい） 高中生｜割引（わりびき） 折扣｜入会料金（にゅうかいりょうきん） 入會費｜授業を受ける（じゅぎょうをうける） 上課｜払う（はらう） 支付｜～によって 根據～｜教え方（おしえかた） 教法｜違う（ちがう） 不同｜学年（がくねん） 學年｜上がる（あがる） 提高、上升

第3節 聽解  Track 3

問題 1　先聆聽問題，在聽完對話內容後，請從選項 1 ～ 4 中選出最適當的答案。

れい Track 3-1

お母さんと息子が話しています。息子はどんな服を着ればいいですか。

女：ひとし、明日、お父さんの上司の家族との食事の約束、忘れてないよね。服とかちゃんと着ていかなきゃだめだよ。

男：え、暑いのにそんなのも気をつけなきゃいけないの。半そでと半ズボンにするよ。

女：だめよ。ちゃんとした食事会だから。

男：じゃ、ドレスコードでもあるわけ。

女：ホテルでの食事だから、ショートパンツだけは止めたほうがいいよ。スマートカジュアルにしなさい。

男：わかったよ。でも暑いのは我慢できないから、上は半そでにするよ。

息子はどんな服を着ればいいですか。

1　長そでのシャツと半ズボン
2　半そでのシャツと半ズボン
3　半そでのシャツと長いズボン
4　長そでのシャツと長いズボン

例

母親和兒子正在交談。兒子該穿什麼樣的衣服？

女：仁志，明天和爸爸的上司一家人約好要吃飯。你不要忘囉。服裝什麼的必須穿戴整齊喔。

男：哎，明明這麼熱還要注意這個嗎？我要穿短袖和短褲喔。

女：不行。因為這是正式的聚餐。

男：那有著裝要求嗎？

女：因為是在飯店用餐，所以最好不要穿短褲，你給我穿半正式休閒的服裝。

男：我知道啦。但是我受不了太熱，所以我上半身會穿短袖喔。

兒子該穿什麼樣的衣服？

1　長袖襯衫和短褲
2　短袖襯衫和短褲
3　**短袖襯衫和長褲**
4　長袖襯衫和長褲

解說　一開始兒子說要穿短袖和短褲。但母親認為這是正式的用餐場合，最好避免穿短褲，而且兒子提到「受不了太熱，所以我上半身會穿短袖」，所以兒子會穿短袖和長褲。因此答案是選項 3 。

詞彙　息子 兒子｜服 衣服｜上司 上司｜忘れる 忘記｜ちゃんと 整齊｜気をつける 注意｜半そで 短袖｜半ズボン 短褲｜だめだ 不行｜食事会 聚餐｜止める 放棄、作罷｜スマートカジュアル 半正式休閒｜～なさい 去做～（輕微的命令表現）｜でも 但是｜我慢 忍耐｜長そで 長袖

1ばん Track 3-1-01

文房具屋で、お母さんと男の子が話しています。お母さんはどのノートを買いますか。

女：ノートもいろいろあるわね。かける、どれにする？

男：う～ん、ぼくはこれがいい。

女：ロボット？ それより、この猫の絵のはどう？かわいいわよ。

男：いやだ。猫は好きじゃないし。

女：じゃ、この犬の絵のは？かける、犬は好きでしょ。

男：う～ん、犬は大好きだけど、やっぱり、ぼくは、こっちにする。

女：わかったわ。すみません、これ3冊ください。

お母さんはどのノートを買いますか。

1

第 1 題

母親和男孩正在文具店交談。母親要買哪個筆記本？

女：筆記本也有各種各樣的耶。小翔，你決定要哪一個？

男：我想想，我覺得這個好。

女：機器人？比起這個，你覺得貓咪圖案的如何？很可愛唷。

男：不要，我又不喜歡貓。

女：那，這個小狗圖案呢。小翔，你喜歡狗吧？

男：呃……，我是喜歡狗，但是我還是要這個。

女：那我知道了。不好意思，這個請給我 3 本。

母親要買哪個筆記本？

解說 男孩一開始選擇了有機器人圖案的筆記本，但媽媽建議他選擇有貓或狗圖案的筆記本。但男孩還是決定購買他一開始選擇的筆記本，而且媽媽說要買 3 本，所以答案是選項 1。

詞彙 文房具屋 文具店｜ロボット 機器人｜猫 貓｜絵 圖畫｜冊 本

2ばん Track 3-1-02

女の人と男の人が話しています。男の人は、飲み物を何にしますか。

女：飲み物、何にする？

男：うん、ぼく、今かぜひいているから、あたたかいコーヒーかお茶がいいかな。

女：かぜ？ かぜなら、あたたかいコーヒーやお茶もいいけど、スポーツドリンク飲んだら？

男：スポーツドリンク？

女：うん、新聞で見たんだけど、スポーツドリンクはかぜによく効くらしいよ。

男：へえ？ そうなんだ。

女：ホットレモネードもいいけど、この店にはないから。

男：うん、わかった。

男の人は、飲み物を何にしますか。

4

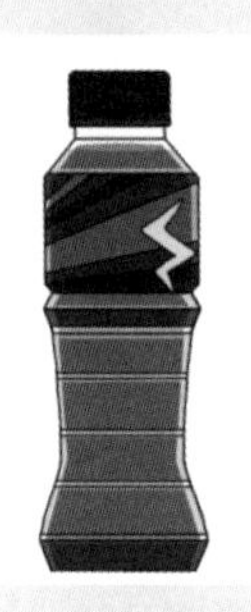

第 2 題

女子和男子正在交談。男子要點什麼飲料？

女：飲料你要點什麼？

男：呃……因為我現在感冒，所以熱咖啡或茶比較好吧？

女：感冒？如果是感冒的話，熱咖啡或茶也可以，不過你要不要試試運動飲料呢？

男：運動飲料？

女：嗯，我在報紙上看到的，運動飲料對感冒似乎很有效果唷。

男：咦？是這樣啊。

女：熱檸檬水也是可以，但是這家店沒有。

男：好，我知道了。

男子要點什麼飲料？

解說 男子說他感冒了，想要喝熱咖啡或茶，但女子說報紙上寫著運動飲料對感冒似乎很有效，於是男子決定聽從她的建議，所以答案是選項 4。

詞彙 飲み物 飲料｜あたたかい 溫熱的｜効く 有效

3ばん Track 3-1-03

会社で男の人と女の人が話しています。男の人は明日の午前中、何をしますか。

男：課長、明日の午前中の会議のことですが…。

女：うん、どうしたの？

男：実は、部長に仕事を頼まれて、会議に出席できなくなりました。

女：そう？ どんな仕事？

男：明日、ABC社の社長がいらっしゃるので、工場案内を頼まれました。

女：あ～、それじゃしかたないね。じゃ、会議はあさってにしようか。

男：はい、すみません。

男の人は明日の午前中、何をしますか。

1　会議に出席します

2　ABC社の社長に工場の案内をします

3　ABC社の社長と会議をします

4　課長と工場を案内します

第 3 題

男子和女子正在公司交談。男子明天上午要做什麼？

男：課長，關於明天上午的會議……

女：嗯，怎麼了？

男：其實，部長委託了我一份工作，我不能出席會議了。

女：喔？是什麼樣的工作？

男：明天 ABC 公司的老闆會來，所以託我導覽工廠。

女：啊～那就沒辦法了。那麼明天的會議改在後天吧。

男：好的，不好意思。

男子明天上午要做什麼？

1　出席會議

2　為 ABC 公司的老闆導覽工廠

3　和 ABC 公司的老闆開會

4　和課長一起導覽工廠

解說　男子被部長委託要為 ABC 公司的老闆導覽工廠，無法出席明天上午的會議。所以答案是選項 2。

詞彙　午前　上午｜会議　會議｜実は　事實上、其實｜頼む　委託｜出席　出席｜いらっしゃる　「来る（來）」的尊敬語｜工場案内　工廠導覽｜あさって　後天

4ばん Track 3-1-04

男の人と女の人が電話で話しています。女の人は何を買って帰りますか。

男：もしもし、由美？ 今、どこ？

女：あ、お兄ちゃん、今、ちょうど駅から出たところ。どうしたの？

男：あ、悪いけど、ビール１本買ってきてくれない？

女：ビール？ いいわよ。おつまみにピーナッツでも買っていこうか。

男：ピーナッツ？ う～ん、ピーナッツよりチーズが食べたいな。

女：わかった。それから、私も飲みたいからもう１本買っていくね。

男：うん。じゃ、お願い。

女の人は何を買って帰りますか。

4

第４題

男子和女子正在講電話。女子要買什麼回家？

男：喂，由美？妳現在在哪裡？

女：啊，哥哥，我現在剛從車站出來。怎麼了？

男：啊，不好意思，幫我買一罐啤酒回來好嗎？

女：啤酒？好啊。要不要買些花生當下酒菜？

男：花生？嗯，比起花生，我比較想吃起士。

女：好我知道了。然後，因為我也想喝，所以我再買一罐喔。

男：嗯，那就麻煩妳了。

女子要買什麼回家？

解說 男子一開始拜託妹妹買一罐啤酒，但女子也想喝，所以啤酒會買２罐。此外他們決定買起士當下酒菜，所以答案是選項４。

詞彙 ～たところだ 剛做～｜～本 ～瓶（長條狀物品的量詞）｜おつまみ 下酒菜｜ピーナッツ 花生

5ばん Track 3-1-05

男の人と女の人が話しています。男の人はこれからどうしますか。

男：あ、わるい! 待たせてごめん。

女：もう、また遅刻！

男：ごめん、ごめん。この約束の場所が今日、はじめてだったから道に迷ってしまったんだ。

女：いつもそんなこと言っているけど、私もここ初めてだよ。

男：電車の時間とか調べて、遅れないようにしたつもりだったんだけど。

女：ぎりぎりの電車に乗るからよ。ちょっと早めに家を出たら。

男：はい、はい、わかったよ。これからは絶対遅れないようにするよ。

男の人はこれからどうしますか。

1　はじめて行くところは約束の場所にしない

2　道に迷わないように気をつける

3　地下鉄の時間を調べる

4　約束の時間に遅れないように、もっと早く家を出る

第 5 題

男子和女子正在交談。男子今後該怎麼做？

男：啊，不好意思！讓妳等待，對不起。

女：你又遲到！

男：對不起，對不起。因為這個約定地點今天第一次來，所以我迷路了。

女：你每次都這樣說，但我也是第一次來這裡呀。

男：我查了電車時間，打算盡量避免遲到的。

女：因為你都搭勉強趕得上的電車，要不要稍微提早出門？

男：好的，好的。我知道了。以後我絕對不會遲到了。

男子今後該怎麼做？

1　不要將第一次去的地方設為約定地點

2　注意不要迷路

3　調查地下鐵的時間

4　**為了約會準時，更早一點從家裡出來**

解說　女子希望男子約會不要遲到，稍微提早出門，男子則答應以後會這樣做，所以答案是選項4。

詞彙　**待たせる** 讓人等待｜**ごめん** 對不起｜**遅刻** 遲到｜**場所** 場所、地點｜**はじめて** 第一次｜**道に迷う** 迷路｜**調べる** 調查｜**遅れる** 遲到｜**～たつもりだ** 打算～｜**ぎりぎり** 勉強趕得上｜**早めに** 提早｜**家を出る** 出門｜**絶対** 絕對｜**～ようにする** 盡量做～

6ばん Track 3-1-06

男の人と女の人が話しています。女の人はどうして京都に行きますか。

男：今年のもみじはきれいですね。

女：そうですね。真っ赤ですね。こんなに赤くなったことはないんですよね。

男：そうだ。よかったら、もみじ旅行にでも行きませんか。

女：いいですね。京都とか、よさそうですね。

男：う～ん、でも仕事で疲れているから、東京から近いところにしませんか。箱根はどうですか。

女：実は、箱根に先月、社員旅行で行ってきたんですよ。京都なら有名できれいなお寺もたくさんあるし、新幹線に乗ったら２時間で行けるんですよ。

男：そうですね。そうしましょう。

女の人はどうして京都に行きますか。

1 東京からバスで2時間しかかからないから
2 京都に行ってお寺も見たいから
3 箱根は先月家族旅行で行ってきたから
4 京都は箱根より有名だから

第６題

男子和女子正在交談。女子為什麼要去京都？

男：今年楓葉很漂亮耶。

女：對呀。紅通通的。好像沒有這麼紅過耶。

男：是啊。可以的話，要不要來趟楓葉之旅？

女：好啊。京都之類的地方好像還不錯。

男：呃……，但是因為工作很累，要不要選一個離東京比較近的地方？箱根如何呢？

女：老實說，箱根我上個月員工旅遊已經去回來了。京都的話也有許多有名又美麗的寺廟，搭新幹線的話２小時就可以到達。

男：對耶。就這麼做吧。

女子為什麼要去京都？

1 因為從東京搭巴士只要花２小時
2 因為想去京都並參觀寺廟
3 因為上個月已經跟家人去箱根旅遊回來了
4 因為京都比箱根有名

解說 男子提議楓葉之旅後，女子表示京都之類的地方不錯，但男子覺得離東京太遠，建議去箱根。但女子說她上個月已經去過箱根，還是建議去京都，因為有許多有名又美麗的寺廟。所以答案是選項２。

詞彙 もみじ 楓葉｜真っ赤だ 紅通通的｜箱根 箱根｜社員旅行 員工旅行｜お寺 寺廟

7ばん Track 3-1-07

女の人と男の人が話しています。女の人は今から何をしますか。

女：石川さん、この店どうですか？ 食べ放題で思いっきり食べてみませんか？ 950円でアルコールも飲み放題ですよ。石川さんもビール好きでしょう。

男：ほお、値段はそんなに高くないですね。

女：そうでしょう。吉田さんも誘ってみましょうか。

男：そうですね。3人で思いっきり楽しみましょう。

女：あ、見てください。モバイルで会員登録して、4人で行ったらアルコール飲み放題が50%安くなるんですよ。

男：へえ、いいですね。じゃ、木村さんも誘って4人で行きましょう。

女：はい、そうしましょう。じゃ、私は今すぐ登録しますね。

女の人は今から何をしますか。

1　吉田さんを誘う

2　今すぐ4人で店に行く

3　会員登録する

4　木村さんを会員に登録させる

第 7 題

女子和男子正在交談。女子接下來要做什麼？

女：石川先生，你覺得這家餐廳怎麼樣？要不要試試吃到飽盡情享受美食？950 日圓還有酒精飲品喝到飽。石川先生也喜歡喝啤酒吧。

男：噢，價格沒那麼貴耶。

女：看吧。那也邀一下吉田先生吧。

男：好啊。3 個人盡情享受一下吧。

女：啊，你看這個。在手機註冊會員，4 個人一起去的話，酒精飲品喝到飽有 50% 的折扣唷。

男：哇，很好耶。那也邀約木村先生，4 個人一起去吧。

女：好的，就這麼做吧。那麼我馬上來註冊。

女子接下來要做什麼？

1　邀約吉田先生

2　馬上 4 個人一起去餐廳

3　註冊會員

4　讓木村先生註冊會員

解說　女子在最後一次對話中表示她馬上要註冊會員，所以答案是選項 3。

詞彙　**食べ放題** 吃到飽｜**思いっきり** 盡情｜**飲み放題** 喝到飽｜**値段** 價格｜**そんなに** 那麼｜**誘う** 邀請｜**楽しむ** 享受｜**会員登録** 註冊會員

8ばん Track 3-1-08

女の人と男の人が話しています。女の人は今から何をしますか。

女：ね、ゆかちゃん、来年高校生になるから、英語の塾に行かせるのはどうかな。

男：うん、そうだね。英語、苦手だと言ってるし。

女：それで、ちょっと調べてみたんだけど、この全国で一番大きいところがいいんじゃない。

男：う～ん、それより、ゆかちゃんと合う先生を見つけるのが大事じゃないかな。

女：そうね。どんな先生がどんな授業をしているか見に行こうか。

男：うん、それがいいね。ゆかちゃんも塾に行きたいと言ってるんだよな。

女：え？まだ、聞いてない。

男：え？だめだよ。本人の気持ちが何より大事じゃないか。

女：わかった。今、話してみる。

女の人は今から何をしますか。

1 娘に塾で勉強したいのか聞く
2 娘に大事なことは何か聞く
3 全国で一番大きい塾を探す
4 娘が好きな先生を探す

第 8 題

女子和男子正在交談。女子接下來要做什麼？

女：ㄟ，優香她明年就是高中生了，讓她去英語補習班如何呢？

男：嗯，是啊。她說英文不太擅長。

女：所以我稍微查了一下，去這個全國最大的補習班應該不錯吧。

男：呃……，比起這個，找適合優香的老師才重要吧。

女：也對。去看看是什麼樣的老師在教授什麼樣的課程。

男：嗯，那樣很好唷。優香也說想去補習班吧？

女：咦？我還沒問過。

男：什麼？這樣不行。最重要的是她本人的想法不是嗎？

女：我知道了。我現在和她談談。

女子接下來要做什麼？

1 詢問女兒想在補習班學習嗎
2 詢問女兒重要的事是什麼
3 找全國最大的補習班
4 找女兒喜歡的老師

解說 男子認為女兒是否願意上補習班是最重要的，因此女子說她會與女兒討論這個問題，所以答案是選項 1。

詞彙 英語 英文｜塾 補習班｜調べる 調查｜全国 全國｜合う 適合｜見つける 找到｜大事だ 重要｜だめだ 不行｜本人 本人｜探す 尋找

問題2　先聆聽問題，再看選項，在聽完對話內容後，請從選項1～4中選出最適當的答案。

れい Track 3-2

男の人と女の人が話しています。男の人はどうしてコートを買いませんか。

女：お客様、こちらのコートはいかがでしょうか。

男：うん…、デザインはいいけど、色がちょっとね…。

女：すみません、今、この色しかないんです。

男：ぼく、黒はあまり好きじゃないんですよ。しかたないですね。

女：すみません。

男の人はどうしてコートを買いませんか。

1　デザインが気に入らないから

2　色が気に入らないから

3　値段が高いから

4　お金がないから

例

男子和女子正在交談。為什麼男子不買大衣？

女：客人，您覺得這件大衣如何呢？

男：呃，設計是還不錯，但顏色有點……

女：不好意思，現在只有這個顏色。

男：我不太喜歡黑色啦，那也沒辦法了。

女：不好意思。

為什麼男子不買大衣？

1　因為不喜歡設計

2　**因為不喜歡顏色**

3　因為價格太貴

4　因為沒有錢

解說　「ちょっとね」在此具有「委婉否定」的意思，換句話說就是男子不喜歡大衣的顏色。因此答案是選項2。

詞彙　気に入る 喜歡｜値段 價格

1ばん Track 3-2-01

男の人と女の人が話しています。女の人はどうして会社へ行きたくありませんか。

男：あ、内山さん、おはようございます。お出かけですか。

女：はい、会社へ行きます。

男：え？ 今日、日曜日じゃないですか。

女：ええ、そうですけど、急に外国からお客さんが来て…。

男：日曜日なのに大変ですね。

女：私も休日に会社へ行きたくありませんが、大事なお客さんなので、しかたありません。

男：たいへんですね。

女の人はどうして会社へ行きたくありませんか。

1 今日は休日だから
2 外国へ行くから
3 家にお客さんが来るから
4 大変なお客さんが来るから

第 1 題

男子和女子正在交談。女子為什麼不想去公司？

男：啊，內山小姐，早安。妳要出門嗎？

女：是的，要去公司。

男：ㄟ？今天不是星期日嗎？

女：呃，是的，但客人突然從國外來……

男：星期天卻要上班真辛苦啊。

女：我也不想假日去公司，但因為是很重要的客人，沒辦法呀。

男：真辛苦。

女子為什麼不想去公司？

1 因為今天是假日
2 因為要去國外
3 因為家裡來客人
4 因為有重要的客人來

解說 今天是星期日，但因為公司有重要的客戶來訪，所以女子必須去公司。而女子表示自己也不想在假日上班，所以答案是選項 1。

詞彙 お出かけですか 出門嗎？｜急に 突然｜外国 國外｜大変だ 辛苦｜大事だ 重要｜しかたがない 沒辦法｜休日 假日

2ばん Track 3-2-02

男の学生と女の学生が話しています。男の学生は、どうしてゆうべ、ぜんぜん眠れませんでしたか。

女：かずお君、どうしたの？ 顔色悪いわよ。どこか悪いの？

男：ゆうべ、ぜんぜん眠れなくて。

女：どうして？ 何かあったの？

男：実は、レポート書くのをすっかり忘れていたんだ。きのう、りえちゃんが言ってくれて気づいたんだ。

女：そうなんだ。

男：うん、最近、いろいろ忙しくてさ。

女：バイトが忙しいの？

男：いや、実は、父の会社が急に忙しくなってさ。社員５人の小さい会社なんだけど、急に２人も辞めてしまって。

女：あ、そうだったの。それで、レポートは全部書いたの？

男：うん、夜、寝ないで全部書いたんだけど、ちょっと心配。

男の学生は、どうして、ゆうべぜんぜん眠れませんでしたか。

1　お父さんの仕事を手伝っていたから

2　バイトで忙しかったから

3　体の調子が悪かったから

4　レポートを書いていたから

第２題

男同學和女同學正在交談。男同學為什麼昨晚完全睡不著？

女：一雄，你怎麼了？臉色不太好。哪裡不舒服？

男：昨晚我完全睡不著。

女：為什麼？發生什麼事了？

男：其實我完全忘記要寫報告。昨天理惠告訴我才注意到的。

女：原來是這樣啊。

男：嗯，最近各種事情都很忙。

女：是因為打工很忙嗎？

男：不是，其實是我父親的公司突然變忙。雖然是只有五位員工的小公司，但突然有兩個人要辭職。

女：啊，原來如此啊。那你報告全都寫完了嗎？

男：嗯，昨晚熬夜全部寫完了，有一點擔心。

男同學為什麼昨晚完全睡不著？

1　因為幫忙父親的工作

2　因為打工很忙

3　因為身體不舒服

4　因為在寫報告

解說　從對話可以得知男子完全忘記要寫報告，甚至是朋友告知他才注意到這件事，所以通宵寫報告沒睡覺。因此答案是選項１。

詞彙　ゆうべ 昨晚｜ぜんぜん 完全｜眠る 睡覺｜顔色 臉色｜実は 其實｜すっかり 完全｜気づく 注意｜急に 突然｜辞める 辭職｜手伝う 幫忙｜体の調子が悪い 身體狀況不佳

3ばん Track 3-2-03

男の人と女の人が会社で話しています。二人は部長に何をプレゼントしますか。

女：青木先輩！来週、部長のお誕生日ですよね。何かプレゼントしましょうか。

男：あ、そうだね。いつもよくしてもらっているし。なにがいいかな？

女：部長、お酒がお好きですから、ウイスキーはどうでしょうか。

男：ウイスキーか…。それより何か残るものの方がよくない？たとえば、ネクタイとか服とか。

女：そうですね。でも、どんなのが好きかわからないので難しいですね。

男：そうか…、だったらギフトカードはどう？

女：そうですね、ギフトカードがあれば、ウイスキーでもネクタイでも服でも、好きなものが買えますからね。

男：よし、決まりだ。

二人は部長に何をプレゼントしますか。

1 ウイスキー

2 ネクタイ

3 服

4 ギフトカード

第 3 題

男子和女子正在公司交談。兩個人要送部長什麼禮物？

女：青木前輩！下週是部長的生日。我們送些什麼禮物給他吧。

男：啊，對耶。他總是對我們很好。送什麼才好呢？

女：部長喜歡喝酒，所以送威士忌如何？

男：威士忌啊……比起那個，可以留下一些印象的東西比較好吧？例如，領帶啦衣服之類的。

女：的確是。但是不清楚他喜歡什麼樣的東西，所以很難選。

男：也對……那樣的話，禮物卡如何？

女：對耶，有禮物卡的話，他可以買威士忌、領帶或是衣服，買自己喜歡的東西。

男：好，就這麼決定了。

兩個人要送部長什麼禮物？

1 威士忌

2 領帶

3 衣服

4 禮物卡

解說 雖然對話中提到各種禮物，但最後決定選擇禮物卡，因為這樣部長可以買自己喜歡的東西。所以答案是選項 4。

詞彙 先輩 前輩 | 部長 部長 | 残る 留下 | 服 衣服 | ギフトカード 禮物卡 | 決まり 決定

4ばん Track 3-2-04

男の人と女の人が話しています。男の人は何がしたいですか。

男：谷田さんは、旅行が好きですか。

女：はい。結婚する前はよく行きましたけど、今は小さい子どもがいて行けません。

男：やっぱり小さい子どもがいると、みんなそうなりますよね。

女：ええ。石田さんのお子さんはもう大きいですよね。

男：ええ、上の子が高校３年生で、下の子は中学２年生です。

女：じゃあ、奥さんと二人だけで旅行に行っても大丈夫ですね。

男：私もそうしたいんですけど、妻は子どもたちと一緒に行きたいと言うんです。

女：奥さんは、家族みんなで旅行したいんですね。

男の人は何がしたいですか。

1　子どもたちとの旅行

2　妻と二人だけの旅行

3　家族みんなで行く旅行

4　一人で行く旅行

第４題

男子和女子正在交談。男子想要做什麼？

男：谷田小姐，妳喜歡旅行嗎？

女：喜歡。結婚前很常去，但現在有小孩不能去了。

男：果然有小孩的話，大家都變這樣了說。

女：是的。石田先生的孩子已經很大了吧。

男：嗯，老大高中３年級，老二國中２年級。

女：那麼，只和夫人兩個人去旅行也沒問題囉。

男：我也想這樣做，但是我太太說想跟小孩一起去。

女：夫人想要全家一起旅行吧。

男子想要做什麼？

1　和小孩旅行

2　只和妻子兩個人旅行

3　全家一起旅行

4　一個人去旅行

解說　男子想要和妻子一起去旅行，但是妻子希望帶小孩一起旅行，所以答案是選項２。

詞彙　旅行　旅遊｜小さい子ども　小孩子｜やっぱり　果然｜お子さん（您的）孩子｜高校　高中｜中学　國中｜奥さん　夫人｜～だけ　只有｜妻　妻子

5ばん Track 3-2-05

男の人と女の人が話しています。男の人はどうして怒りやすくなりましたか。

男：私、最近、周りから「よく怒るね」と言われて、困っているんですよ。

女：そうですか。

男：前はそんなに怒ったりしなかったんですが、部長になってから、責任も重くなって。ミスしたらいけないと思うようになったんです。

女：私も長く仕事をしているから、その気持ち、よくわかります。

男：最近、大事なプロジェクトが入り、小さなミスでもすごく怒っていました。

女：ちょっと仕事中に休む時間を決めておいたらどうですか。10分、15分でもいいですから。休むのも仕事のうちですよ。

男：ええ、そうしてみます。

男の人はどうして怒りやすくなりましたか。

1　仕事の責任が重くなったから

2　会社で長く仕事をしているから

3　最近、仕事にミスがよくあるから

4　最近、大事なプロジェクトがよくあるから

第 5 題

男子和女子正在交談。男子為什麼變得容易發火？

男：我最近被周遭的人說「經常發火」，讓我有點困擾。

女：是嗎？

男：之前我沒這麼常發火，但升上部長後，責任也變重了。我開始覺得不能犯錯。

女：我也做了很長時間的工作，所以我很理解你的心情。

男：最近有很重要的專案進來，即使很小的錯誤我也會非常生氣。

女：那工作中稍微設定一個休息時間，你覺得如何呢？ 10 分鐘，15 分鐘也好。休息也是工作的一部分。

男：嗯，就這樣試看看。

男子為什麼變得容易發火？

1　因為工作的責任變重

2　因為在公司工作了很長一段時間

3　因為最近工作上很常有錯誤

4　因為最近有很多重要的專案

解說　男子提到「升上部長後，責任也變重了。我開始覺得不能犯錯」，所以答案是選項 1。

詞彙　**怒る** 生氣、發火｜**動詞ます形（去ます）＋やすい** 容易～｜**周り** 周遭｜**困る** 困擾｜**責任** 責任｜**重い** 重的｜**長い** 長久｜**大事だ** 重要｜**決める** 決定｜**うち** 一部分、部分

6ばん Track 3-2-06

男の人と女の人が話しています。女の人はどうして彼氏と別れましたか。

男：ハナエさん、彼氏と別れたという話、聞いたけど、それって本当？

女：うん、そうなの。

男：どうして？ 何かあったの？ 彼が就職できたら結婚するんじゃなかったの。

女：彼は仕事もできて、優しいけど。やっぱり彼の性格は自分には合ってないような気がするんだ。

男：へえ、そうか。

女：私は一緒にいると楽しい人が好きなの。なのに彼と一緒にいると自然じゃないっていうか。

男：まあ、性格の違いというのは難しい問題だね。

女の人はどうして彼氏と別れましたか。

1　彼は仕事はできたけど、やさしい人ではなかったから

2　彼は全然、楽しい人ではなかったから

3　彼は楽しい人だけど、仕事ができなかったから

4　彼と性格が合わないと感じる時が多かったから

第6題

男子和女子正在交談。女子為什麼和男朋友分手？

男：花江小姐。我聽說了妳和男朋友分手的事，這是真的嗎？

女：嗯，是的。

男：為什麼？是發生什麼事嗎？不是說他找到工作就結婚嗎？

女：他工作能力好，也很溫柔。但我還是覺得他的個性好像跟我不合。

男：喔，這樣子啊。

女：我喜歡那種在一起可以很開心的人。但是和他在一起時感覺不自然。

男：也是，個性差異是個難題啊。

女子為什麼和男朋友分手？

1　因為他工作能力好但不是溫柔的人

2　因為他根本不是有趣的人

3　因為他是個有趣的人，但工作能力不好

4　因為和他在一起很常感到個性不合

解說　因為女子覺得她和男朋友的個性不合，所以答案是選項4。

詞彙　どうして 為什麼｜彼氏 男朋友｜別れる 分手｜就職 找到工作、就業｜性格 個性｜合う 適合｜気がする 覺得｜なのに 雖然、但是｜自然 自然｜違い 差異｜全然 完全｜感じる 感到、覺得

7ばん Track 3-2-07

男の人と女の人が話しています。会社が社員を転勤させる理由は何ですか。

男：江口さん、今までお世話になりました。

女：え？ どうしたんですか。

男：私、来週、大阪に転勤することになりました。

女：えっ？ そうなんですか。転勤って大変ですよね。また新しいところで仕事をすることになるじゃないですか。会社はいろいろお金がたくさん掛かるのに、どうして転勤させるんですか。

男：それはいろんなところで仕事をして、いろんな経験をしてほしいからですよ。つまり、社員を育てるためだから、仕方ないですね。

会社が社員を転勤させる理由は何ですか。

1　新しい社員を育てたいから

2　社員にたくさんのお金を出したいから

3　会社としてはいろんな経験をしている人がほしいから

4　いろんなところで働いた人が少ないから

第 7 題

男子和女子正在交談。公司將員工調職的理由是什麼？

男：江口小姐，一直以來承蒙您照顧了。

女：呃？怎麼了呢？

男：我下週要調職到大阪了。

女：ㄟ？是嗎？調職很辛苦唷。你又要去新的地方工作了吧。公司也花了很多錢，為什麼要將你調職呢？

男：因為希望員工在不同地方工作，累積各種經驗。換句話說，是為了培養員工，沒辦法的事。

公司將員工調職的理由是什麼？

1　因為想要培養新員工

2　因為想要支付給員工很多錢

3　**因為作為公司，希望有累積各種經驗的員工**

4　因為很少有人在不同地方工作過

解說　公司並不是為了培養新員工，而是為了讓現有的員工在不同地方累積各種經驗，所以男子才會被調動到不同的地方。因此，答案是選項 3。

詞彙　**社員** 員工｜**転勤** 調職｜**理由** 理由｜**お世話になる** 承蒙照顧｜**大変だ** 辛苦｜**経験** 經驗｜**つまり** 換句話說｜**育てる** 培養｜**仕方ない** 沒辦法

問題 3　請看圖片並聆聽問題：箭頭（→）指向的人應該說什麼呢？請從選項 1 ～ 3 中選出最適當的答案。

れい Track 3-3	例
友（とも）だちにプレゼントをもらいました。何（なん）と言（い）いますか。	收到朋友送的禮物。應該說什麼？
男：1　おひさしぶり。	男：1　好久不見。
2　ありがとう。	2　謝謝。
3　元気（げんき）だった？	3　你好嗎？

解說　收到別人的禮物時，適當的做法就是表達謝意。所以答案是選項 2。

詞彙　プレゼント 禮物｜もらう 收到

1ばん Track 3-3-01	第 1 題
部屋（へや）がとても寒（さむ）いです。何（なん）と言（い）いますか。	房間很冷。應該說什麼？
女：1　クーラーをつけてください。	女：1　請開冷氣。
2　ヒーターをつけてください。	2　請開暖氣。
3　スイッチをつけてください。	3　請開開關。

解說　因為房間太冷，所以女子會希望打開暖氣。因此答案是選項 2。

詞彙　クーラーをつける 開冷氣｜ヒーター 暖氣｜スイッチ 開關

2ばん Track 3-3-02	第 2 題
新年（しんねん）になりました。何（なん）と言（い）いますか。	新年已經到來。應該說什麼？
女：1　あけましておめでとうございます。	女：1　新年快樂。
2　お誕生日（たんじょうび）、おめでとうございます。	2　生日快樂。
3　ご結婚（けっこん）、おめでとうございます。	3　恭喜結婚。

解說　「明（あ）けましておめでとうございます（新年快樂）」是新年互相祝賀的用語，請務必記住。

詞彙　新年（しんねん） 新年｜誕生日（たんじょうび） 生日｜結婚（けっこん） 結婚

3ばん Track 3-3-03

友だちがおなかがすいたと言いました。友だちに何と言いますか。

女：1　ちょっと休もうか。

　　2　もう帰ろうか。

　　3　なにか食べようか。

第 3 題

朋友說他肚子餓了。應該對朋友說什麼？

女：1　要休息一下嗎？

　　2　現在就要回去嗎？

　　3　要吃點什麼嗎？

解說　當朋友說他肚子餓時，詢問「要吃點什麼嗎？」是最適當的表達。所以答案是選項 3。

詞彙　おなかがすく 肚子餓

4ばん Track 3-3-04

今、とても暑いです。何と言いますか。

女：1　何か、涼しいものが飲みたいですね。

　　2　何か、冷たいものが飲みたいですね。

　　3　何か、温かくないものが飲みたいですね。

第 4 題

現在非常熱。應該說什麼？

女：1　想喝些涼爽的東西。

　　2　想喝些冰的東西。

　　3　想喝些不熱的東西。

解說　這裡要選擇「想喝冷飲等物品」的表達方式，所以答案是選項 2。

詞彙　涼しい 涼爽｜冷たい 冰的｜温かい 溫的

5ばん Track 3-3-05

明日、国へ帰ります。何と言いますか。

男：1　今までお世話になりました。

　　2　今まで失礼しました。

　　3　今までご苦労様でした。

第 5 題

明天要回國。應該說什麼？

男：1　一直以來承蒙您的照顧。

　　2　一直以來失禮了。

　　3　一直以來辛苦了。

解說　這是要回到自己的國家時的場景，此時跟對方說「一直以來承蒙您的照顧」是最適當的表達。所以答案是選項 1。

詞彙　国 國家｜お世話になる 承蒙照顧｜苦労 辛苦

問題 4　在問題 4 中沒有圖片內容。請在聆聽內容後，從選項 1 ～ 3 中選出最適當的答案。

れい Track 3-4	例
男：今日(きょう)のお昼(ひる)はなににする？	男：今天午餐要吃什麼？
女：1　なんでもいいわよ。	女：1　什麼都可以。
2　今日(きょう)はどこへも行(い)かないよ。	2　今天哪裡都不去喔。
3　昼(ひる)からお酒(さけ)はちょっと…。	3　中午喝酒有點……

解說　這是詢問午餐選擇的問題，因此較適當的回應是選項 1。

詞彙　お昼(ひる)　午餐｜何(なん)でも　什麼都｜昼(ひる)　中午

1ばん Track 3-4-01	第 1 題
男：この花(はな)を 3 本(ぼん)ください。	男：這種花請給我三枝。
女：1　はい、300円(えん)です。	女：1　好的，共 300 日圓。
2　全部(ぜんぶ)でいくらですか。	2　總共多少錢。
3　この花(はな)きれいですね。	3　這花很漂亮。

解說　對於想要購買物品的人，最適當的回應就是告知對方價錢，所以答案是選項 1。

詞彙　～本(ほん)　～枝（長條狀物品的量詞，例如文具、花、香菸、瓶子等）｜全部(ぜんぶ)で　總共｜いくら　多少錢

2ばん Track 3-4-02	第 2 題
女：もう、さくらの季節(きせつ)ですね。	女：已經是櫻花的季節了。
男：1　そうですね、もう秋(あき)ですね。	男：1　是啊，已經秋天了。
2　そうですね、もう春(はる)ですね。	2　是啊，已經春天了。
3　そうですね、もう夏(なつ)ですね。	3　是啊，已經夏天了。

解說　從「櫻花」這個單字就可以知道是指「春天」，所以答案是選項 2。

詞彙　さくら　櫻花｜季節(きせつ)　季節

3ばん Track 3-4-03

男：おかしいな、金子さんの家は確かこの辺だったと思うけどな…。
女：1　あの、おかしは体によくないですよ。
　　2　あら、金子さんも行きますか。
　　3　電話で聞いてみましょうか。

第3題

男：好奇怪喔，我記得金子先生的家在這附近啊……
女：1　嗯，零食對身體不好唷。
　　2　哎呀，金子先生也要去嗎？
　　3　要不要打電話問問？

解說　「確か（我記得、好像）」是不確定或缺乏自信時使用的詞彙。由於男子找不到金子先生的家，所以按照常理女子會建議打電話詢問，因此答案是選項3。

詞彙　おかしい 奇怪｜確か 我記得、好像｜この辺 這附近｜おかし 零食｜体 身體

4ばん Track 3-4-04

女：この席、空いていますか。
男：1　いいえ、出席すると言っていましたよ。
　　2　はい、どうぞ。
　　3　欠席かもしれませんね。

第4題

女：這座位有人嗎？
男：1　不，他說他會出席。
　　2　沒有，請坐。
　　3　有可能缺席。

解說　對於詢問是否有空位的問題，如果沒有人坐的話，最適當的回答就是請對方坐下，所以答案是選項2。

詞彙　席 座位｜空く 空的｜出席 出席｜欠席 缺席

5ばん Track 3-4-05

女：レポートはもう出しましたか。
男：1　いいえ、全然出さなかったんですよ。
　　2　それが、まだ終わってないんですよ。
　　3　はい、全然出しました。

第5題

女：報告已經交出去了嗎？
男：1　沒有，完全沒交。
　　2　那個啊，我還沒做完。
　　3　是的，完全交出去了。

解說　對於這種問題，如果回答是肯定的，可以說「はい、もう出しました（是的，已經交出去了）」，如果回答是否定的，可以說「いいえ、まだ出していません（不，還沒有交出去）」。在此選擇「還沒做完」也是正確答案，因為表示事情還沒有結束。

詞彙　出す 提交｜全然 完全

6ばん Track 3-4-06

男：このドラマ、すごい人気なんですね。

女：1　もう知っていました。

2　そうですよ。人気があったんですよ。

3　え、そうなんですか。見てないんですけど。

第 6 題

男：這個連續劇非常受歡迎。

女：1　我已經知道了。

2　是啊，曾經很紅。

3　咦？是嗎？我沒看過。

解說　選項 2 以過去式回答，所以不正確。

詞彙　すごい 非常地｜人気 受歡迎

7ばん Track 3-4-07

男：ああ〜、お酒を飲みすぎて、気分悪いな。

女：1　飲みすぎは悪くないよ。

2　そんなに気分悪いですか。すみません。

3　えっ？ 大丈夫？

第 7 題

男：啊〜喝太多酒了，感覺不舒服。

女：1　喝太多不是壞事喔。

2　你那麼不舒服嗎？不好意思。

3　欸？你還好吧？

解說　男子酒喝太多覺得不舒服時，女子詢問對方「狀況還好嗎」是較適當的表達。這裡的「気分悪い」不是指「情緒不好」，而是指「身體不舒服」。

詞彙　動詞ます形（去ます）＋すぎる 太過〜｜悪い 不好｜大丈夫だ 沒問題、不要緊

8ばん Track 3-4-08

女：今日の会議はこれで終わりにします。

男：1　お疲れ様でした。

2　もう終わったんですか、残念ですね。

3　おかげさまで終わりましたね。

第 8 題

女：今天的會議就到這邊結束。

男：1　辛苦了。

2　已經結束了嗎？真可惜。

3　託您的福結束了。

解說　一般會議結束時，大家會互相打招呼說「お疲れ様でした（辛苦了）」，所以答案是選項 1。

詞彙　会議 會議｜終わり 結束｜残念だ 遺憾、可惜｜おかげさまで 託您的福

JLPT 新日檢 N4 & N5 合格實戰模擬題

作　　者：黃堯燦 / 朴英美
譯　　者：陳羿君
企劃編輯：王建賀
文字編輯：江雅鈴
設計裝幀：張寶莉
發 行 人：廖文良

發 行 所：碁峰資訊股份有限公司
地　　址：台北市南港區三重路 66 號 7 樓之 6
電　　話：(02)2788-2408
傳　　真：(02)8192-4433
網　　站：www.gotop.com.tw
書　　號：ARJ001700
版　　次：2025 年 01 月初版
建議售價：NT$579

國家圖書館出版品預行編目資料

JLPT 新日檢 N4 & N5 合格實戰模擬題 / 黃堯燦, 朴英美原著；陳羿君譯. -- 初版. -- 臺北市：碁峰資訊, 2025.01
面；　公分
ISBN 978-626-324-978-3(平裝)
1.CST：日語　2.CST：能力測驗
803.189　　113019609